# 我不是

# 你以爲的那個人

## The Only One Left

萊利・塞傑——著　楊佳蓉——譯
Riley Sager

獻給我的家人

# 序章

我們又來到打字機前，蕾諾拉坐著輪椅，我站在她身旁，將她的左手放置在鍵盤上。嶄新的紙頁插入紙匣。昨晚用過的那張放在一旁，正面朝上，它就像是我們對話的局部逐字稿。

我想要對你坦承一切
從未告訴任何人的事
是的就是那一晚
因為我信任你

可是我不信任蕾諾拉。

無法完全信任她。

她做得到的事情是如此之少，卻遭到重重指控，而我仍舊想要保護她，同時又難以克制懷疑她的衝動。

但如果她想告訴我發生了什麼，我很樂意聽。

即便我懷疑那多半是謊言。

或者更糟，全都是可怕的真話。

蕾諾拉的左手手指敲打鍵盤。她急著要開始。我深呼吸，點頭，協助她打出第一個句子。

## 我記得最清楚的那件事

我記得最清楚的那件事——至今依然為此做惡夢——是當一切差不多結束那時。

我記得踏上露台時狂風怒吼。風從海上吹來，刮過山崖，吹出響亮呼號，最後直直打向我。我重心往後傾，感覺像是被隱形的固執群眾往回推向大宅。

那是我最不想待的地方。

我悶哼一聲，重新站穩腳步，橫越遍地溼滑雨水的露台。下著傾盆大雨，雨滴冰冷，每滴都像針刺。我發現自己很快就擺脫先前的暈眩。突然變得敏銳，注意到許多細節。

我的睡衣，染紅了。

我的雙手，沾滿溫暖黏膩的血液。

那把刀，還被我握得緊緊的。

刀上原本也沾著血，一會就被冷雨沖乾淨。

我不斷抵擋迎面而來的強風，被尖銳的雨水打得倒抽一口氣。我面前是海，被風雨激起瘋狂的波濤，浪花猛擊我腳下五十呎處的崖腳。只有圍繞露台的低矮大理石柵欄隔在我與黑暗深淵般的海洋之間。

來到欄杆邊，我發出瘋狂、怪異、像是被勒住似的聲音。半是笑聲，半是啜泣聲。

才過了短短幾個小時，我原本的人生已經永遠逝去。

正如我的雙親。

然而就在這一刻，握刀靠上欄杆，狂風狠狠刮過我的臉，冰冷的雨水打擊我沾滿血液的身軀，我只感到解脫。我知道我很快就能擺脫所有束縛。

我轉身面對大宅。每個房間的每扇窗戶都亮著燈，正如八個月前我的多層生日蛋糕上的蠟燭般燦亮。這樣的光亮看起來真美。真是高雅。在一片片光潔玻璃後閃耀的金錢。

但我知道外表能騙人。

只要燈光打對了，就算是監獄也能顯得舒適討喜。

屋裡，我的妹妹在尖叫。如同警笛般拔尖又壓低的驚恐呼喊。那是在真正的壞事發生時會聽到的叫聲。

壞事確實發生了。

我低頭看刀，依然被我緊握，現在乾淨極了。我知道我可以再次使用它。劃下最後一刀。捅下最後一刀。

我做不到。最後把刀子丟過欄杆，看著它消失在遙遠低處的海浪間。

妹妹的尖叫沒停，我離開露台，進車庫拿繩子。

這是我的記憶——也是我呼喚你時我正在做的夢。我好害怕，因為感覺就像一切重演。

不過你最好奇的不是這個，對吧？

你想知道我是不是跟大家說的一樣邪惡。

不是。

是。

# 第一章

辦公室在主街上，擠在美容院和某個店面之間，事後想來，這個配置隱約預示了我的未來。最初來此面試時，承租店面的是旅行社，櫥窗上的海報透出自由、逃離、晴朗的天空。最後一次造訪此地，得到停職的通知時，店面黑暗空蕩。現在，又過了六個月，它成了有氧運動教室，我不知道這象徵著什麼。

葛連先生在辦公室深處的辦公桌等我。這間辦公室過去顯然是某種零售商店，少了貨架、收銀機、產品展示，對於只有一人駐守的辦公室來說太過寬廣空虛。關門聲敲出響亮回音，感覺不太自然。

「琪特，哈囉。」葛連先生的口吻比上回還要友善太多倍。「能再見到你真是太好了。」

「我也是。」我撒謊。我在葛連先生面前總是坐立難安。他高高瘦瘦，態度有些強硬，說是禮儀師也沒有人會起疑。還滿貼切的，反正這間公司的顧客多半下一站就是葬儀社。

葛連居家照服派遣公司專門提供住進客戶家中的長期看護服務——在緬因州只有這麼一間。辦公室牆上海報印著笑容可掬的護士，雖然大部分員工都不能宣稱自己有這個頭銜。

「你現在是照服員。」葛連先生在命運般的面試中如此說道：「你不做護理的工作。你只是照顧。」目前的照服員值勤表貼在葛連先生辦公桌後的公告欄上，顯示誰有空、誰在客戶家。我的名字也曾在上頭，總是沒空，總是在照顧人。對此我引以為榮。每次有人問起我的職業，我都盡力模仿葛連先生的語氣回應：「我是照服員。」聽起來很高尚，值得景仰。聽到這個答案，大家的眼神都會添上一絲敬意，讓我覺得自己總算找到人生的意義。我雖然聰明，但不算是世俗標準下的好學生，好不容易撐到高中畢業，我磕磕碰碰地摸索未來的生計。

「你擅長跟人相處。」被一間辦公室打字員派遣公司解僱後，我母親這麼說：「或許可以試試走護理這條路。」

可是當護士要念更多書。

所以我選擇第二適合我的工作。

直到我犯了錯。

此時此刻，我焦躁又易怒又疲憊。非常非常疲倦。

「琪特，最近過得如何？希望你有好好放鬆，補足元氣。對精神最好的莫過於享受一小段假期。」

我真的不知道該如何回應。停職六個月沒有薪水，我能放鬆嗎？被迫睡在老家房間裡，小心翼翼避開默默慍怒的父親，與他的每一次互動都被失望籠罩，我有辦法補充氣力嗎？我能享受派遣公司、州政府的衛生及公共服務部、警方的調查嗎？以上皆非。

我放棄吐實，只說：「是的。」

「太好了。」葛連先生回道。「把那些不愉快全都拋到腦後，現在我們要迎向嶄新的開始。」

我怒火中燒。好個不愉快。彷彿不過是個小誤會似的。我明明在這裡待了十二年，對這份工作充滿自信。這是我擅長的事情。我能照顧那些人。可是就在出事的那一刻，葛連先生馬上把我當罪犯對待。即便我早已擺脫嫌疑，獲准重返工作崗位，這段日子的折磨仍然令我憤怒又心酸。特別是針對葛連先生。

我原本沒打算回來這間公司，不過找新工作四處碰壁。投了數十份履歷給我沒興趣的行業，卻毫無回音，連一次面試機會都沒有。在超市補貨。在藥局打收銀機。在高速公路旁、戶外還有兒童遊樂區的新開麥當勞煎漢堡。此時此刻，葛連居家照服派遣公司是我唯一的選項。無論我再怎麼討厭葛連先生，我更討厭繼續失業下去。

「你幫我安排了新客戶嗎？」我試著縮短跟他相處的時間。

「沒錯。」葛連先生說：「這位患者數年前多次中風，需要有人在身旁照顧。她曾經請了一名全職護士——是那種私人護士——但對方突然離職。」

「在身旁照顧。意思是——」

「是的，你得要跟她同住。」

我以點頭隱藏滿心訝異。還以為葛連先生為了盯緊我，會安排那種朝九晚五陪老人的工作，有時候派遣公司會給本地人提供這類的折扣服務。沒想到他給的是真正的案子。

「食宿當然都由對方提供。」葛連先生繼續說明。「你要二十四小時待命。你的休息時段得要自行與患者協調。有興趣嗎？」

當然有興趣。然而腦中上百個疑問阻止我馬上答應。我從簡單又重要的問題開始。

「什麼時候上工？」

「即刻。至於要待多久，嗯，如果你的表現達到患者要求，我認為你能待到對方不再需要你為止。」

換句話說就是直到患者死亡。每份工作都是臨時工，這是身為居家照服員的殘酷現實。

「地點在哪裡？」希望是在州內的邊陲地區。越遠越好。

「在市區外。」葛連先生澆熄了我的期盼，但他的下一句話讓我重燃希望。「那座山崖上。」

那座山崖。只有想法匪夷所思的有錢人才會住那裡，面對大海的岩石峭壁上藏了一棟棟豪宅。我坐在辦公桌對面，擱在大腿上的雙手緊握，指甲刺入掌心。真是出乎意料，直接從我自小住到大的窮酸平房換成山崖上的大宅？所有的條件都美好到缺乏真實感。其中一定有詐。不然誰會放棄這樣的工作呢？

「前任護士為什麼離開？」

「不知道。我只聽說對方一直找不到合適的後任。」

「那位患者……」我一頓。不能說難搞，就算這是我最想用的字眼。「需要特殊照護嗎？」

「我不認為問題出在她的身體狀況，即使看起來不太樂觀。」葛連先生說：「說穿了也沒什麼，重點是患者的名聲。」

我挪了挪屁股。「患者是誰？」

「蕾諾拉．荷普。」

這個名字已經好幾年沒聽過了。至少有十年吧，說不定有二十年。我驚訝得抬起頭，視線離開大腿。老實說不只是驚訝，我嚇得瞋目結舌，不確定是否體驗過這種情緒。但就是這樣，焦慮與震驚在我的胸腔裡鼓譟，宛如困在籠中的鳥兒。

「那位蕾諾拉．荷普？」

「是的。」葛連先生哼了聲，一副被我的疑心惹惱的模樣。

「我都不知道她還活著。」

小時候我甚至不明白蕾諾拉．荷普是真實存在的人物。還以為她是孩子們編出來嚇大家的傳說。即使長大後便忘得一乾二淨，那首在學校裡傳唱的曲子現在仍像蟲子般悄悄爬回我的記憶。

**蕾諾拉．荷普十七歲**
**拿繩子勒死她妹妹**

幾個年紀比較大的女生信誓旦旦地說只要關掉所有的燈，站在鏡子前，念出這兩句，蕾諾拉就會從鏡子裡浮現。假如真的看到她，那可要小心了，因為接下來你全家會死光光。我從沒信過這種鬼話。我知道這是改編版的血腥瑪麗，全是編的，所以蕾諾拉．荷普也不是真人。

上了中學我才得知真相。蕾諾拉．荷普不只真的存在，她還是本地人，在幾哩外的市郊過著上流生活。

直到某一夜，她爆發了。

**拿刀捅死她父親**
**狠奪母親一條命**

「她活得好好的。」葛連先生說。

「天啊，她一定老到不行。」

「她今年七十一歲。」

不可能。我一直以為那一連串謀殺案發生在上個世紀，就是有大裙撐、煤氣燈、馬車的年代。但如果葛連先生沒說錯，那麼荷普一家的血案怎麼看都沒有離現在太久。

我在腦中稍作計算，判斷案件發生在一九二九年，離現在只有五十四年。確定日期的瞬間，歌詞的最後兩句也浮上心頭。

**她說：「不是我殺人。」**
**但只有她沒死成**

看來她真的沒死。惡名昭彰的蕾諾拉・荷普還活著，沒有活得很好，還需要人照顧，我的照顧，如果我接下這份工作的話。但我不想。

「沒別的案子了嗎？其他的新患者？」

「不好意思，真的沒有了。」

「也找不到其他照服員？」

「大家的時間都排滿了。」葛連先生雙手指尖相碰成尖峰狀。「你對這個案子有意見嗎？」

對，我有意見。我意見可多了。首先是葛連先生顯然還是認定我有罪，儘管沒有更多證據，他也沒有法律依據能開除我。既然我沒被停職處分嚇跑，他打算變本加厲，派我去照顧屬於這座城市的莉茲・波頓[1]。

「我只是——」我努力尋找合適的措辭。「想到她過去的作為，我不認為自己可以安心照顧像蕾諾拉・荷普這樣的人。」

「她從未被判犯下任何罪行。無法證明她有罪，那我們也只能相信她是無辜的。我認為你應該最能理解這點。」

隔壁的有氧教室放起音樂，穿透共用的牆面悶悶地傳來。澳洲歌手奧莉薇亞・紐頓—強的〈肉體〉。跟有氧舞蹈毫無瓜葛，不過我敢說那些穿著緊繃運動服和腿套大跳熱舞的家庭主婦才不在乎。她們只滿足於浪費錢抵抗中年發福。那是我負擔不起的奢侈。

「琪特，你知道我們公司的運作方式。我安排案件，照服員依照我的安排上工。如果說你對此感

---

1 Lizzie Borden（1860-1927），被控在一八九二年持斧頭殺害父親和繼母，但受審後獲判無罪。

到不舒服，那我們就好聚好散吧。」

我真想這麼做。但我也知道我需要工作。什麼工作都好。

我需要補回幾乎見底的戶頭存款。

更重要的是我需要遠離我父親，他這六個月來幾乎沒跟我說過話。我清楚記得他對我說過的最後一個完整句子，清楚到幾乎要刺穿腦袋。他坐在餐桌旁看早報，桌上早餐完全沒碰。他一掌把報紙拍在桌上，指著頭版頭條。

我盯著那篇報導，感覺自己飄浮起來，感覺這件事不是發生在我身上，而是有人在三流電影裡扮演我。報導附上我在畢業紀念冊裡的大頭照。不是什麼好看的照片。我試著擠出笑容，架在高中體育館裡的藍幕經過油墨印刷看起來泥濘灰暗。照片中我那頭羽毛剪看起來跟今天早上的我一模一樣，因為震驚而麻木的思緒首先飄到我該更新髮型的念頭上。

「他們說的都不是真的，小琪。」父親似乎是想讓我好過一點。

但這句話跟他萬念俱灰的表情是兩個世界。我知道他開口不是為了我，而是為了他自己。他想說服自己這不是真的。

父親把報紙丟進垃圾桶，離開廚房，沒再多說半句話。在那之後他極少對我開口。現在想起那漫長、緊繃、令人窒息的沉默，我說：「我接。這個案子就交給我。」

我告訴自己沒那麼糟。不過是個臨時工作，最多幾個月。等我存夠錢，能搬到別的地方就走。搬到更好的地方，離這裡很遠的地方。

「好極了。」葛連先生的語氣毫無熱情。「你要盡快去報到。」

他為我說明蕾諾拉．荷普家要怎麼去，給了一組電話號碼，說如果找不到可以打電話聯絡，然後他點個頭，代表事情已經談定了。離開前，我偷瞄辦公桌後的值勤表。目前有三名照服員空著。明明還能找其他人。我知道葛連先生撒謊的理由。

我還在為了破壞規定、令公司商譽受損而受罰。

不過當我推開門，迎上緬因州十月的寒風，我想到另一個得到這份工作的原因。比天氣還要刺骨冰冷。

葛連先生選我是因為不會有人——包括警察在內——介意我殺掉蕾諾拉·荷普這位患者。

# 第二章

我不到一小時就打包好行李。我入行後沒多久，就學到照服員不該帶太多私人物品的道理，一個醫藥袋、一個行李箱，再加上一個紙箱。這樣就夠了。

醫藥袋裝滿工作所需的道具：體溫計、血壓計、聽診器。剛被葛連先生僱用時，爸媽給了我這個皮製黑色托特包。過了十二年，我還在用同一個包，即使拉鍊卡卡，角落皮料斑駁。

行李箱放了盥洗包跟衣物。樸素又合宜的正式長褲跟過時十年的針織開襟衫。我早就放棄把自己打扮得時尚有型，舒適省錢更重要。

紙箱裡是書，大多是平裝本。原本都是我媽的東西，上頭滿是反覆翻看留下的摺痕與裂痕。「只要手邊有書，你就永遠不孤單。」她常常這麼說。「永遠不會。」

即使珍惜她的心意，我也知道這都是謊言。這六個月我身旁都是書，卻度過了前所未有的孤單時光。

打包完畢，我往房外走道看了一眼，確認通往廚房後門路上沒有阻礙。今天父親回家吃午餐，如果工作地點離家近的話他有時會這麼做。現在他人在起居室看電視，陷在他的 La-Z-Boy 沙發裡吃三明治。

過去六個月來，我們兩個成為迴避彼此的專家，可以整個禮拜不見對方一面。我大多待在房裡，只在確定我父親去工作、在睡覺、跟那個女朋友出門時溜進廚房。理論上我不該知道他女朋友的存在，他沒為我們介紹過。上禮拜聽到他們在起居室聊天，我才得知這件事。沒想到屋裡竟然會出現另一名女性的嗓音。隔天晚上，父親像是青春期的男孩子似地偷偷出門，不知道是害怕到不敢承認他又開始約會，還是無法承受我撞見他新對象的尷尬場面。

現在輪到我偷偷出門，踮著腳尖分兩趟走，一趟拿行李箱跟醫藥袋，一趟是那箱書。第二次踏出後門時，看到肯尼靠在我的福特Escort房車上。顯然是看到我拎著行李箱，就從隔壁晃過來一探究竟。他看著我手中的箱子，問：「你要搬走喔？」

「對，暫時。可能是好事吧。公司派新案子給我了。」

「還以為你被炒了。」

「是停職。我的停職期間剛結束。」

「喔。」肯尼皺眉。這個表情真少見。平常他只會露出色瞇瞇的飢渴表情。「你走之前來一發？」

這才是我看慣的肯尼。我們從五月開始上床。他跟我一樣目前沒工作，跟爸媽一起住。但跟我不一樣的是肯尼才二十歲。他是我的骯髒小祕密。或者該說我是他的骯髒小祕密。

某天下午，我們同時在兩戶相鄰的後院混時間，我帶著席尼．薛爾頓的平裝懸疑小說，肯尼叼著手捲菸。事情就這麼開始了。我們隔著草坪對上眼幾次，直到他開口：「今天不上班？」

「沒有。你呢？」

「沒。」

然後因為我無聊又孤單，我說：「要喝啤酒嗎？」

肯尼說好。然後我們就喝了酒。然後我們聊了起來。然後我們在起居室沙發上摸來摸去。

「你想打炮還是怎樣？」最後肯尼這樣問。

那時我已經停職一個月，滿心自憐自艾，上下打量這個鄰家男孩。他長得不錯，只是鼻子下那片小鬍子像條死毛蟲。其他部分倒好多了，特別是他的雙臂，結實、強壯，曬成古銅色。就算是更差的對象我也做得下去——反正又不是沒做過。

「好啊。」我聳肩。「就來做啊。」

完事後，我發誓再也不做這種事。拜託，肯尼出生的時候我都十一歲了。我記得他爸媽從醫院抱他回家、我母親輕聲哄他、我父親往他爸汗溼的掌心塞了裝著錢的信封。然而兩天後，肯尼又從我家後門探頭，活像是找廚餘的流浪狗，我放他進屋，帶他到我房間。

這種事情一個禮拜會發生一次、兩次，有時候三次。我知道這是單純的性行為，才不是什麼浪漫愛情。至少有一半的場合我們甚至沒有交談。就算對此感到內疚，我也知道自己需要閱讀以外的活動來打發孤單的漫漫長日。

「我爸在家。」我跟肯尼說：「而且新的患者在等我。」

我沒告訴他患者是誰。我怕要是說了，不知道他會把我想成什麼樣的人。

「了解。」肯尼幾乎沒有掩飾他的失望。「那就之後再見囉。」

我看他走過那段短短的距離回到他家。他鑽回屋裡，連頭都沒回，我的心一陣刺痛。也不是傷心，而是某種很接近的感覺。或許只是為了上床，或許只是為了肯尼，但至少有某件事可以做，有個人在。

現在什麼都沒有，誰都不在了。

我把紙箱跟行李箱放進後車廂，最後一趟進屋。我在起居室找到父親，他在看午間新聞，因為我媽以前都要看，已經成了習慣。對派特．麥迪爾來說，積習難改。螢幕上放著雷根總統關於經濟的演說剪輯畫面，呼籲反毒的總統夫人南西拘謹地站在他身旁。不分黨派，我父親痛恨所有的政治人物，他譏諷地哼了聲。

「都是狗屁，雷根。」他含著滿口三明治喃喃自語。「倒是給我想辦法幫幫像我這樣的人啊。」

我站在門邊清清喉嚨。「爸，我要走了。」

「喔。」

這個音節中沒有半點訝異。更像是鬆了一口氣。

「我又有工作了。」就算他沒有追問，我還是繼續說下去：「新的病患中風過。住在山崖那邊。」

這麼說只是希望給他有錢人信任我、願意把人交給我照顧的印象——或者至少有點反應。我看不出他有任何波動。

「好。」他只說了這個。

若想得到父親的全副關注，我知道只要說出新患者的名字就行了。不過就跟對待肯尼一樣，我想都沒想過。知道我要去照顧蕾諾拉．荷普，只會讓我父親更瞧不起我，即便他對我的評價早已降到最低。

「我出發前需要我幫你什麼嗎？」於是我這麼說。

父親又咬了一口三明治，搖搖頭。剛才的心痛再次來襲。這回更加猛烈。痛到讓我相信心臟崩了一塊，落入肚子深處。

「我盡量隔兩個禮拜回來一趟。」

「不需要。」我父親說。

就只有這句話。

我在門口徘徊片刻——等待，期望，默默乞求更多。什麼都好。再見，終於擺脫你了，給我滾。

充滿敵意的沉默讓我覺得自己什麼都不是。比什麼都不是還糟。

隱形。

就是這樣。

於是我轉身離開，沒有浪費力氣說再見。我不想迎上父親拒絕回應的沉默。

# 第三章

汽車音響噴出杜蘭杜蘭樂團的曲子，我開車沿著岩石嶙峋的海岸奔馳，路面不斷爬升，車子搖搖晃晃，遙遠的大西洋化為模糊的白色色塊，拍打一片片沙灘。照後鏡中有一塊區域肯定就是那座山崖，散發出古早有錢人的氣息，一棟棟大宅如同塘鵝的鳥巢般攀附在山崖上，被磚牆和常春藤遮住一半門面。

有錢就能過上這樣的生活。

相信母親會用這種口吻提起這些家裡有角樓、屋頂裝設眺望台、面朝大海的觀景窗的人。我提出反論。就算是生活水準在及格線上的人也難以負擔山崖區的開銷。這個區域從以前——到未來——就是高高在上。就像是蛋糕最頂端的奶油，彷彿是上帝親手擠上似地高人一等。

「可是你也到這裡了啊，小琪。」母親一定會這麼說。「要去其中一棟這樣的宅院工作。」

我又想反駁。我的目的地在任何人眼中都不是什麼體面的地方。

荷普莊園，又稱望終莊（Hope's End）。

在今天之前，我只知道大家都稱呼此地是荷普家，通常會刻意壓低嗓音，以專屬於悲劇事件的語氣說出。現在我知道這是為了什麼。望終莊這個名稱感覺不是什麼好兆頭。特別是想到這裡發生過什麼事。

我對此事的了解幾乎僅止於那首兒歌。我知道溫斯頓．荷普靠著船運發財，在緬因州北部的崎嶇岩岸上蓋起宅邸，沒有選擇巴爾港或新港是因為此地的開發程度最低，他可以挑到海景最美的建地。

我還知道溫斯頓的太太名叫伊凡潔琳，有蕾諾拉和維吉妮雅兩個女兒。

我知道在好幾年前的十月某日夜裡，荷普家有三人遭到謀殺——家中第四名血親被控犯下殺人罪。當年她只是個十七歲女孩。所以我才會以為在小學校舍後方灌木叢生的操場首度聽到的血腥歌謠純屬虛構。太像哥德式小說的情節了。

但就是發生了。

現在成為地方傳說。

成為孩子們到朋友家過夜時說的悄悄話，大人完全不想提起的事實。

唯一的倖存者蕾諾拉宣稱她與此事無關。她跟調查人員說命案發生時她睡著了，等她起床下樓，才發現家人全都死了。

她無法向警方說明嫌犯可能是誰。

或是作案手法。

或是犯案動機。

蕾諾拉也無法解釋她為何不是兇手的目標，因此警方才會懷疑到她頭上，即便沒有人能證明。所有的僕役那晚碰巧放假，導致現場沒有目擊證人。在沒有直接證據的情況下，蕾諾拉從未遭到起訴。但只要知道校園裡學童傳唱的歌謠就知道大家是怎麼想的。光是歌詞的第一句——蕾諾拉．荷普十七歲——就在暗示人是她殺的。

我並不意外。世界上才沒有什麼無罪推定。

我從經驗中學到這一點。

整座小鎮對蕾諾拉．荷普未審先判，於是她躲進自家大宅，離群索居。但這不妨礙其他人嘗試接近。讀高中的時候，男孩子三五成群溜進宅院試膽已經是家常便飯，他們往窗戶裡偷看，想瞥見蕾諾拉的身影。就我所知，沒有人成功過，我忍不住敬佩起荷普小姐。我真希望自己有辦法消失。

前方地勢更高，路面更斜了。車身再次搖擺，這時我在遠處斑斕的陽光中看到一面磚牆。牆面高到完全遮住裡面的景色，年代也老到道路得要繞過它，彷彿是在尊重這個前輩似的。

我順著彎道開，車速不快，過了一會看見牆上被人用噴漆塗了一排字。高聳的紅色磚牆上的亮藍色塗鴉讓我知道自己沒有走錯路。

**蕾諾拉．荷普給我下地獄**

我一愣，思考究竟該勇往直前，還是盡快調頭。我知道正確答案，但我負擔不起那個選項。

於是我繼續前進，緩緩接近遮掩牆面空洞的鐵花柵門。另一側是切過翠綠草坪，通往荷普家的車道。

看著那棟房子，我想不透為什麼大家都隨便稱呼它為荷普家。

那才不是普通的「家」。

要叫它「宅邸」才對。

十四歲那年爸媽帶我去巴爾港一日遊，在那之後我還沒親眼看過這樣的豪宅。還記得父親整天抱怨那些把豪華屋舍蓋在這裡的有錢畜生。天知道他對荷普莊園會有什麼感想，這比市區裡那些傲慢的豪宅還要高級多了。更大。更氣派。就算放進《朱門恩怨》或《豪門恩怨》——母親以前常看的愚蠢黃金時段肥皂劇——也絕對不遜色。

這幢宅邸三層樓高，看起來跟遊艇一樣龐大，是鍍金時代的傑作。屋牆全是紅磚堆砌，對著車道的雙開前門以及所有窗戶周圍的大理石雕刻裝飾毫無實用意義，僅是為了彰顯荷普家過往的財富，從繁複的花體飾牆份量來看應該用了一噸的石材。三樓窗戶也是大理石邊框，從斜斜的屋頂突出。屋頂上插著十多根細細的煙囪，活像是豪華生日蛋糕上的蠟燭。

柵門邊有個小巧的對講機，我搖下車窗，伸長手臂按下按鈕。過了三十秒，一陣雜訊劈啪傳出，接著是女性的嗓音。

「你好。」

這不是什麼招呼。她在這兩個字裡添上濃度最高的不耐。

「嗨。我是琪特．麥迪爾。」我停頓幾秒，給對方自我介紹的機會。她沒有回應，於是我繼續說：「我是葛連居家照服派遣公司的員工。是新任照——」

女子以簡潔生硬的語句打斷我：「進屋再說。」接著對講機陷入沉默。

前方柵門緩緩打開，發出緊張的顫抖，彷彿是被我嚇到了。鉸鍊的咿呀聲讓我納悶荷普莊園迎接訪客的頻率有多高。我猜不常。柵門開到一半就停了，我把車子一點一點往前開，目測寬度夠不夠。除非我不想保住後視鏡。我很希望維持車子的完整，畢竟我沒有編列修車的預算。

就在我準備下車徒手推門的時候，遠處傳來男性的呼喚聲。

「又卡住了？」

說話者越來越近，手中推著裝滿落葉的手推車。我注意到他的容貌俊朗，三十五歲上下，身穿法蘭絨襯衫和沾著點點泥斑的牛仔褲。就我看得見的範圍來說，這人身材非常好。鬍鬚爬滿他的下巴，頭髮長得有點太長，在他的後頸微微鬈起。若是換個情境，我會對他很有興趣。完全不同的情境。比如說換到平行宇宙。然而就跟沒有修車預算一樣，我的人生也沒有容納浪漫邂逅的空間。不，肯尼不算。

「我不知道平常是怎樣。」我從敞開的車窗探頭。「總之它現在卡住了。」

「可以說它每次都卡住。」男子勾起一邊嘴角的笑容頗為討喜。「應該是第十次了吧。還有一百件事情要忙，我一直忘記把這個加到清單上。你是新來的護士嗎？」

「照服員。」這點有必要訂正。護士是要上學的。像我這樣的照服員會接受特訓——在緬因州的公定時數是一百八十小時——學習基本技能。檢查生命徵象、給藥、粗淺的物理治療。不過對陌生人解釋這麼多只是浪費時間。

「那趕快幫你開門，放你進去工作吧。」男子從褲腰後的口袋抽工作手套，煞有其事地戴上。他說：「安全第一。我以前吃了不少苦頭——這個地方會咬人。」

柵門在他的拉扯之下發出淒厲尖叫，如果是我照顧的患者發出這種聲音，我會判斷對方正在承受強烈痛楚。

「你是這裡的正職人員嗎？」我提高音量，壓過柵門的慘叫。

「是啊。」男子說：「現在已經沒多少人了，很久以前這裡有超多僕人。比如說原本有園丁、庭院管理員、水電工再加上好幾名兼差人員。現在那些工作全都落在我身上。」

「你喜歡這裡嗎？」

男子推了最後一把，將柵門推離車道。他回頭對我說：「你的意思是我怕這裡嗎。」

對，就是這個意思。我打算用無辜的疑問來包裝。即使以前發生過那件事，我還是想假裝自己不帶立場，話說出口才意識到這有多失禮。

「我只是——」

「沒關係啦。你只是好奇。我知道牆外的人把這裡說成什麼樣子。」

「所以答案是否定的？」

「猜對了。」他脫下手套，伸出手。「對了，我是卡特。」

我跟他握手。「琪特·麥迪爾。」

「很高興認識你，琪特。相信之後還會再見面。」

踩下油門前我又補上幾句：「謝謝你幫我開門。如果你沒經過的話，我還真不確定自己能不能解決這個問題。」

「你總有辦法的。」卡特歪著腦袋打量我幾秒，投來帶著好奇心的評估眼神。「我覺得你很有本事。」

以前是，但現在不是了。有本事的人不會遭到公司停職，想找工作隨便都能找到，不會到三十一歲還住在老家。但我還是點頭接受他的稱讚。

「還有一件事。」卡特來到我搖下的車窗旁，彎腰對上我的雙眼。「忘記大家口中的蕾諾拉·荷普，還有這裡發生過的事。他們不知道自己在說什麼。荷普小姐不會傷害人。」

即使他有意安撫，這番話只讓當下情境顯得更不真實。對，我在葛連先生的辦公室就得知了工作內容，但那只是個模糊的概念，被打包行李、應付父親的矛盾態度、找路開上山來等等繁瑣的前置作業排擠到角落。直到我抵達此處，現實突如其來地擊中我。

我即將與一名殺了至親家人的女子見面。

我提醒自己那只是**據說**。蕾諾拉從未被法庭定罪，葛連先生含糊地提醒過我。可是除了蕾諾拉之外，兇手還會是誰？當時屋裡沒有別人，沒找到其他嫌犯，沒有別的活人。最後一句歌詞縈繞在我心頭。

**但只有她沒死成。**

一股寒意竄上我的脊椎。我開車離開卡特，往主屋前進。我開得很慢，注視矗立前方的壯觀宅邸。不過開得越近，富麗堂皇的氣氛就如同霧氣般散開，顯露出努力隱藏的疏於照料。

來到近處，我發覺荷普莊園殘破不堪。

二樓有扇窗缺了玻璃，用木板遮住那個洞。部分門窗周圍的大理石裝飾破損缺角。屋頂上少了五分之一的瓦片，看起來坑坑巴巴的。我鬆了一口氣，至少這個地方跟我的心境一樣破爛。

車道盡頭連接到屋前的小圓環，旁邊有路通往在主屋幾碼外的低矮車庫。我順著圓環轉彎，計算車庫有幾扇門。

五扇。

有錢人過的就是這樣的生活。

我把車停在屋前，下了車，踏上三格階梯，來到位於宅邸正中央的雙開大門前。還沒伸出手，門被人一把拉開，屋裡站著一名婦人。她唐突的登場把我嚇了一跳。或許我單純是被她欠缺色彩的樣貌嚇到。及肩白髮，黑色連身裙緊緊包裹修長身形，蕾絲領口像是外婆以前鉤出來的杯墊。蒼白的皮膚，藍色眼珠子，嘴唇塗成大膽的櫻桃紅。一切的要素都如此戲劇化又嚴肅，我難以估測她的年紀。要我猜的話，我只能姑且說她應該七十五歲，但前後保留十年緩衝。

貓眼框眼鏡用細鍊子掛在婦人頸子上。她戴上眼鏡，注視我一秒——在瞬間替我打分數。

她總算開口：「麥迪爾小姐，歡迎。」

「謝謝。」我回應。即使婦人嗓音中沒有丁點歡迎之意。顯然她就是剛才用對講機跟我通話的人。我認得那種漠不關心的語氣。

「我是管家貝克太太。」婦人稍停一會，觀察我的衣著，看來她覺得我的大衣不夠高級，藍色的毛料有數不清的毛球。這件大衣在我手邊久到我都忘記是在什麼時候、什麼地方買的。還是說貝克太太是對大衣下的部分反感：白襯衫，灰裙子，黑色平底鞋，前一次穿這雙鞋是在我母親的葬禮上。如果她對這套衣服有意見，那我也沒辦法。這是我手邊最體面的東西了。

經過一陣難以忽視的猶豫，貝克太太說：「進來。」

我也猶豫了，在門外躊躇不前。讓我難以邁步的是這扇門。長寬幾乎一致，門框的大理石更加精緻，有點像是張開的大口。這扇門讓我想到卡特說過的話。

**這個地方會咬人。**

我突然好想回家。真是意外，在我母親過世後，那棟房子根本不像個家。但它曾經是個快樂的地方，充滿快樂的回憶。白雪皚皚的聖誕節和生日蛋糕，還有星期日早上穿著那件乏味的小花圍裙煎法式土司的母親。荷普莊園有任何快樂回憶嗎？還是全都在那個可怕的夜晚消失了？現在屋裡只剩悲悽了嗎？

「親愛的，要進來嗎？」貝克太太不耐地清清喉嚨。

我心底百般不願。這個地方——它的尺寸、浮誇，還有它的名聲——讓我想要轉身逃回家。但這時我想起父親，想起我的房間、銀行戶頭裡寒酸的數字。假如我不行動，這一切都不會改變。要是離開此地——無論我有多想這麼做——我又要回到這六個月來進退維谷的境地。在這裡工作，就算只做幾個禮拜，就有機會改變。

做好心理準備，我深呼吸，踏進門內，任由荷普莊園把我整個人吞下。

# 第四章

荷普莊園室內比外觀好一點，只有一點點。一進門就是豪華的前廳，鋪著大理石地磚，窗上掛著絨布窗簾，壁毯妝點牆面。家具風格各異，從棕櫚樹盆栽到華麗的木頭椅子，織錦緞靠枕擱在佈滿灰塵的椅墊上。一抬頭，拱形天花板用油彩畫了一片佈滿粉紅色雲朵的天空。這一切同時帶給人華貴和破爛和停滯的印象。簡直就像是突然倒閉、廢棄十年的四星級飯店大廳。

左側的長廊上有一整排大窗戶和一扇開著的門，盡頭的雙開門扉目前關著。走廊往右彎去，不知道通往哪裡。右手邊的長廊直達採光良好的房間。

不過我的注意力幾乎都放在正前方：鋪著紅地毯的樓梯正對著前門，在中段往兩側岔開，像是一對翅膀似的。相互對稱的兩截樓梯劃出優美的弧形，與二樓相接。中間的樓梯轉折處裝設高聳的彩繪玻璃窗，一道道渲染成七彩色澤的陽光斜斜照了進來。

「主樓梯。」貝克太太說。「一九一三年跟著主屋一起完工，在那之後沒做多少改變。荷普先生的品味歷久彌新。」

她不斷走動，鞋跟在大理石地磚上敲出節拍器似的叩叩聲。我緊跟在後，微微絆了一下。地板有幾處不太平整，像外頭的浪潮一般湧起又低陷。

「你晚點再去拿行李。」貝克太太說：「我們先來陽光室聊一聊。這個小房間很舒服。」

等我親眼看到再來判斷要不要相信她的說詞。目前為止，荷普莊園沒有半個角落讓我感到舒適，即使有些許賞心悅目的裝潢。憂愁和厄運似乎已經進駐每一個角落，如同一團團蜘蛛網。空氣中帶著一絲寒意——某種帶著鹹味，讓我打哆嗦的無形氣氛。

我知道這只是我的想像。這裡死了三個人。根據地方上的傳說，那三個人死得很慘。這種認知會擾亂你的大腦。

彷彿是在回應我的想法，我們剛好經過一幅裱框的油畫，畫中的少女身穿粉紅色緞面禮服。

「這是荷普小姐。」貝克太太沒有多看一眼，逕自向前走。「她父親委託畫家，準備為她的生日增色。」

我不顧貝克太太，在肖像畫前煞住腳步。蕾諾拉坐在白色臥榻上，背景是粉紅色條紋壁紙，她肩膀後方露出一小片鍍金邊框的鏡子。蕾諾拉以略顯笨拙的姿勢靠向臥榻的扶手，雙手擱在大腿上，十指交握，透出畫家試圖以過度閒適的姿勢掩蓋的緊張情緒。

她雪白的皮膚和精緻的五官讓我聯想到含苞待放的花朵。年少時期的蕾諾拉鼻子小巧，嘴唇飽滿，綠眼幾乎與主樓梯上的彩繪玻璃一樣明亮。她直視畫家，眼中閃爍調皮的光芒，彷彿早已知曉數十年後旁人會如何對她說三道四。

貝克太太在離我五步遠的地方轉身，投來不耐的表情。「麥迪爾小姐，陽光室在前面。」

我看了蕾諾拉的肖像畫最後一眼才邁開腳步。牆上還有三幅畫作，形狀尺寸一致，全都被黑色縐紗蓋住。布料並非垂掛在畫框上，而是繃得死緊，幾根釘子直接插入畫框，將之牢牢固定。不過花了這麼多工夫還是無法完全掩蓋畫中身影。隔著薄紗，可以隱約看見它們，五官朦朧，宛如鬼魂。

溫斯頓．荷普、伊凡潔琳．荷普、維吉妮雅．荷普。

只有蕾諾拉的畫像沒有遮掩，因為只有她尚在人間。

我追上貝克太太，快步穿過長廊，經過一扇扇緊閉的門扉，代表裡頭是禁地。在每扇門前我都感受到一閃而逝的惡寒。我告訴自己這是冷空氣。在這樣古老的大宅裡是常見的現象。

儘管稱不上舒適，陽光室至少比屋裡其他區塊明亮許多。擺放的家具跟我在荷普莊園各處瞥見的過時古董物件風格一致，加上大量的天鵝絨和刺繡和流蘇。一架三角鋼琴擺在房間另一端，琴蓋闔得比棺材還要緊密。

其中兩面牆上嵌著整排頂天立地的玻璃窗，調節房裡的悶窒感。透過一排對著草坪的窗戶，我看到卡特在遠處扒開落葉。另一排窗外則是空蕩蕩的露台，邊緣繞著高度不到腰際的大理石欄杆。我看不出欄杆後有什麼東西，因為真的什麼都沒有。只有無邊無際的藍天，使得整幢宅邸彷彿飄浮在半空中似的。

貝克太太讓我多看幾秒，才指著一張紅絲絨雙人沙發。「請坐。」

我小心地坐上沙發邊緣，生怕自己會壓壞它。我真的怕。荷普莊園裡所有的物品看起來都無比古老昂貴，貝克太太一屁股坐上我對面的雙人沙發，沒有絲毫猶豫。她的動作從沙發布料上震起一小陣灰塵，化為迷你蕈狀雲。

「好的，麥迪爾小姐，請簡單告訴我你是什麼樣的人。」

我還來不及開口，突然有人踏著重重的腳步撞進房裡，身上窸窣作響。是一名年輕女子，她一手拿金屬水桶，另一手拖著吸塵器。一看到我們，她瞬間僵住，給我幾秒的空檔稍微打量她。二十歲左右，身穿正式的女僕制服，就算放進黑白電影也不顯突兀。黑色的過膝連身裙，漿得硬梆梆的白色尖領片。白圍裙上有疑似她剛才擦手的痕跡。

在服裝之外，她非常的鮮艷多彩。她的頭髮染成炫目的紅色，中間混了兩縷霓虹藍色的髮絲，垂在她臉頰兩側，如同章魚觸手般搖搖晃晃。色調類似的藍色眼影塗滿她的眼皮，幾乎延伸到太陽穴。

她的口紅是泡泡糖似的粉紅色。深了一個色號的粉色腮紅在她的顴骨上暈染。

「喔！抱歉！」她多看我兩眼，顯然沒有料到會有陌生人出現在荷普莊園。我猜這是很稀罕的事情。「還以為房裡沒人。」

她連忙轉身，又激起一陣窸窣聲，我發現聲響的來源是她雙手手腕上五六個彩虹色調的塑膠手環。

「我才要道歉，潔西卡。」貝克太太說：「應該要提早告知今天下午要用這個房間。這位是麥迪爾小姐，荷普小姐的新任照護員。」

「嗨。」我輕輕揮手。

女孩也揮揮手，手環喀啦作響。「嗨，歡迎加入。」

「我們正要談正事。」貝克太太說。「或許你可以繼續清理前廳。看起來有點灰塵。」

「可是我昨天才清過啊。」

「你的意思是我老眼昏花嗎？」貝克太太硬是勾起的嘴角幾乎稱得上邪惡。

女孩搖搖頭，大圈圈耳環跟著晃動。「不是的，貝克太太。」

年輕女僕充滿諷刺意味的屈膝禮在貝克太太眼中似乎是真誠的象徵。她又好奇地瞄了我一眼，這才拖著她的水桶、吸塵器，晃著滿身的飾品離開陽光室。

「請原諒潔西卡。現在要找到好的幫傭實在是太難了。」

我只能回一聲「喔」。我不算是幫傭嗎？貝克太太不算嗎？

她戴上眼鏡，讓鏡架端坐在她的鼻樑上，隔著厚厚的鏡片注視我。「好的，麥迪爾小姐——」

「你可以叫我琪特。」

「琪特。」貝克太太把我的名字捲在舌尖玩味，聽她的語氣滋味應該不太好。「應該是簡稱吧？」

「是的。『琪特瑞吉』的簡稱。」

「以名字來說挺高雅的。」

我懂她的意思。對我這種人來說過於高雅。

「這是我外婆的舊姓。」

貝克太太發出類似嗯的聲音。「你是哪裡人？從哪來的？」

「這裡。」

「請你說得更精確一點。」

我再次聽懂她的言外之意。**這裡**有很多意思。攀附在山崖上的豪宅，以前低荷普家一級的資產階級。除此之外的每一個人在他們眼中都一樣。

「鎮上。」

貝克太太點頭。「我想也是。」

「家父是水電工，家母生前是圖書館員。」我想讓貝克太太知道我的出身跟荷普家這類有錢人同樣值得敬重。

「有意思。」貝克太太的語氣表明了她完全不這麼想。「你身為照服員的資歷豐富嗎？」

「是的。」我繃緊神經，不太確定她知道多少。「葛連先生跟你提過什麼？」

「很少。我很想說他極度推薦你，但這是謊話。他幾乎什麼都沒說。」

我深呼吸。或許這是好事。或許不是。因為這代表如果她問了，我就要親自解釋一切。

**請別問**，我默默祈禱。

「我在葛連居家照服派遣公司服務十二年了。」

「還挺久的嘛。」貝克太太直視我的雙眼，表情無法解讀。「你在這十二年間應該學到不少。」

「是的。」

我列出自己會做的事情，從粗淺到專業：簡單的烹飪、打掃、在患者臥床時更換床單、用海綿擦澡、裝設導尿管、抽血、注射胰島素、檢查肩胛骨和臀部有沒有褥瘡。

「喔，你幾乎能當護士了。」貝克太太打斷我太過冗長的發言。「你照顧過中風患者嗎？」

「有一些經驗。」我想到普蘭克太太，我只照顧她不到兩個月，她丈夫手邊的錢就少到付不起公司開的費用。後來普蘭克太太轉到州立公費護理之家，我換去照顧別的患者。

「荷普小姐的狀況或許需要你付出更多心力關注。」貝克太太說。「她這輩子幾乎都飽受病魔摧殘。二十幾歲得的小兒麻痺令她雙腿衰弱，再也無法走路。過去二十年來，她數次中風，因此無法說話，身體右側癱瘓。她可以挪動頭部跟頸部，但有時候會難以控制。她只剩下左臂有限的活動能力。」

我微微伸展自己的左臂，無法想像只能控制這麼一點點身體部位的感受。至少現在我知道蕾諾拉為何從沒離開過荷普莊園。她做不到。

「這是前一位護士離職的原因嗎？」

「瑪莉？」貝克太太顯然有些慌亂。這是她首度展現真正的情緒。「不是的，她非常的稱職，在這裡待了一年多。荷普小姐跟她很親近。」

「那她為什麼離開得這麼突然？」

「我也很想知道。她沒跟任何人說為什麼離開、打算去哪裡，甚至連她要離開的事情都沒講過。就在某天夜裡突然不見蹤影。可憐的荷普小姐整晚沒人顧，就算出事也不意外。相信你很清楚，畢竟前一個受你照顧的人出了那種事。」

我的呼吸哽在胸中。

她知道。

她當然知道。

在貝克太太銳利的眼神下坐立不安，我只擠得出一句「我可以解釋。」

「請說。」

我移開目光，羞慚不已。我覺得自己暴露無遺，完全赤裸，不斷撫平裙子，想盡量遮住自己的身體。

「那是——」我的嗓音破碎，即使這段話已經說過十多次，說給一大堆滿腹狐疑的人聽。警察。社工。葛連先生。「那是我的患者。她生病了。胃癌。發現的時候已經太遲了。擴散到……每一個地方。無法動手術，化療的幫助也有限。只能想辦法讓她舒服一點，等待最後一刻。可是她承受的痛苦，嗯，嚴重到無法忍耐。」

我一直盯著大腿，自己的雙手，盯著不斷撫摸裙子的手掌。不過我的語調反而沒那麼謹慎。我越說越快，越不受控制——在警局偵訊室的方形灰色空間裡從未有過的反應。都是因為我身處荷普莊園，這個地方對死亡很熟悉。

「她的醫師給她開了吩坦尼。」我說。「不能常吃，必要的時候才可以服用。某天晚上，必要的時刻來了。我沒看過有人痛得這麼厲害。那種痛楚不會消退，而是停留不動，消耗你的力氣。我在她眼中只看到痛苦，因此我給了她一顆吩坦尼，監控疼痛程度。發現患者似乎舒服多了，我才上床睡覺。」

我停了下來，每次說到這裡我都難以繼續，需要稍作準備才能深入那次失敗的細節。

「隔天早上我比平常還早起。」我想起那天窗外深灰色的天幕，還帶著絲絲縷縷夜色。陰暗的光線感覺不是好兆頭，一睜眼就知道不對勁。「我去確認患者狀況，發現她沒有反應。我立刻打了九一一，這是標準流程。」

我沒有說自己早就知道那只是浪費時間。我看得出死亡的樣貌。

「等待急救人員抵達時，我看到那瓶吩坦尼。公司要求我們把藥物全都收在床底下上鎖的藥箱裡，只有照服員可以取用。或許我太累了。或是被她痛苦的模樣嚇壞了。無論原因為何，總之我忘記收起藥瓶。」

我緊緊閉上眼睛，試著不去想像藥瓶靠在床邊檯燈上的影像。但我還是想起來了，歷歷在目。那個藥瓶，蓋子落在幾吋外，裡面只剩一顆藥，小小的淡藍色藥丸，我總納悶如此危險的東西怎麼會做得這麼漂亮。

「那天夜裡，她把藥吞到只剩一顆。」我說。「她在我睡著時死去。那些人當場宣告她已死，把她帶走。後來驗屍官說她死於吩坦尼服用過量導致的心臟停止。」

「你認為她是有意的嗎？」貝克太太問。

我睜開眼，發現她的表情軟化了些。但還不到同情的地步。貝克太太不是這種人。我在老婦人眼中看見的是更複雜的情緒：理解。

「嗯。我想她很清楚自己在做什麼。」

「但大家還是怪你。」

「對。把藥瓶留在患者拿得到的地方是我的疏失。這我不否認。我從未否認過。可是大家都往壞處想。我遭到停職。相關單位展開正式調查。警察也來了。鬧到登上本地報紙。」

我再次停頓，想像父親拿著報紙的模樣，他瞪大雙眼，淚光閃閃。

**他們說的都是不是真的，小琪。**

「我完全沒有被起訴。」我繼續說下去。「最後判定是意外，停職期結束，現在我回來工作。不過我知道大部分的人都想到最糟的狀況。他們懷疑我故意留下藥瓶，甚至是協助她服藥。」

「你有嗎？」

我瞪著貝克太太，驚訝與屈辱在心中交織。「這是什麼問題？」

「認真的問題。所以你也該認真回答，不是嗎？」

貝克太太平靜端坐，簡直是耐性的化身。我發現她的姿勢完美無缺。筆直的背脊離佈滿灰塵的沙發椅背遠遠的。我完全相反——上身癱在椅子上，雙手抱胸，被這個疑問的重量壓得直不起腰。

「如果我說不是，你會相信嗎？」

「會。」貝克太太說。

「一般人都不會相信。」

「荷普莊園的人不是一般人。」貝克太太轉向面對露台的窗戶，望著窗外的欄杆。再過去……什麼都沒有。只有空蕩蕩的天空，應該還有下方的大海。「在這裡，我們會姑且相信背負嚴厲控訴的年輕女性是無辜的。」

我猛然坐直，滿心訝異。根據貝克太太嚴肅的態度，我還以為談論荷普莊園的悲劇過往是禁忌。

「親愛的，不用假裝你不知道這裡出過什麼事。」她說。「你清楚得很。而且你也知道大家都認為荷普小姐就是兇手。」

「她是嗎？」

我被自己的疑問嚇著了。一般來說，我沒這麼大膽。但我猜又是這棟房子的錯。它不斷引出大膽的問題。

貝克太太勾起嘴角，無法確定她是不是被我的反應逗樂。「如果我說不是，你會相信嗎？」

我環顧陽光室，視線掃過過度裝飾的家具、兩排落地窗、草坪和露台和無邊無際的天空。「既然我都在這裡了，我也得姑且相信她的無辜。」

看來我給出了正確答案。或者至少是可以接受的回應，因為貝克太太起身說道：「我帶你看看屋裡其他地方，之後再讓你跟荷普小姐見面。」

事情就這麼說定了。我是蕾諾拉．荷普的新任照服員。

剛才對貝克太太說謊也沒關係了。

不只是關於我的前任患者。

還有蕾諾拉．荷普，我對她的看法並沒有改變。我依然認為她是兇手，但同時我也知道我怎麼想並不重要。她是我的患者，我的工作是照顧她。如果不好好工作，就拿不到薪水。就是這麼簡單。

我們離開陽光室，沿著長廊往回走，往宅邸的核心前進。經過肖像畫前，我又偷看了唯一那幅展露在外的畫像。

蕾諾拉用油彩畫出的雙眼似乎一路跟著我們轉動。

# 第五章

「因為預算限制，我們只能僱用最基本的人力。」回到前廳，貝克太太向我說明：「戶外工作交給卡特，相信你剛才已經跟他打過照面。」

我一僵，心底有些不安。她怎麼會知道？

「是的，沒錯。」我說。

貝克太太帶我走過主樓梯，往宅邸另一側前進。「屋裡由潔西卡打掃，還有阿奇巴德負責煮飯。」

「那你要做什麼呢？」

又一個大膽的疑問。不小心脫口而出。這回貝克太太的反應沒有誤解的空間。她肯定是非常不悅。

「我是管家。」她不悅地哼了一聲，挺起胸膛。「我在如此嚴苛的狀況下盡可能地將屋子維持在最佳狀況。我負責做一切的決定。最終決策權在我手上。既然荷普小姐無法管理這片產業，我為她擔下這份負荷。這是我的職責。」

「你為荷普小姐服務多久了呢？」

「幾十年了。我在一九二八年來此擔任荷普小姐和她妹妹的家教，教導她們年輕女性應有的禮儀。當時我也才十九歲，只打算待個一兩年。你也知道後來一切都變了，在那起……事件之後，宅邸裡的僕役大幅縮減，我去歐洲待了一陣子，直到我的未婚夫過世，我選擇回到荷普莊園，奉獻畢生時光照顧荷普小姐。」

是我的話肯定不會選擇這條路。不過我沒跟人訂婚過，甚至沒跟哪個男朋友交往太久。做這一行本來就沒這種餘裕。「趁你還有點姿色，趕快離職吧。」葛連居家照服派遣公司公司的某個同事曾經這樣跟我說。「不然你永遠釣不到男人。」

不知道我現在是不是已經太遲了。說不定我已經註定要變得跟貝克太太一樣——穿得一身黑，滿頭白髮，膚色蒼白，失去一切色彩。

「既然你沒有結過婚，為什麼要稱呼你貝克太太？」

「親愛的，這是屬於管家的頭銜，無論她是否已婚。這會讓人抱持敬意。」

走在長廊上，我東張西望，觀察各處。眼前是緊閉的雙開門扉，右手邊的門開著。我偷瞄一眼，發現這是正式的用餐室，雖然沒有開燈，兩組對著露台的落地窗採光良好。門與門之間裝設一套花俏的壁爐，大到我可以把車停進去。長桌至少能容納二十人同席，桌子兩端上方各掛了一座吊燈。

「荷普莊園有三十六個房間。」貝克太太在走廊盡頭緊閉的門前對我說。「你只要記得三間就好：荷普小姐的臥室、你自己的臥室，還有這裡。」

我跟著貝克太太右轉，踏進簡直可以開餐廳的大型廚房。牆邊排著好幾座烤箱跟煤氣爐，還有一個磚砌的壁爐，爐裡火花彈跳。釘在牆上的架子擺滿陶瓷罐子，還有數十個銅鍋掛在從天花板垂落的鐵鉤上。廚房中央是龐大的木頭工作檯，幾乎橫跨整個房間。

數十年前，廚師和侍者宛如軍隊般在鋪著黑白磁磚的地板上忙得團團轉，將一盤盤菜餚端進相連的用餐室。現在只剩一個人在這裡孤軍奮戰——這名七十來歲的老翁胸膛厚實，肚子更有份量，他穿著格紋長褲加上白色廚師服，頭髮幾乎剃光，鼻樑微微彎曲，臉上掛著燦爛笑容。

「阿奇巴德，這位是荷普小姐的新任照服員。」貝克太太說。「琪特，這位是阿奇巴德。」

他的視線離開工作檯上的麵包麵團，抬起頭。「琪特，歡迎。叫我阿奇就可以了。」

「荷普小姐的餐點都由阿奇巴德準備，所以這方面不需要你費心。」貝克太太向我說明。「他也替宅邸裡的僕役供餐。當然了，你想自己煮食是你的自由，但我不建議這麼做。阿奇巴德是全緬因海岸最優秀的廚師。」

我這才意識到自己的生活起了多大的改變。今天早上，我在十歲開始使用的床鋪上醒來；今晚，我將在配有專業廚師的大宅入睡。還有女僕。還有鳥瞰海景的露台。

貝克太太繼續走動，似乎是在無聲地催促我回到現實，帶我到塞在廚房角落的樓梯。這道樓梯與主樓梯形成對比，狹窄又陰暗，顯然是給僕役走的工作樓梯。現在我也是僕役中的一員了。這點我要牢牢記住。

「三樓有阿奇巴德跟潔西卡各自的房間。」貝克太太踏上樓梯，嗓音在狹窄的樓梯間迴盪。「你的臥室在二樓，荷普小姐的房間隔壁。」

「她住樓上？」我感到訝異。「既然她不良於行，不是該待在一樓，比較方便活動嗎？」

「沒關係，荷普小姐不介意。」

「屋裡有電梯？」

「當然沒有。」

「那我要怎麼帶她出門？」

貝克太太在樓梯中央突然停下腳步，我差點撞上，只能退到下一格梯階，使得貝克太太又高了我一截。「荷普小姐不外出。」

「從來沒有？」

「從來沒有。」貝克太太繼續迅速地爬上有些搖晃的樓梯。「荷普小姐已經幾十年沒離開過這棟屋子了。」

「如果有就醫需求呢？」

「醫生會來看她。」貝克太太說。

「可是如果需要去醫院的話呢？」

「從未有過這種狀況。」

「但如果——」

發生了緊急事故。我想這麼說，卻說不出口，因為貝克太太再次停步，這回她已經抵達樓梯口。

「荷普小姐在這棟屋子裡出生，也將死在這裡。在那之前，她永遠都得待在屋內。這是她本人的心願，而我的工作是實行她的願望。假如你有意見的話，現在就可以走了。有沒有聽懂我的意思？」

我垂眼，才剛就職不到五分鐘，我意識到自己離解僱是如此的近。我的回應決定了自己會不會被迫回到老家房間，面對父親的沉默。

「是的。抱歉冒犯了荷普小姐的意向。」

「很好。」貝克太太勾起紅唇，她的笑容短暫又銳利，宛如劃過皮膚的剃刀。「我們繼續吧。」

樓梯接上另一道長廊，跟一樓一樣貫穿整座宅邸，主樓梯位於中央。二樓走廊略顯狹窄陰暗，宛如隧道一般。地上鋪著紅地毯，牆上貼著孔雀藍緞面壁紙。十二道門排在兩側，全都關得緊緊的。走在長廊上，我感到有些怪異。不是暈眩。沒有那麼強烈。不穩。

這是我心中的異樣感。

彷彿剛喝了幾杯烈酒似的。

我扶著牆面支撐身體，掌心滑過藍色壁紙。壓迫感排山倒海而來。以如此封閉的空間來說，壁紙顏色太深，印刷太花俏。華麗的花瓣綻放，相互交纏，宛如生命力太過旺盛的毒草花園，即將接掌這棟屋子。想到這，我連忙縮手，身體微微傾向另一邊。

「你感覺到的是屋子本身的性質。」貝克太太沒有回頭。「這棟建築物微微往海洋那側傾斜。在一樓幾乎感覺不出。二樓以上才比較明顯。」

「為什麼會這樣？」

「這座山崖，親愛的。屋子蓋在崖頂上，時間久了山崖當然會風化。」

貝克太太沒有說出口，但我從傾斜的地板看得出荷普莊園也隨著山崖一起風化。總有一天——或許近在眼前，或許還要等上一百年——山崖和宅邸將會崩落，墜入海中。

「你不擔心嗎？」

「喔，我們都很習慣了。過一陣子就好。就像是習慣搖晃的甲板一樣。」

我不知道。我搭船的經驗只有六年級戶外教學的賞鯨之旅，實在是無法想像自己能習慣那樣的顛簸。貝克太太停在左側一間緊閉的門前，我靠上牆面，鬆了一口氣。

「這是你的房間。」她轉動門把，沒有用力門就自己開了一縫，相信是拜傾斜宅邸所賜。「等你換好衣服，我就帶你去見荷普小姐。」

「換衣服？」我站直。「我要換穿什麼？」

「當然是你的制服。」

貝克太太讓到一旁，我湊上去往屋裡看。房間不大，但非常整潔。奶油黃色壁紙，一座五斗櫃、一張閱讀椅、擺滿書本的大書櫃。甚至還看得到海景。換在不同的情境之下我肯定會無比雀躍。然而我太關注床舖上那套白色護士服，摺得像高級餐廳桌上的紙巾一樣整齊。

「不夠合身的話我可以找裁縫來改。」貝克太太說。

在我眼中，那套制服感覺就像定時炸彈。「你是認真要我穿這個？」

「不，親愛的。我要求你穿這套服裝。」

「可是我不是護士啊。」

「你在這裡就是。」

早該知道會有這一刻。我明明看過潔西卡那套荒謬的女僕裝和阿奇的廚師服。

「我知道你覺得這樣很蠢。」貝克太太說。「在你之前的護士也這麼想。瑪莉也是。但在這裡要照老規矩來，包括嚴格的服裝規定。荷普小姐也習慣這樣，如果現在改了只會害她腦袋混亂，心情不佳。」

最後這句話讓我敗下陣來。我才不管什麼老規矩——又沒有人在乎，幹嘛要照著做呢？——可是我無法反對穩定患者情緒的措施，只能吞下一切，穿上制服。

貝克太太在走廊等候。門一關，我連忙剝掉大衣、裙子、襯衫。制服不太合身，臀圍太鬆，胸圍剛好，肩膀又太緊，介於緊繃與鬆垮之間。把護士帽別上頭頂後，我覺得自己荒謬至極。

我到套房裡的浴室檢查自己的模樣。

其實還……可以。

這套制服不但正式，過緊的肩線讓我站得更挺一些，被迫矯正駝背的習慣，比起照服員，我更像是合格護士。我感到睽違數月的幹練感，行動步調煥然一新。

貝克太太顯然也認同我的想法。我走出臥室，她戴上眼鏡，說：「嗯，這樣好多了。」她再次邁開腳步，走到下一扇門邊。

蕾諾拉・荷普的房間。

看貝克太太打開房門，我深吸一口氣，覺得自己需要一點心理建設。不知道是為了什麼。蕾諾拉・荷普又不會站在房裡，一手拿刀，另一手拿繩圈。然而當貝克太太比手勢要我進房時，我腦中只浮現這樣的想像。

又做了一次深呼吸，我走進房間。

我第一個注意到的是壁紙。粉紅色條紋，與樓下肖像畫的背景一致。白色臥榻也在，即使布料隨著歲月流逝而黯淡，依然看得出就是蕾諾拉坐過的那張。臥榻後方牆上掛著肖像畫中只露出一角的鍍金邊框鏡子。我盯著整面鏡子——以及自己穿著制服的鏡影——覺得自己有點像穿過鏡子的愛麗絲。不過我並不是踏進仙境，而是來到蕾諾拉・荷普的肖像畫之中，同時從畫外看見自己的身影。

下一個吸引我目光的是面向大西洋的大片窗戶，窗外風景比日光室還要壯觀。從這裡看得到海——湧動的廣大海面宛如哈哈鏡似地映射天空。上下都是藍色畫布，一面散布零星雲朵，另一面塗上白色浪花。二樓的優勢位置讓我更深刻體會到這幢大宅離山崖邊緣有多近，幾乎是緊貼在上，露台欄杆外沒有半點土地，垂直往下通往海面。

因為屋子的些許傾斜，這片風景看起來更讓人暈眩。就算站在房間中央，我總覺得像額頭正貼著窗戶往下看。不穩的感知再次襲來，我瞬間無比懼怕自己即將滾落海中。

這時我總算看到停在房間角落的輪椅，面向窗戶。輪椅款式古老，以柳條和木材製成，前方兩個大輪子加上後側的一個小輪子，結構類似三輪車。這款輪椅已經好幾十年沒人用了。

輪椅上坐著一名女性，沉默而僵硬，腦袋往前低垂，彷彿正在打瞌睡。

蕾諾拉．荷普。

暈眩瞬間消退。蕾諾拉的存在讓我震撼到忘記傾斜的地板，或是窗外的景色，甚至是背後的貝克太太。我的視線焦點只剩蕾諾拉，坐在過時的輪椅上，明亮的陽光將她包圍，使得她看起來無比蒼白，接近透明。

惡名昭彰的蕾諾拉．荷普，現在只剩一縷幽魂。

她的一切似乎都褪色了。灰色睡袍已經穿到綻線，跟她腳上的拖鞋一樣。鬆垮垮的灰色襪子拉到膝下。睡袍下的睡衣可能原本是白的，經過太多次的清洗，布料變得跟她的皮膚一樣泛灰。灰色擴散到她的頭髮，長長的直髮披垂在她肩頭。

直到蕾諾拉抬起頭，我才看到唯一的色彩。

她的雙眼。

鮮明的綠色，幾乎與樓下肖像畫中沒有差別。畫中人物的眼眸令人著迷，在現實中卻讓人驚懼，特別是在一片灰色調的包圍之下。讓我想到雷射光。那雙眼在燃燒。

火焰般的鮮綠把我吸住。我發現自己好想凝視那雙懾人的明亮眼眸，看我是否能在其中看出自己的一部分。若是不行，那或許代表我沒有其他人想得那麼壞。

沒有我父親想得那麼壞。

我腳下有些虛浮，走向蕾諾拉，地板顯得更斜了。或許真的不是地板造成的影響。或許單純只是因為我與蕾諾拉．荷普共處一室——這個認知既虛幻又讓人訝異。那首兒歌鑽回我的思緒。

**蕾諾拉．荷普十七歲**

不知道我是否該害怕。

**拿繩子勒死她妹妹**

因為我真的怕。

**拿刀捅死她父親**

即使沒有理由害怕。

**狠奪母親一條命**

不是可怕歌詞裡的蕾諾拉．荷普。也不是樓下肖像畫裡的蕾諾拉——年輕又豐盈，說不定當時她已經在籌劃要殺害家人。眼前的蕾諾拉蒼老、衰弱，宛如風中殘燭。我想到高中時讀過的《格雷的畫像》。感覺跟書中劇情正好相反——走廊上的畫像面容越來越年輕，而蕾諾拉本人衰敗的肉體是在為她的犯行贖罪。

我又走了幾步，漸漸能忽略歪斜的建築物。或許貝克太太說得對。或許我正在習慣這個地方。

「哈囉，蕾諾拉。」我說。

「荷普小姐。」站在門邊的貝克太太糾正我。「傭人絕對不能直呼屋主的名字。」

「抱歉。哈囉，荷普小姐。」

蕾諾拉連動都沒動，看不出她是否意識到我的存在。我直接跪在輪椅前方，希望能好好看清那雙懾人綠眼。我渾身緊繃，咬牙面對可能從那雙眼中透出的洞悉。關於蕾諾拉。關於我自己。

但蕾諾拉沒有合作。她的視線越過我，投向窗外，焦點固定在下方翻騰的海面。

「我是琪特。琪特．麥迪爾。」

蕾諾拉的雙眼突然對上我的視線。

我迎向她的眼眸。

在她眼中看到了出乎意料的情緒。

好奇在蕾諾拉眼中閃爍。彷彿她早就知道我這個人。彷彿她知道我的一切。知道我被困住了。遭到控訴，受人審判、然後放逐、然後忽視。凝視蕾諾拉・荷普的雙眼感覺就像看著那面鍍金邊框的鏡子，與自己的鏡影對望。

「很高興能見到你。」我說。「從現在起就由我來照顧你。你喜歡這個安排嗎？」

蕾諾拉・荷普點頭。

然後她笑了。

在我們開始前，我要聲明一件事。別試圖幫我寫。我知道我想說什麼。你只是在此代替我動不了的手。在我需要的時候做我要你做的事情就好。

懂嗎？

很好。

再來，我寫這個不是為了讓你為我內疚。我不想要也不需要你的憐憫。我也不是為了證明我的無辜。等我寫完，全都交由其他人判斷。

我隨時可能會死。我寫這個是希望在我死後，能留下一份事實的紀錄。這是真相——是好也是壞。

一切都是從畫肖像畫那天開始，結局的開始，雖然當時我根本不知道是如此。那是謀殺案發生的八個月前。要是跟當時的我一樣年輕，你會覺得八個月跟一輩子沒有兩樣。

那天也是我的生日。這棟屋子裡最後一次的慶生。

那年，我父親決定要找畫家給每一個人在生日當天畫肖像畫。在他心目中這是禮物，或許他跟我母親覺得不錯，但我妹妹跟我不這麼想。我們這個年紀的女孩子才不想收到肖像畫當禮物，特別是還得讓人打扮一番，坐上好幾個小時不准動。唯一的好事是畫家挺帥的。

他叫彼德。

彼德．瓦德。

父親委託他替全家人畫肖像畫，這是他第四次來到荷普莊園，而我已經對他仰慕有加。我穿上最好的衣服——粉紅色緞面禮服——把自己打扮成最漂亮的模樣。我很想捕捉他的目光。

可惜我妹妹也懷抱同樣的心思，她一直在他身旁晃來晃去，即便貝克小姐已經對他抱持戒心。肖像畫在我的臥室繪製，她擔心要是讓彼德跟我獨處可能會發生不太體面的事情。以貝克小姐來說這是很正常的反應，她在一年前受雇教導我們禮儀和說話技巧，不過我知道她真正的用處是什麼：給不需要家庭教師的女孩子請的家庭教師。

我坐在臥榻上，努力不移動半分。貝克小姐僵立在角落，露出無法苟同的表情。而我妹妹在彼德背後閒晃，看看畫布，說幾句像是「喔，畫得太好了。真的很像她」之類的話。

每當她發表評論，我就忍不住笑出來，引來彼德數度斥責。

「請不要動。」他無比認真的語氣害我笑得更兇了。我大部分時間都在忍笑，不過還是從肖像畫成品看出我的笑意。妹妹說得對。彼德完美捕捉我的每一個表情。

「可是我好無聊。」同樣的姿勢撐到下午，我忍不住開口：「可以至少讓我看個書嗎？」

「可以啊，但這樣我就看不到你的眼睛了。」彼德說：「你的眼睛是這麼的可愛。」

這才是每一個十幾歲女孩子想要的生日禮物。從來沒有人說過我身上的任何一個部位可愛，聽到彼德這麼說，我忍不住渾身震顫。

突然間，我好想知道彼德有沒有畫過誰的裸體。比我還要成熟豐滿的人，不會對她的身體感到羞赧的人。我開始想像脫下粉紅色禮服，斜倚在臥榻上，讓彼德注視我裸身的感覺。他還會覺得我可愛嗎？他會不會忍不住離開畫架，跟我一起坐上臥榻，觸碰我的肌膚，撫摸我的頭髮？

我的臉紅了起來，瘋狂的幻想把我嚇壞了。我望向貝克小姐，她那雙黑眼凝視著我，彷彿看穿了我的思緒。

顯然我的妹妹也知道我在想什麼。她從彼德背後接近他，整個人貼上他的背，一手搭在他肩頭，輕聲說：「彼德，你真的是我遇過最有才華的男人。」

房裡溫度急速上升，那一刻，我只想遠離每一個人。我想跑到屋外，坐在山崖邊上，讓涼風吹起我的頭髮。

「快好了嗎？」我問。

「再一兩個小時。」彼德說。

「耐心點。」貝克小姐開口告誡。

我已經不剩半點耐性。我恨她。我恨我妹妹。我恨父親把彼德帶進這棟屋子。在那一刻，我唯一不討厭的家人是我母親。

我可憐她。

再也坐不下去了，我跳下臥榻，走向房門。

「我還沒結束。」彼德在我背後高聲說。

「我已經結束了。」我回道。

我從後側樓梯快步走進廚房，裡頭有如戰場，廚師跟女僕忙著準備我的生日晚宴。我沒想到自己會氣成這樣。我知道我妹妹其實對彼德沒有興趣，彼德對我也沒有興趣。老實說我對他也沒興趣。我只是渴望有人能注意到我、看見我、理解我。

同時我也厭倦了望終莊這個地方。名字取得很貼切，感覺我們處於世界終點，失去一切離開的希望，只能待在這裡。

父親建造莊園是為了他自己。當然了，他絕對不會這麼說。最自負的人通常會想要隱藏他們的自負。於是父親宣稱這是獻給他摯愛的妻子以及她剛生下的女兒。

才不是。

他只想讓大家見識他是多麼的富有。

他成功了。任何人看一眼荷普莊園就會想：「屋主肯定非常有錢。」

我們確實有錢。但我們快樂嗎？那就難說了。即便屋子有多奢華，也反映出這一點。這裡好冷。處處透出不歡迎人的氣息。我知道你感覺得到。在這裡很難待得舒服。

我只想接觸人群，到各處走走，體驗我只在書上看過的事物。已經一九二九年了，世界各地生氣蓬勃，路上車子跑得飛快，大家整晚聽爵士樂跳舞，從澡盆裡喝琴酒。我完全沒有體驗過。要是沒有任何經歷能寫，我要如何成為偉大的作家呢？

有時候荷普莊園跟監獄沒有兩樣，要是在牆內多待一分鐘，我幾乎就要尖叫了。每當我陷入這樣的心境時，唯一的解藥就是到戶外走走。我熱愛土地和海洋和天空。它們總能安撫我的情緒，那一天也是如此。

站在露台上，我吸入鹹腥的空氣，感受涼風拂面。我靠上欄杆，望向繞過屋子東南角的大片窗戶。那是我母親的臥室，跟我父親的臥室分開。他們兩個早已不再同床共枕。

窗簾拉下，代表她的「神經衰弱」又發作了。那陣子她很少離開房間。

看到緊閉的窗簾，我打了個寒顫。我無法想像每一天都被困在自己的房間裡，從早到晚都無法離開。對我來說那比死還痛苦。

但我實現了這個情境。

我想得沒錯。

荷普莊園有個奇妙的設置：所有的臥室都只能從外頭上鎖，各自配了一把鑰匙。我妹妹跟我小時候，父親最愛的遊戲之一就是把我們鎖在房間裡。誰能撐最久不求饒的就能得到獎勵。通常是一點零用錢或是高級點心，有一次還送出了金手鐲。贏家還可以決定輸家得在她房間裡多待多久。

每次都是我妹妹贏。

這個遊戲對她來說不痛不癢，可是啊，我每次都差點瘋掉。過了兩三個小時就會覺得牆面不斷接近，要是我不出去就會永遠困在裡面。

每次都是我先求父親開門，因此我得要在房裡關到妹妹指定的時刻。有一回她選擇把我多關十二個小時。我整夜尖叫搥門，哀求他們放我出去。發現這招沒效，我嘗試撞門，但門板紋風不動。就算我輸了，父親跟妹妹絕不心軟。我一直被關到隔天早上。

在這棟房子、這個房間、這副身體裡就是這種感覺。彷彿我一直困在父親的某場遊戲裡，門外沒有人有鑰匙能放我出去。

# 第六章

把家當扛上樓後，我才發現蕾諾拉跟我的房間其實是相連的。我首先就是把用來放藥物的金屬盒子翻出來。就是我沒有收好，為我招來停職處分、警方調查的藥盒。這個能上鎖的盒子現在空無一物，我將它塞到床下，鑰匙丟進床邊桌的抽屜。

接著是我的衣服。掀開行李箱之後，我拉了拉以為是衣櫃的門，沒想到這扇門直通蕾諾拉的房間。貝克太太還在房裡，將一組小巧的耳機掛在蕾諾拉頭上。耳機連接擱在她大腿上看起來像磚塊的隨身聽。

「啊，琪特。」貝克太太一邊說著，按下隨身聽的播放鍵。「我跟你說一下荷普小姐的作息。」

我好奇地走進蕾諾拉的房間。她看起來真是奇妙——七十幾歲的婦人癱在四零年代後就停產的輪椅上，享受八零年代的最新科技。

「她在聽什麼？」

「用錄音帶聽書本的內容。」貝克太太的口吻彷彿是對這個概念嫌惡不已。「潔西卡自己錄的，把錄音帶送給荷普小姐聽。」

「她人真好。」

「算是吧。」

貝克太太來到窗邊的櫃子旁，櫃裡擺了幾十捲錄音帶，塑膠盒外貼著用紅色麥克筆寫下的標籤。《刺鳥》、《愛拉與穴熊族》。其中有好幾本賈姬．考林斯的羅曼史小說。

蕾諾拉在我們旁邊聽著其中一捲錄音帶，露出滿足的神情。就像拿到心愛玩具的孩子。在貝克太太迅速說明如何照顧她時，她一直維持這個姿勢和表情。我們先討論蕾諾拉的用藥，她吃的藥真不少。阿斯匹靈、利尿劑、抗凝血藥、降血脂藥、控制肌肉抽搐的藥丸，還有防止骨質疏鬆症的藥丸。全都放在蕾諾拉的床頭櫃上，六個橘色小藥瓶在銀色托盤上排成一列。

我打開每一個瓶子，記住藥丸的形狀、大小、顏色。托盤上還有一組研缽。也就是說我要磨碎這些藥丸。

「混進荷普小姐的食物裡，對吧？」

「三種藥配早餐吃，另外三種晚餐吃。」貝克太太說：「瓶子上有記號。」

我確認瓶上的貼紙，聽她繼續說明每天如何花兩個小時——早上一小時，晚間一小時——輕緩地活動蕾諾拉的手腳，改善她的循環。每天早晚我也要幫她刷牙、梳頭髮、把睡衣換成日常居家服再換回來。我需要餵她吃東西。幫她洗澡。如果她能自行如廁，我要協助她上下馬桶，要是她沒辦法，那就幫她換成人紙尿褲。

明明蕾諾拉還在房間裡，默默坐在她的輪椅上，我們卻像是她不在場似地談論這些事。我不時瞄她一眼，試著判斷她對於周遭環境有多少反應。有一半的時間她似乎無視我們的存在，只顧著眺望窗外風景，聽錄音帶裡的故事。不過另外一半的時間我察覺到她極度專注，彷彿她在留意我的一舉一動。在某個時間點，蕾諾拉的視線離開窗戶，飄向我這邊，偷偷地斜眼窺看。一被我發現，她的雙眼馬上回到原本的方向。

「荷普小姐平常有什麼消遣娛樂嗎？」

「娛樂？」貝克太太一副從未聽過這的詞的模樣。「荷普小姐沒有娛樂。她只能休息。」

「整天？」

我環顧四周，這裡比我的房間大一些，但空氣和家具擺設都讓人感到滯悶。窗戶緊閉，我很想問問上次開窗是什麼時候。清爽的海風肯定能帶來不小改變。但這裡也沒有病房的氣味，幸好。我遇過太多悶熱的房間，瀰漫著汗水、體味、腐朽的氣息。

至於家具呢，嗯，我實在是無能為力。在窗邊櫃子和褪色的臥榻之外，還有對側牆邊的雕花衣櫃、角落的書桌、與臥榻成套的扶手椅、幾張擺著彩繪玻璃檯燈的邊桌。華麗又略顯孩子氣，我推測這裡是蕾諾拉從小使用的房間，數十年來都沒更動過擺設。若非我自己也是如此，恐怕會覺得成年女性睡在自己小時候的房間裡還滿怪異的。

房裡唯一透出現代感的是床邊的吊索升降機，方便蕾諾拉在床上和輪椅間移動。這套器材我用過很多次了，不過眼前這組看起來是早期的型號。U型底座、帶著角度的支撐桿、液壓幫浦看起來沒有新型器材那麼俐落。像是過大的衣帽架的頂端掛著一組尼龍吊索。

床上擠滿枕頭，中間有個人型凹洞。想到被迫整天躺著，什麼事情都做不了，我忍不住打哆嗦。

「她一定有喜歡做的事情吧。」我在房裡尋找電視的蹤跡。其他患者大多喜歡開著電視，就算他們並沒有真的在看，只是想要有點聲音作伴。

沒找到電視，但我在書桌上瞄到一台打字機。看起來年代久遠——薄荷綠外殼、米白色按鍵，顯然是六零年代的產物——不過看來還能運作，滑動架上插著一張紙。

「這是荷普小姐的嗎？」

貝克太太的視線掃過打字機。「她年輕時夢想成為作家。瑪莉發現這件事之後，買了這台打字機，打算教荷普小姐使用。」

「她學會了嗎？」

「沒有。不過在這幾十年間，我們開發了讓她表達需求的方法。她可以輕敲左手來回應，一下代表否，兩下代表是。不太完美，但目前為止還算順利。」

我再次屈伸左手，想到只能用這個方法與外界溝通就心神不寧。

我又迅速偷看蕾諾拉一眼，發現她又在看我了。這回她沒有試圖掩飾。蕾諾拉就只是看著。

「至於荷普小姐的**護理**。」貝克太太刻意強調這兩個字，顯然她認為其他都是雞毛蒜皮的小事。「七點吃晚餐。你餵完荷普小姐隨時都可以來廚房跟我們吃，不過大部分的護士都覺得跟她一起吃比較輕鬆。飯後是第二輪的循環療法，接著是沐浴。」

她打開衣櫃旁的門，門裡是鋪著潔白磁磚的浴室，毛巾架下的電暖器嘶嘶運作，貓腳浴缸擺著另一組升降機，還有配合蕾諾拉輪椅高度的洗手台。

「大約在九點讓荷普小姐躺上床。如果她夜間需要協助，會用這個緊急按鈕通知你。」

貝克太太來到蕾諾拉床鋪左側的小桌子，拿起厚重的塑膠方塊，看起來很像少了方向桿的雅達利電玩控制器，按鈕也一樣。貝克太太以大拇指按下碩大的紅色圓形按鈕，響亮的鈴聲從我房間傳來，伴隨著刺眼的紅光，透過連接兩個房間的門，我看到紅光從我床邊桌上的塑膠臺座傳來。

「還有其他問題嗎？」她問。

「如果想到的話我一定會提出。」

「我想也是。」貝克太太的嗓音像風滾草一樣乾巴巴的。「現在我正式將荷普小姐交由你照顧。希望你能妥善為她服務。」

她的話語沒有絲毫熱情，似乎對此不抱任何期待。接著她轉身離開房間，黑色裙襬迅速消失。我在門邊待了一會，身體微微搖晃。儘管我希望這是傾斜的地板所致，我知道真正的原因。

現在我得跟蕾諾拉．荷普獨處。

心跳突然加速。在蕾諾拉眼中看見自己的一部分後，我不認為我會這麼緊張。然而等到房裡只剩我們兩個，感覺又不同了。空氣中帶著電流，剛才似乎是被貝克太太的存在沖淡。現在她一走，我感受到完整的壓迫，隱約透出不祥的預感。

還有害怕。沒想到我會這麼怕。

多年前，我還是個小孩，父親還願意跟我說話，我們在後院，一隻蜜蜂飛到我手臂上。我還來不及尖叫或跑開，父親抓住我的肩膀，要我待在原地。

「小琪，絕對不要展現你的恐懼。」他悄聲說。「牠們能分辨你是否害怕──然後在你害怕的時候刺下去。」

我一動也不動，假裝自己很勇敢。蜜蜂沿著我的手臂往上爬，爬過頸子，爬上臉頰。然後牠振翅飛走，我毫髮無傷。

我試著喚醒那股無懼的假象，走向蕾諾拉，身體微微傾斜，與這棟房子取得平衡。我看了看她大腿上的隨身聽。裡面的錄音帶已經不再轉動，不知道停了多久。我小心翼翼地移開耳機，跟隨身聽一起放到櫃子上。這讓蕾諾拉露出不悅的眼神。

「抱歉。」我說。「這裡只剩我們兩個了，我想我們該──我該──說說話。讓你更了解我。」

我坐在臥榻上，面對蕾諾拉，她的視線飄忽了下，再次鎖定我的臉。那雙眼不只燦亮得讓人不安，眼神的變化還相當豐富。這是失去說話能力的副產品。蕾諾拉肯定是用她的眼睛來表達一切。現在，那雙眼中閃過警覺以及些許的猶豫。她似乎不太確定要如何判定我的立場。

我也一樣，蕾諾拉。我也一樣。

「那麼，荷普小姐——」

我停下來，這個稱呼讓我渾身不對勁。不管貝克太太怎麼說，聽起來都太正式了。更何況我總覺得直呼名字會讓對方顯得沒那麼可怕。貝克太太從未提起自己全名的原因或許就在這。這是一種權力的轉移。不需要這些繁文縟節，荷普小姐已經夠嚇人了，於是我在半秒內決定，只要貝克太太不在場，我就直呼她的名字。

「那麼，蕾諾拉。」我重新開始。「剛才我提過了，我叫琪特，來幫你打理日常生活的一切事務。」

真的是一切。

又是一個驚人的醒悟。

過去的患者都能自己進食，藉由輔助步行。他們也都會說話，讓我知道他們在什麼時刻需要什麼協助。蕾諾拉只能動用她的左手臂，我不定她是否真能按下那個紅色按鈕。

「我們先來測試貝克太太提到的通訊系統。你做得到吧？」

蕾諾拉彎起左手手指，鬆鬆的握成拳頭。她的指節落在輪椅扶手上，一次，兩次。肯定的回覆。

「好極了。現在我來看看你的身體狀況。」

我取來醫藥袋，做了例行的生命徵象檢測。她的血壓有點高，但還不需要擔心，以這樣的年紀和病情，她的脈搏算是正常。測試反射能力時，蕾諾拉的四肢都還有些許反應。她的右手臂——癱瘓不代表身體無法反應——跟因為小兒麻痺而過度衰弱的雙腿都稍能動彈。至於她的左臂，機能與一般七十歲老人沒有兩樣。

唯一讓我略為在意的是蕾諾拉前臂內側的淡淡瘀青，現在只剩下圍著一圈黃的紫色瘀血，看起來恢復得很正常。

「這裡怎麼了？你撞到東西嗎？」

蕾諾拉敲了兩下。對。

「會痛嗎？」

這回她敲了一下。不會。

「會痛的話請讓我知道。來看看這邊的手臂能做什麼。」我握住蕾諾拉的左手。冰冷而蒼白，薄脆的皮膚接近透明，血管形成交錯的地圖。「請動一下。」

蕾諾拉的手指在我手上晃了晃。

「很好。現在握拳。越緊越好。」

她的指甲刮過我的掌心，握起比剛才敲打扶手時還要結實的拳頭。

「還不錯。來看看這隻手能握住多重的東西。」

我從床頭櫃上的托盤拿了個藥瓶，放在蕾諾拉掌上。她的手指環繞瓶子，握得很穩。

「很好。」我把藥瓶放回托盤上。

我在房裡尋找其他能使用的物品，發現櫃子頂上有個雪花球，大概跟網球一樣大，看起來很舊了。球體用的是玻璃，不是塑膠，裡頭是手繪的巴黎風景，中央豎立迷你的艾菲爾鐵塔。我搖了搖雪花球。原本填在球內的液體早已乾涸，金色雪花像重複使用的彩帶紙似地沙沙落下。

我把雪花球放到蕾諾拉左手上。這顆球意外沉重，她的手開始顫抖。她喉中逸出細微的咯咯聲，聽起來痛苦極了。我在蕾諾拉的手落回扶手上的瞬間接過雪花球。她皺起眉，看起來對自己的能力深感失望。

「沒關係。你已經盡力了。」我把雪花球放回櫃子上，又掀起了一片金色雪花。回到蕾諾拉身旁，我握起她的手，感受皮膚下輕微的脈動。「你去過巴黎嗎？」

蕾諾拉輕輕握拳，在我掌心悲傷地敲了一下。

「我也是。這個雪花球是去過巴黎的人送的嗎？」

她敲了兩下。

「你的雙親？」

又是兩下。

「你想念他們嗎？」

蕾諾拉思考這個問題。沒有想太久，但我注意到她的停頓。接著她在我掌心敲了兩下。

「你妹妹呢？你也想念她嗎？」

這次她只敲一下。如此的堅決，讓我掌心一陣刺痛。

不。

讓人不安的答案，伴隨著更讓人不安的想法——蕾諾拉用這隻手殺了她的妹妹。

拿繩子。

還有她的父親。

拿刀。

還有她的母親。

一條命。

想到我握著的這隻手做過那些駭人聽聞的事情，我忍不住倒抽一口氣，鬆開我的手。蕾諾拉的手落到她膝上，她投來尖銳的眼神，半是訝異，半是受傷。不過她臉上很快就浮現醒悟的神色，似乎被我的反應逗樂了。

她**知道**我在想什麼。

因為我不是第一個抱持這種心思的照服員。

其他人也這麼想。或許某幾個人也跟我一樣把她的手當成燙手山芋，就連瑪莉也是如此。或許他們跟我一樣，不只納悶蕾諾拉是如何殺了她的家人，也想知道背後的原因。這是天大的謎團。一定有什麼原因，沒有人會在毫無動機的情況下殺光家人。

沒有正常人會這麼做。

我看著蕾諾拉，猜測她的沉默與靜止之下，是否藏著暗潮洶湧的瘋狂。感覺並非如此，特別是在對上蕾諾拉雙眼的瞬間。看著那雙綠眼從我轉向桌上的打字機，我感受到敏銳的才思。她的眼神透出急迫，似乎是想告訴我什麼。

「你想用那個？」我問。

蕾諾拉敲了兩下。

「瑪莉教過你怎麼用？」

她又敲了兩下。果決的聲響在房裡迴盪。即便如此，我還是抱持疑慮。以蕾諾拉的身體狀況，就算有人協助也無法打字。我曾遭到打字員派遣公司解僱，很清楚對於無法**雙手並用**的人來說，這個機器有多難對付。

但我還是把蕾諾拉推到桌邊，把她的左手放到鍵盤上。打字機前只有我們兩個，我感覺到她起了微妙的變化，更加開朗也更有精神。她的手指滑過按鍵，像是在思量要先按哪一個。她停在某個按鍵上，用食指全力按下。字母桿從機器裡彈出，啪地擊中紙張。

蕾諾拉面露喜色。她很享受這樣的體驗。

她又按了八個鍵，其中包括空白鍵，吁了一口氣，看起來很滿意。

她沒辦法壓下回車桿，於是我伸手代勞，把紙匣移回起始位置。紙張往上挪了一行，讓我看見她剛才打的內容。

**哈囉琪特**

即使心裡緊張極了，我忍不住勾起嘴角。「哈囉。」

蕾諾拉的腦袋往打字機晃了晃，代表她想繼續。

「對你來說不會太辛苦嗎？」

她的左手再次拂過鍵盤，按下一個字母。她打字不快，一分鐘可能只能打出一個字，不比我在派遣公司的成績差太多。但她跟我不同，非常有毅力，投注全副注意。在鍵盤上獵捕想要的字詞時，她會皺起額頭，舌尖從嘴角探出。沒一會時間，她又打了十一個字，空白鍵啪啪響了十次。

**我身體死了但腦袋還活著**

蕾諾拉滿懷期盼地抬眼看我，緊張地咬著下唇，試著評估我的反應。這是如此純粹的表情，把心中感受明明白白地掏出來，讓我想到十多歲的小女生，那些忍不住把心聲掛在臉上的孩子。

我發覺蕾諾拉有可能在許多方面與青少年沒有兩樣。她數十年來一直住在這棟房子、這個房間裡，被她年少時的物品環繞。她的人生自從十七歲開始就沒有改變過。沒有家人或朋友，甚至是環境的轉變帶著她成長，或許蕾諾拉心裡還是那個十七歲少女。

也就是說，或許她的情緒狀態還停留在她的家人慘遭殺害的那一夜。歌詞嘲諷似地從記憶中彈出。

**蕾諾拉・荷普十七歲**。

我忐忑不安地縮手，彷彿蕾諾拉準備抓住我的手。她當然注意到了，點頭示意我壓下打字機的回車桿。我以最快的速度完成她的命令，確保我們的手不會碰到。

蕾諾拉的回應是短促而充滿意義的三個字。

**不要怕**

她再次點頭，我再次迅速地操作回車桿，讓蕾諾拉打出下一行字。

**我無法傷你**

如果說蕾諾拉的用意是安撫我，那她可說是徹徹底底的失敗了。

**我不會傷你**。

假如她打出這句話，我或許會安心一點。

蕾諾拉的措辭造成完全相反的效果。這個暗潮洶湧的**無法**暗示著她只是欠缺能力，而非意志。代表她只要有能力，就可以隨心所欲的傷害我。

# 第七章

我們靜靜吃晚餐，過去六個月來我已經很習慣了。我坐在蕾諾拉對面，小心地不碰到她的膝蓋。離開打字機後，我盡可能把肢體接觸降到最低。

我把木製活動桌面固定在蕾諾拉的輪椅上，兩人的盤子都放在上頭。我的菜色是烤雞和淋上醬汁的紅蘿蔔，蕾諾拉則是橡果南瓜泥佐碾碎的藥丸。不知道該先餵飽誰的肚子，於是我決定我們輪流吃。餵蕾諾拉吃一口菜，我自己吃一口，直到兩個盤子清潔溜溜。

還有餐後甜點。我拿到巧克力蛋糕，蕾諾拉拿到布丁。

吃完甜點就是蕾諾拉的晚間循環運動時刻。我一點都不期待，因為這代表我們無法繼續保持距離。接下來，蕾諾拉跟我將展開讓人渾身不自在的接觸。

我使用升降機把她從輪椅移到床上。過程中需要將吊索滑到她身下舉起她，讓她像小孩坐盪鞦韆似地隨著支架移動，放上床舖，收回吊索。說起來簡單，做起來可不輕鬆，再加上蕾諾拉比她的外表還要重。如同鳥兒的骨架隱藏著令人訝異的結實。

讓蕾諾拉躺定後，我抬起她的右腿，膝蓋推向胸口。蕾諾拉漠然凝視天花板。我想著她被迫做了多少次這套活動，與多少名看護打過交道。可能有幾千次吧。早晚各一次，日復一日。當我抬起她的左腿時，蕾諾拉的腦袋轉向側邊，似乎是想越過我眺望窗景。

雖然窗外一片黑暗，沒什麼好看，但我懂她為什麼這麼做。總比盯著天花板好。就算沒有燈光，至少外頭有些變化。滿月垂在地平線上，彷彿剛從海面彈出來。像手指般細碎的雲朵浮在月亮前。遠處有艘船航過夜色，船上燈火明亮如星斗。

我低頭看著蕾諾拉，察覺她眼中的企盼。我可以理解。我這輩子總覺得世界與我錯身而過。我在一九五二年出生，青少年時期的盡頭與六零年代末期相撞。高中時我一直在餐館打工，看著為數不多的朋友前往舊金山、往北溜到加拿大躲徵兵、跑去胡士托音樂節，然後回到這裡，談戀愛、上床、被退學。上晚班時我看著月亮西沉，端著一份份盛在藍色盤子上的特餐瞥見歷史的流動。

母親要我別擔心。光靠看書，不用離家就能探索全世界。父親則是警告我早點習慣。

「小琪，這是我們的命運。」他說。「我們這種人做牛做馬，那些有錢的畜生到處享樂，命運就是如此。」

我相信他。我想這是我成為照服員的部分原因，光顧著把其他人的需求看得比自己還重，從未奢望踏向更遼闊的世界。

「我也很少出門。」我對蕾諾拉說。「基本上我這十二年來都困在室內。」

話說出口，我自己也嚇到了。漫長的十二年。沒有蕾諾拉那麼久，但被困住的事實不變。變化的只有不同的房間跟患者。我試著回憶每一名患者，卻發現自己做不到。太奇怪了，跟某個人在某個地方相處好一段日子，竟然能忘得一乾二淨不留痕跡。我把這歸咎於過度的單調，人跟地點變了，可是工作內容一模一樣。日復一日，年復一年，直到所有的回憶都變得模糊。我驚覺自己或許就像蕾諾拉，錯過了一整個七零年代。其他人體驗過的里程碑宛如車子般飛馳而過。我沒去過迪斯可舞廳。我的《大白鯊》是在電視上看的。我走過石油危機的年代，卻從未跟其他人一起排隊加滿油。隨後的水門事件跟其他政治動盪更像是背景雜音，我只顧著拿湯匙餵患者吃東西，給他們吃藥，替他們凋零的身軀擦澡。

短暫的痛楚刺穿我的身側，像是尖刀般插進我肋間。是企盼。我渴求自己從未擁有過——很可能永遠無法擁有——的人生。

「你有過這種感覺嗎，蕾諾拉？明明有機會過上怎樣的生活，卻沒辦法享受？」

蕾諾拉輕敲床墊兩下。

「我想也是。」

幫蕾諾拉活動完筋骨，下一個任務來了——沐浴時光。我先進浴室往浴缸裡裝水，再推蕾諾拉到浴缸旁。水滿了，我想握起蕾諾拉的左手，卻遲遲無法動彈。我又變得神經兮兮，不敢碰她了。

我暗自咒罵葛連先生，逼自己握住蕾諾拉的手，泡進水裡。「會不會太熱？」

蕾諾拉敲了浴缸一下。不會。

「你確定？」我躊躇不前，不想面對下一步——幫蕾諾拉脫衣服。

聽到兩聲表示肯定的回應，我已經無路可退。蕾諾拉．荷普與我即將產生更親近的接觸。

剛踏進這一行時，我習慣在替患者更衣時挪開視線。沒錯，這是出自對他們的尊重，但也因為我不想看到自己未來的樣貌。那些皺摺和斑點和鬆垮的乳房。現在我已經習慣了。我最後也會變成這樣。大家都會變成這樣。前提是運氣要夠好。又或者是運氣夠差。我還無法確定要抱持什麼樣的心態。

看到患者的裸體單純是工作的一部分。體液也是如此。這十二年來我看多了。血液和尿液、嘔吐物和鼻涕，還有糞便。我看太多了。

我操作升降機把蕾諾拉放進浴缸。空間狹窄、制服不合身、盡可能不碰到她的衝動使得這個任務更加困難。我動作笨拙，還不小心害蕾諾拉的手肘敲到浴缸邊緣。她瞇眼表示不悅。

「抱歉。」我說。

蕾諾拉嘆息，我首度從她身上感受到無法說話的挫折。這是我們共通的感受。我有好多話想問她。想知道好多事。在她面前緊張萬分，連碰她都不敢——我來這裡是為了代替蕾諾拉的右臂和雙腿的機能，總不能繼續維持這樣的僵局。

「我們該說說話。」我說。「我的意思是，我該說說話。」

我停頓一下，像是以為蕾諾拉能回應似的。她的沉默如同蒸汽般填滿浴室，使得空間更加狹小，更有壓迫感。

「你說得對。我在害怕。我會試著不要怕。可是很難。要是知道為什麼——」

話才說到一半，我連忙閉上嘴。**為什麼你要殺掉所有的家人**。反正蕾諾拉也懂我的意思。往手上擠洗髮精、幫她搓揉頭髮時我感受到了。

「這樣或許我就能理解。」

我捧起水，淋在蕾諾拉頭上，小心地不讓肥皂水流進她的眼睛。母親在我小時候也是這樣幫我頭髮。過了許多年，輪到我替她服務。我總覺得這個舉動很神聖，就像是洗禮。在這個擁擠沉默的浴室裡做這件事，讓我陷入了告解般的心境。

父親曾在他停止與我說話前如此建議過。去找神父。坦承我的罪行。

那時我沒有。但我現在打算嘗試看看。

「其實我們很相像，蕾諾拉。」我舀起更多熱水，灑在她頭上，水滴從她髮梢滴落，彷彿這個舉動能赦免我們兩人的罪。「我們都喜歡書。我們好幾年沒去過別的地方。我知道你受了什麼苦。」

我再次停頓，不確定是否該繼續。是否想繼續。這時蕾諾拉斜斜看了我一眼，我們都對彼此無比好奇。

「這是我們最相近的地方。」最後我說道：「大家都認為我殺了我的母親。」

# 第八章

儘管當時我願意免費照顧我母親，爸媽堅持透過葛連居家照服派遣公司僱用我。這是我母親的主意。她的自尊是如此的強硬。凱絲琳．麥迪爾不可能接受旁人施捨。即使胃癌正在啃蝕她的生命——即使大家都知道現在做什麼都太遲了——她依然堅持要付錢。

因此我離開原本照顧的八旬老人（滿無聊的慢性關節炎患者），搬回我小時候的臥室。把自己的母親跟那些患者一視同仁感覺好怪。他們都那麼老了。她一點都不老。

其實她也不年輕。我出生時，母親三十四歲，父親三十九歲。我早就認定總有一天會由我來照顧他們，只是沒想到那一天來得這麼快。

或是如此的殘忍。

無論照顧過多少患者，我還是沒有準備好面對這件事。換成自己的母親就不一樣了。我在乎得更多，也受傷更重。然而比起母親，我受的苦根本不算什麼。養病的頭幾個禮拜她神情恍惚，被自己的身體背叛的感覺讓她難以調適。接著是疼痛，劇烈到她有時會彎腰啜泣。我催促她的醫生開吩坦尼，雖然他想再等等。

「過幾個禮拜再說。」他說。

「可是她現在就很痛了。」

於是他寫了處方箋。

兩個禮拜後，我母親死於吩坦尼服用過量。

在一般人眼中，這件事或許像是悲慘的意外。病重的女性被疼痛逼瘋，吞服了過量的藥物。然而對於相關人士而言不只是如此。因為她的病情，可以主張她並非處於穩定的精神狀態。也就是說，我身為她的照服員，得要代替她做出對她最有利的決定。既然我把用量得要仔細拿捏的藥物留在她碰得到的地方，他們也能說我怠職，要為她的死亡負責。

聽我承認自己忘記把藥瓶收進床底下的上鎖箱子後，葛連先生在心中得出這個結論。他當然沒跟我說，而是直接聯繫州政府的衛生及公共服務部，局處人員又聯繫本地警方。

母親葬禮隔天，一名警探找上門來。理查．維克。他跟我父親以前有點交情，所以我認得這個人。他的外表活像是情境劇裡的老爺爺。一頭白髮，掛著友善的笑容，眼神和藹。

「琪特，哈囉。我要向你致上最深的哀悼。」

我困惑地看著他，雖然當時我應該要猜到他的來意。「維克先生，請問有何貴事呢？」

「你不介意的話請叫我維克警探。」他似笑非笑，似乎是在為了如此正經八百而致歉。「你爸在嗎？」

他不在。父親硬是收起悲傷，那天跟往常一樣出門工作，去梅威瑟老太太家修理發出怪聲的水管。我向維克警探告知此事，有禮貌地加上一句：「我會轉告他你來過。」

「其實我是來見你的。」

「喔。」我打開門，請他進屋。

維克探長拉正領帶，清清喉嚨，開口道：「去警局談會比較適合。」

「我需要找律師嗎？」

他說不用，當然了，這只是非正式的談話，他想跟我討論一下發生的事情。我不是嫌犯，因為沒有任何疑點。等我跟著維克警探來到警局，我才發現被騙了。他把我帶進偵訊室，我們兩個一坐下，他立刻啟動桌上的錄音機。

「請說出你的姓名。」他說。

「你知道我叫什麼。」

「是為了紀錄。」

我盯著錄音機，看轉軸不斷旋轉。這時我才知道自己麻煩大了。

「琪特・麥迪爾。」

「琪特，你的職業是什麼？」

「我是葛蘭居家照服派遣公司的居家照服員。」

「這份工作你做多久了？」

「十二年。」

「算起來滿久的。」維克警探說。「我想你現在應該是這一行的專家了吧。」

我聳肩。「算是吧。」

維克警探翻開他面前的資料夾，裡頭是驗屍官針對我母親寫的報告。「報告上提到你母親死於處方止痛藥使用過量，而你身為她的照服員，發現她的遺體。」

「沒錯。」

「發現你母親過世時，你有什麼感覺？」

我回想那天早晨。我起得特別早，看了一眼灰沉沉的天空，然後發現母親走了。穿過走廊來到她房間途中，我明明可以叫醒我父親，他睡在沙發上，把整張床讓給母親躺。我們明明可以一同進房看她，這樣我就不用單獨面對她的死亡。但我只是悄悄往母親房間裡看了一眼，發現她躺在枕頭上，閉著眼睛，雙手在胸口交疊。她總算解脫了。

「難過。還有鬆了一口氣。」

維克警探挑眉，他的眼神不再和藹，射出強烈的懷疑。「鬆了一口氣？」

「她不再需要受苦了。」

「我想這是合理的想法。」

「是的。」我回應。在這樣的情況下不該這麼說，但我就是控制不住自己的嘴巴。

「你的雇主葛連先生表示在你睡覺時把所有的藥物鎖起來是標準程序，好防止患者自行取用。這是真的嗎？」

我點頭。

「琪特，我需要你出聲回答。」維克警探朝錄音機歪歪腦袋。

「是的。」我說。

「可是葛連先生還說你坦承沒有以同樣的方式管理你母親服用過量的藥物。」

「我沒有坦承。」這個詞讓我亂了陣腳。

「所以你有把藥收好？」

「沒有。我把藥放在她房間裡。可是我沒有坦承。這樣說好像我犯了什麼罪似的。我只是跟葛連先生告知我沒收好藥瓶。」

「你曾經像這樣沒收好藥物嗎？」

「沒有。」

「從來沒有？」
「從來沒有。」
「那這是你第一次沒有照著規定把藥物鎖起來？」
「是的。」這兩個字宛如嘆息，我越來越挫折。再次望向錄音機，我想知道事後他們重播錄音時，會覺得這聲嘆息帶著什麼樣的情緒。不耐？愧疚？
「你是有意將藥物留在患者房間裡嗎？」維克警探問。
「不是的。這是意外。」
「琪特，這點我很難相信。」
「並不代表這是假的。」
「你當了十二年的照服員，從未把藥物忘在患者拿得到的地方。剛好只有這次，剛好患者死於用藥過度。這位患者不是隨便哪個外人。她是你自己的母親，看她痛苦萬分，你懇求她的醫生開止痛藥，而她剛好就是被這種藥奪去性命。你承認知道她死亡時，鬆了一口氣。琪特，在我聽來一點都不像意外。」
我的視線沒有離開錄音機，轉軸轉啊轉啊轉。
「我要找律師。」我說。
之後，一切如同骨牌般傾倒。警方展開正式調查。葛連先生懷疑我，指派給我的公設律師說我可能至少會以過失殺人罪起訴，假如警方認為我強迫母親服藥，罪狀有可能變成殺人罪。他建議我接受他們提供的認罪協商。最後一塊骨牌——我父親的最後一根稻草——是調查過程登上當地報紙的頭版。

## 警方懷疑女兒害母親服藥過量致死

不過呢，警方終究無法證明我故意把藥丸留在母親臥室裡，也無法證明我逼母親吞藥。缺乏證據是我今天不用坐牢的唯一理由。我知道維克警探認定我有罪。大家都這麼想。

「包括我父親。」悲傷的故事到了尾聲，我把蕾諾拉抬出澡盆，幫她擦乾身體，換上乾淨的睡衣和成人紙尿褲，讓她躺上床。「他可能再也不會對我開口了。所以我寧願來這裡，而不是待在家。」

我從床頭櫃收起她的藥瓶，丟進小箱子上鎖，塞到床底下。即使蕾諾拉不可能自己伸手拿藥，我還是得要萬分謹慎。經歷母親的遭遇後，我不能有半點紕漏。

回到蕾諾拉房裡，我把紅色按鈕擱在她左手邊，方便她操作。

「需要我的話，我就在隔壁。」照顧母親期間，我每天晚上都會跟她說這句話。

蕾諾拉抬眼看我，恐懼瀰漫她的綠眼。意識到她的想法時，我胃部擰成一團。

就連她也認為我有罪。

這樣就扯平了。

生日晚宴讓人難以忍受。即使眾人大費周章，這還是一場不愉快的家族盛事，桌上擺了小羔羊肉、韭菜馬鈴薯濃湯，迷迭香烤馬鈴薯。

同桌用餐的只有我、貝克小姐、我父親、我妹妹，以及應她要求的特別賓客——彼德。雖然我們替母親留了個位置，但她派她的女僕來告知她很不舒服，無法下樓。

餐後，廚房僕役用推車送上巨大的三層蛋糕，裹著粉紅色糖霜，插著亮晃晃的生日蠟燭。吹熄蠟燭時，我努力裝出歡快的神情。我努力了。不過所有的事情都糟透了，我裝得不太成功。反正也沒有人注意到。我妹妹忙著跟彼德調情，父親忙著對新來的女僕莎莉擠眉弄眼。就算我徒手抓起蛋糕塞進嘴裡，也只有嚴格的貝克小姐會側目。

晚宴結束了，我上樓探望母親。她自然是躺在床上，被子拉到胸前，整個人縮得好小，看起來可憐兮兮的，很難相信她曾是個大美女。

「全波士頓最美的女孩。」父親常常如此吹噓，當時姊妹跟我年紀還小，父母至少還能假裝愛著彼此。

我知道他說的是實話。母親年輕時擁有驚人美貌，同時也是新英格蘭地區頂尖的有錢人家大小姐。財富與美貌對我父親產生無法抗拒的吸引力。父親完全是白手起家致富，野心勃勃又努力奮鬥，他看上了伊凡潔琳・史塔頓。

謠言傳遍全波士頓，說她勾搭家中僕役，令家族臉上無光，害得自己即將與家族斷絕關係。父親仍舊對她展開熱烈攻勢。

母親自然很享受這份關注。我不只一次聽人把她比喻成在陽光下盛開的玫瑰花。想必父親就如同烈日般耀眼，因為兩人不到幾個禮拜就結婚了。不久，母親懷孕，父親蓋了荷普莊園。

幾年後，他的關愛逐漸減退，母親宛如少了陽光的花朵般枯萎。在我生日那晚，我看不出她哪裡像玫瑰花。蒼白、乾癟、骨瘦如柴，她只剩一身的刺。

「哈囉，達令。」這是她專屬於我的親暱稱呼。妹妹跟我各有一個，在我們出生那天由父母選定。妹妹是「親愛的」。我是「達令」。

雖說那一夜，我無法分辨母親的低喃是在呼喚我還是旁邊枕頭上的棕色藥水瓶。

鴉片酊。

她的萬靈丹，雖然就我所知，這東西什麼都治不了。

「生日過得開心嗎？」

顯然她是在對我說話，我撒了謊，說我很開心。

「真希望能在波士頓幫你慶生。」母親說。

我也這麼想。對我來說，波士頓簡直是另一個宇宙，一年只能享受一次，接著就要被匆匆送回乏味的荷普莊園。那裡有這個地方沒有的一切。餐廳跟店舖、劇場和電影院。上回去波士頓是在聖誕節後。我第一次嚐了香檳的滋味、在波士頓公園划天鵝船、看電影，還看到米老鼠在《蒸汽船威利號》裡登場。我心心念念地盼著能重回波士頓。

「等我明年生日吧。」我滿懷希望地說道。

母親昏昏欲睡地點頭，說：「這裡有個禮物要給你。是你父親跟我的小小心意。」

五斗櫃上有個小盒子，粉紅色包裝紙配藍色緞帶。裡面是小巧的雪花球，迷你的艾菲爾鐵塔矗立在一排小小的曼薩爾式屋頂上。

「你搖搖看。」母親說，我照著她的指示，讓球裡飄起一陣迴旋的金色雪花。

「真想帶你們兩個去巴黎。」母親說得像是這樣的旅程已經無法成行。「答應我你總有一天會去。」

我緊緊握住雪花球，點了頭。

「去巴黎，談戀愛，把這些事情寫下來。我知道你有多愛寫東西。踏上偉大的冒險之路，寫下你的想法和希望和夢想。達令，答應我你會這麼做。答應我你不會留在這裡。」

「我答應你。」我說。

母親開始掉淚，泣不成聲。她伸手拿鴉片酊，將藥瓶湊到嘴邊。在她大口喝下藥水前，我離開她的房間。

# 第九章

我不意外自己房裡也沒有電視。今天看過的幾個房間讓我很清楚荷普莊園幾乎停留於過去，從廚房裡的古董級電話機到我房間浴室的舊式廁所（想沖水得要拉繩子）。我不介意這裡沒有電視——反正我也幾乎沒在看——幸好我帶的書夠多。

我把整箱書放在地上，拆開封口，思考自己有沒有力氣把它們塞進已經客滿的書架。今天忙著照顧蕾諾拉，同時下意識地與這棟傾斜的屋子抗衡，我已經全身酸痛，筋疲力盡。照服員的工作相當繁重，讓你與第一位患者相處整天以後，才知道自己身上原來還有這些肌肉。

又或許是談起母親的事情耗盡我的氣力。通常是如此。每次提起那陣子的事，負面回憶彷彿添了重量，感覺就像剛發生似的赤裸。現在這份負荷已經太過沈重，我放棄整理書箱跟行李，很想癱在床上，睡到太陽從地平線上探頭。但這時有人敲響我的房門。我想是貝克太太，她要來發表批評、斥責，或是提醒我還有事沒做。

沒想到門外的人是潔西卡。她的制服換成踏腳褲和過大的瑪丹娜圖案T恤。那些手環還在，隨著她愉悅的揮手沙沙作響。

「嗨，你是琪特對吧？」

「對。你是潔西卡。」

「潔西。只有貝克太太叫我潔西卡。」她撥弄其中一個手環。「總之呢，我只是想來正式歡迎你加入望終莊。這個名稱很貼切。進入此門者揚棄一切希望。」

我硬擠出笑容，她的笑話比起逗趣，更讓人心生警戒。這是我今天第一百次納悶自己怎麼會陷入這個境地。

「你安頓好了？」潔西問。

「還在努力。」我朝床上的行李箱跟地上的紙箱擺擺手。「還沒空好好整理。今天一直在忙蕾諾拉——荷普小姐——的事情。」

「在我面前不用假正經啦。這種事只有貝克太太在意。」潔西雙手背在背後，踮起腳尖。「看來你還在忙，你現在應該不想在屋裡逛逛吧。」

「貝克太太已經帶我看過各處了。」

「這是非正式的導覽。」潔西說。「謀殺主題之旅。我剛來的時候瑪莉帶我走了一圈。她說了解那一夜的事發經過會有幫助。誰在哪裡死掉之類的。」

「你的好意我只能心領。」我很排斥這個概念。光是知道事件的概略就夠可怕了，我不需要細節。「我會盡量避開那些地方。」

潔西聳聳肩。「很好啊，可是如果你不知道地點的話，要怎麼避開呢？」

很有道理。說不定某個荷普家的人就死在這個房間裡。但這不是我接受潔西提議的唯一原因。我花了太多時間跟無法——或不想——回話的人相處，像是我父親和蕾諾拉，都忘記了與人交談的感覺是多麼美妙。特別是跟不到六十歲的對象。

「好吧。請你帶我走一圈，這樣我就知道永遠不要進哪些房間。」

「不可能。」潔西咧嘴露出調皮的笑容。「其中一個地方不是房間。」

她沿著走廊往主樓梯的方向走去。我悄悄跟上，但潔西身上那些首飾敲出宛如一人打擊樂團的雜音。我們走過蕾諾拉的房間。隔壁那扇緊閉的門內傳出音樂聲。有點年代的爵士樂，我愣了幾秒才認出是〈讓我們胡作非為〉（Let's Misbehave）。

潔西豎起食指抵在唇邊，用嘴形說**貝克太太**。

我放慢腳步，踮腳移動。就連潔西也降低音量，伸長雙手不讓那些手環相碰。她維持這個姿勢，直到我們抵達主樓梯。我從一側下去，潔西走另一側。

「你覺得這裡如何？」在樓梯中段的平台相會時，她問道。

「要留意的事情太多了。」

「真的。」潔西說。「沒那麼糟啦。你見到卡特了嗎？」

「嗯。開車進來的時候。」

「有沒有覺得他很那個，超級迷人的？」

「或許吧。」其實我很贊同她的用詞。

我們站在彩繪玻璃窗的陰影下，夜色模糊了玻璃的色彩。我們腳邊有一塊比周圍地毯還要暗了兩個色階的不規則紅斑。今天稍早我以為是穿透彩繪玻璃的陽光所致。現在我站在上頭，才看出它是什麼。

血跡。

很大一片。

我連忙跳到下一格階梯，卻在這裡找到另一塊略小的血跡。再往下一格也有。我一路跳到前廳，仰頭瞪著潔西。「你明明可以先警告我。」

「然後錯過你的反應？太可惜了。」

她走下來，踏中紅地毯上的另外幾處血跡，我注意到它們分佈的模式。看起來像是有個人正嚴重出血，努力爬上主樓梯，最後停在中間的平台。

「伊凡潔琳．荷普。」潔西看穿我的想法。「據說她是在前廳被人捅了一刀，努力逃向二樓，在樓梯中間再次中刀，大量出血而死。」

我打了個哆嗦，別過臉，望向通往屋外的豪華前門。「她怎麼不往外逃？」

「沒有人知道。」潔西說。「那一夜存在太多未知。」

她走向右側長廊，盡頭就是陽光室。我們沒有走太遠，大約到了走廊中段，剛經過蕾諾拉的肖像畫，潔西停在一扇關閉的門前，伸手推開，打開房內的電燈。光線溢滿整個房間，天花板上有一盞蓋著綠色玻璃的頂燈，牆上還有幾個成套的壁燈。

「撞球室。」她興高采烈的口吻活像是熱愛自己工作的導遊。「溫斯頓．荷普在此送命。」

我的第一個想法是沒錯，感覺荷普先生這樣身份地位的人就該死在這樣的地方。裝潢風格粗獷。牆上架著好幾把古董獵槍，還有動物的頭顱標本，說不定就是被那些槍枝打死的。一頭獅子。一頭熊。幾頭鹿。壁爐前鋪著斑馬皮，上頭擺了成對的皮革扶手椅。一面牆上釘著撞球桿架，但我沒看到球桌。它曾經存在的唯一證據是房間中央地毯上的長方形磨損，想必是被高級的鞋子磨出來的吧。

「撞球桌怎麼了？」

「溫斯頓．荷普的屍體就癱在上面。」潔西說。「他的喉嚨被人一刀劃開，我想球桌上沾了太多血，沒辦法繼續擺在這裡。」

我震驚地看著她。「那首歌說他是被刀捅死的。」

「喔，他是被刀捅過。身側中了一刀，之後喉嚨才被割開。我想這段過程太複雜了，沒辦法編進歌裡。」

「你怎麼會知道這麼多？」

「大部分是聽瑪莉說的。她對那一晚的事發經過很清楚。感覺她對連環謀殺案件超執著。你知道嗎？我覺得這是她接下這份工作的原因。」

我無法想像。這裡是排在我老家後面，第二個我不想待的地方。

「那你為什麼要來這裡工作？」我問。

潔西聳肩，手環嘩啦啦的響了一陣。「我覺得這裡跟其他地方差不多啊。總要想辦法養活自己吧？工作就是工作，錢就是錢。」

我可以接受這套理論。以前從沒想過自己會當照服員，相信潔西過去也沒想過她要來凶宅打掃。但這比什麼都不做好，今天之前的我確實是這麼想的。

撞球室裡沒別的東西好看了，我們離開這個房間。潔西關燈，帶上門，帶我到走廊對面的房間。

「裡面有什麼？」

「驚喜。」她開了燈，原來這裡是書齋。一排排頂天立地的書櫃，一張皮沙發，還有兩張成套的扶手椅放在大理石壁爐旁。爐架上有三個同款掐絲琺瑯花瓶，象牙拼貼成花朵，藍色藤蔓在周圍扭曲。花瓶後的壁紙上有一大片長方形範圍的顏色比周遭還要深。

「那裡原本掛了畫嗎？」

「對。」潔西說。「阿奇說是溫斯洛·霍莫[2]的真跡。貝克太太幾年前賣掉了。」

我走近爐架，細看花瓶。藤蔓間藏著小小的蜂鳥，眼珠是一顆顆紅寶石，象牙花朵中央各有一圈黃金花蕊。

「她怎麼不連這個也賣掉？」

「可能要到最後關頭才會把主意動到這裡吧。而且要是拿來賣了恐怕會犯法。好像有法律規定不能亂賣死人。」

我連忙退開，發現自己從一開始就想錯了。這些不是花瓶。是骨灰罈。裡面裝著溫斯頓、伊凡潔琳、維吉妮雅的遺骸。

「想看一眼嗎？」潔西問。

「一點都不想。你想嗎？」

潔西擺了個鬼臉。「怎麼可能。每個禮拜要給它們撢灰塵就已經夠糟了。」

「沒想到他們沒有埋進墓地。」

「或許那個時候火化會比較輕鬆。可以私下進行，至少能防止好事民眾跑來騷擾。蕾諾拉大概已經知道大家都認為人是她殺的。」

我們下意識地退離骨灰罈，已經來到門邊。在骨灰罈旁邊總覺得坐立不安。問題不在於裝在罈裡的東西，不過是三個人的塵灰。重點在於那些人是怎麼死的。

悲慘。

暴力。

在華麗的樓梯平台，在撞球桌上，還有某個我尚未看到但相信潔西接下來就要為我介紹的地方。

我想早早結束這趟參觀行程，率先踏出書齋，潔西緊緊跟在我後頭。回到走廊上，我們停在肖像畫

---

2 Winslow Homer（1836-1910），美國風景畫畫家。

前，三幅畫蓋著，一幅展露在外。儘管此處光線昏暗，畫布上蕾諾拉的綠眼仍舊異常晶亮，彷彿背後有光源似的。

「你認為她為什麼要做那種事？」我問。

「說不定她根本沒有動手。」潔西聳聳肩。「我猜全都是溫斯頓．荷普幹的好事。謀殺案發生在一九二九年十月二十九日。黑色星期二。股市崩盤，一大堆有錢人損失上百萬，經濟大蕭條就此開始。所以出了緬因州沒多少人知道這裡出了什麼大事。黑色星期二佔滿所有的新聞報紙版面，大家光是擔心自己會不會窮困潦倒，沒空在乎溫斯頓．荷普他家的事。」

不能怪他們。身為窮人，我很清楚只顧得了自己生計的感受。

「我想溫斯頓．荷普知道他即將失去一切。」潔西繼續說下去。「與其跟一般老百姓一樣艱辛求生──真的是爛透了──他決定自己了結一切。他幹掉自己的妻子，接著是維吉妮雅，最後──」她比了個刎頸的手勢。「殺人後自殺的經典套路。」

「可是他身側為什麼會有刀傷？」接著是另一個更惹人疑竇的漏洞：「為什麼他要留下蕾諾拉的命？她為什麼不向警方說出實情？」

「還有啊，那把刀跑哪去了？」潔西補上疑問。「溫斯頓的喉嚨被割開，伊凡潔琳身中數刀，警方卻一直沒有找到兇器。」

「所以說兇手一定是蕾諾拉。她殺了他們，把刀子丟掉。」

「大部分的人都這麼想。」潔西歪歪腦袋，像是藝術研究者般打量肖像畫。「這幅畫確實讓她看起來很有兇手的氣勢，對吧？」

「那她為什麼沒被逮捕、接受審判？」

「證據不足。」潔西說。「他們四處收集指紋，可是屋裡充滿了每一個家庭成員跟僕人的活動痕跡，無法判斷誰有罪嫌。在沒有兇器的狀況下，根本無法證明蕾諾拉有罪。」

「也無法證明她是無辜的。」我很清楚這句反論是多麼的虛偽。缺乏證據是我沒被逮捕、接受審判的唯一原因。

「沒錯。又或許她是為了掩護另外一個人而撒謊。比如說他。」潔西指著畫布右下角的簽名。我湊上前念出以白色顏料寫出的名字。

「彼德．瓦德？」

「肖像畫家。這是瑪莉的猜測。她想出好多套理論。另一個假說是荷普莊園鬧鬼。她自稱看過維吉妮雅．荷普的鬼魂在二樓漫步。」

先前在走廊感受到的惡寒再次襲來。絕對不是什麼冷空氣。太冷，太不自然了。就算我不相信鬼魂的存在，還是能理解瑪莉為什麼認定荷普莊園鬧鬼。

「所以她才要離開？」

「對。」潔西壓低嗓音。「我想她是怕了。荷普莊園不是普通的屋子。裡頭藏著黑暗。我感覺得到。瑪莉也感覺到了。或許她沒辦法繼續忍耐下去。」

我們往回走，潔西回頭看了一眼，彷彿是有什麼東西悄悄跟在我們背後似的。回到主樓梯前，我忍不住病態的欲望，又瞄了一眼地毯上的斑斑血漬。我們走向屋子的另一側，停在長廊盡頭的雙開門扉前，往右轉就是廚房。

「舞會廳。」潔西語氣鄭重，推開兩扇門。「維吉妮雅．荷普就是死在這裡。」

她打開燈，牆面鏡子間的壁燈和三組從天花板垂落的吊燈一齊亮起。吊燈非常巨大，每一組都裝了將近四十顆燈泡，其中一半已經燒掉了，其他的閃爍不定，營造出詭譎氣氛。

潔西四處遊走，而我停在鑲木舞池邊緣，深知無論往哪裡走都有可能踏上維吉妮雅．荷普的陳屍處。

「別擔心。」潔西說。「維吉妮雅死在那裡。」

她指著舞會廳中央的吊燈。它的高度比另外兩組吊燈低了一些，稍微有點歪，像是被維吉妮雅的重量拉扯成這副模樣。

「所以歌詞的內容沒有錯。」

「對。拿繩子吊死她妹妹。」

我小心翼翼地走向房間中央，仔細端詳這組吊燈。以這樣的高度，踩在椅子上或許能將繩子甩上去，但我無法想像十七歲的女孩子做出這種事，然後還把自己的妹妹抬起來吊死。可能性非常的低。

不過這三人的死狀全都不合邏輯，他們的陳屍之處也相當詭異，分佈在一樓的三個地點。如果兇手是溫斯頓．荷普，他是不是在吊死維吉妮雅時被妻子撞見，在主樓梯捅死她，最後進撞球室自殺？還是說他先遇害——兇手是蕾諾拉或別的哪個人——伊凡潔琳發現他的屍體，身上沾著他的血跑上樓，在樓梯中間遇到兇手？不知道誰先喪命，根本無法推論。而且這些都無法解釋維吉妮雅的悲慘命運或是失蹤的兇刀。

「真不知道為什麼維吉妮雅吊在這裡，但其他人都是被刀刺死。」我說。

「大家都很納悶。」潔西說。「我們隨時都可以問啊。」

「問是沒問題。可是蕾諾拉不能回答。就算她有辦法回應也說不了多少。」

「我是說維吉妮雅。」潔西緊張地轉動其中一個手環。「說不定瑪莉說得對，維吉妮雅的鬼魂真的還留在這裡。如果是這樣的話，我們可以跟她的鬼魂聯繫，詢問當年的真相。」

「要是有通靈板就好了。」

我只是想說笑。畢竟我不認為荷普莊園有鬼，也不相信通靈板能跟死者通訊。可是我話才說完，潔西的眼睛就亮了起來。

「我去拿我的。你在這裡等一下，我馬上回來。」

潔西匆忙離去，把我丟在舞會廳裡。好幾面鏡子裡映出我的身影，看到那麼多自己的不同角度讓我有些暈眩。無論往哪裡轉都有我。我想到維吉妮雅・荷普掛在吊燈上晃動。如此可怕的死法。更糟的是如果她死前眼睛睜著，就會看到十多個自己逐漸死去。

希望她當時閉著眼睛。

曾經吊過維吉妮雅的吊燈中，某顆燈泡滋滋作響，變亮之後又隨著詭異的啪嚓聲暗下。可以確定是因為電路老化，而且這顆燈泡很可能在一九二九年後就沒換過，總之我就當這是要我離開房間的徵兆。

然而就在我要踏出門外時，潔西鑽了進來，她手上抱著老舊的通靈板。頂端的三角形木頭指標隨著她的腳步滑動，彷彿是受到隱形的手操縱。

「我們是不是有點超過玩這種東西的年紀？」我問。

「我可不這麼想。」潔西把通靈板放在舞會廳中央。「我既年輕又愚蠢。至少貝克太太是這麼說的。你不陪我的話我就跟大家說你是膽小鬼。」

我最後還是屈服了，主要是為了迎合潔西。她年紀輕輕就住在這樣一棟古老的大宅裡工作，想必很不容易。我想這趟導覽只是因為她太寂寞，想找新朋友。我也想交朋友。在母親過世前，我的朋友圈已經縮到不能再小。她的葬禮過後，我發現自己身旁沒有半個朋友。

我們把手指放上指標，潔西問：「這裡有鬼嗎？」

「太蠢了。」我說。

「噓。」潔西凝視指標。「我有特別的感覺。」

「才怪。」

「我叫你安靜。你沒有感覺到嗎？」

一開始確實沒有。但指標隨即滑向印在板子左上角的字。

**是**

潔西開心低呼。我翻翻白眼。想必是她使力帶動指標。

「鬼魂，您有事情想告訴我們嗎？」潔西問。

指標再次緩緩轉向同一個字。

**是**

它繼續繞圈，我幾乎沒有碰到指標，所以說還是潔西在搞怪。

「鬼魂，請告知您的身份。」

指標緩緩滑向印在板子中央的兩列排成拱形的字母。它停在第二列尾端時，我一點都不意外。

**V**

接著它滑到排在它正上方的字母。

**I**

指標接著回到第二列，肯定是那個字母。

**R**

「別再假裝你沒有用力了。」我悄聲說。

「真的沒有啊。」潔西小聲回應。她對著空蕩蕩的房間詢問：「鬼魂，您是維吉妮雅‧荷普嗎？」

指標再次移到板子左上角。這回速度比較快，接著猛然停下。

**是**

潔西隔著板子看我。她眼中透出訝異——還有些許恐懼。

「真的不是我。」她說。

一定是她。絕對不是我。我跟指標的接觸可說是微乎其微。可是我低下頭，發現潔西的指尖也幾乎沒碰到指標，它卻持續移動，在**是**的下面來來回回，像是在用力強調這個答案。

潔西倒抽一口氣，望向我們頭頂上的吊燈，彷彿維吉妮雅‧荷普還吊在上面。「維吉妮雅，你姊姊殺了你嗎？」

指標衝向板子另一端，直奔右上角那個字。

**否**

指標的尖端戳向那個字。接著它衝出板子範圍，在地板上滑了一小段。

我用力縮手，潔西驚呼：「到底是怎樣？」

「一點都不好玩。」

「真的不是我！我幾乎沒碰到！一定是——」

潔西張大嘴，瞪大雙眼，被我背後的什麼東西嚇著了。我迅速轉身，對上背後的大片鏡子，以為會看到——嗯，其實我不知道該看到什麼。我只看到自己驚恐的倒影，以及在我後頭的潔西掩嘴遮住誇張的笑容。

「不好玩。」我說。

「對不起嘛。」潔西乾脆不遮掩了。「你的表情真的太經典啦！那個啊，我真的把你騙倒了。」

我起身，拍掉制服裙子上的灰塵。「你說瑪莉以為這裡鬧鬼——」

「我編的啦。」潔西爽快的承認，撿起通靈板跟指標。「只是在鬧你而已。」

「那瑪莉離開的真正原因是什麼？」

「不知道。」潔西關燈，離開舞會廳，我跟在她後面關好門。「某天她就……不見了。」

「你們兩個關係不是挺好的嗎？」

「我以為是這樣。至少是她離開前可以說一聲的關係。」

「其他人都不知道她為什麼要走？」

「對。」

我們進了廚房，潔西走向工作樓梯，我靠著工作檯。「你不擔心她嗎？」

「有點。可是瑪莉很聰明。而且還超有責任感。我知道她不會隨隨便便就跑掉。」

「你想蕾諾拉跟這件事有關嗎？」

「比如說瑪莉會怕她嗎？」潔西搖頭。「不可能。她超愛蕾諾拉。我猜她是家裡有急事之類的。她爸媽住在隔壁郡。說不定是其中一方生病，她一得到通知就馬上離開。相信她有空就會想辦法聯絡我，跟我說一下到底是怎麼了。」

為了潔西，我希望真是如此。不過根據個人經驗，我知道事情沒這麼單純。我放下原本的患者，回家照顧母親時，得要先等公司安排好替代人手。我不能像瑪莉這樣某天半夜突然離開。

「我該回房了。」潔西打了個小呵欠。「才剛開始幫蕾諾拉錄下一本書。雪莉・康蘭[3]的《蕾絲》。」

「我看過那本書。很棒。超火辣。」

「太好了。蕾諾拉超愛這種劇情。」

我跟她道了晚安，在空無一人的寬敞廚房裡多待了一會。視線掃過牆面，試著估測這裡的大小，說不定比我老家整棟房子還大。相信母親會感動不已。父親肯定沒多少反應，他痛恨有錢人的程度幾乎跟恨政客一樣。

我摸上看起來古老到該進博物館的電話。沒想到它還能用。我拎起話筒，聽見規律的撥號音。我馬上撥了家裡的號碼，告訴自己他最起碼會想知道我人在哪裡。根據廚房裡同樣古老的時鐘，現在剛過十點，我想他還醒著。沒錯，他在鈴聲響了三輪後接起電話。

「喂？」

我沒有出聲，聽到他的嗓音，想說話的衝動頓時消失。背景傳來女性的聲音。可能是電視。或是他新交的女友，我搬出去了，她總算可以來過夜。

「喂？」他又問了一聲。「哪裡找？」

我掛斷電話，退開一步，生怕他認定是我，試圖打電話過來。不可能。他又不知道我人在哪裡，也不知道荷普莊園的電話號碼。既然跟他住在一起的時候他都已經不想跟我說話了，現在我不在他身邊，我看不出他有什麼理由開口。

上樓途中，我唯一能確定的是父親總算能體會到對著空氣講話的感覺。

---

3 Shirley Conran（1932-2024），英國作家，有香豔羅曼史女王之稱。《蕾絲》（*Lace*）是她的第一本小說作品。

# 第十章

就跟貝克太太一開始帶我進來時一樣，我的臥室門似乎會自己移動。只要輕輕碰一下門把，整扇門就會咿呀一聲盪開。

房裡亮著紅光，閃爍的光芒塗滿每一面牆，整間臥室宛如夢魘中的情景。紅光伴隨著執拗的警鈴聲。

蕾諾拉的緊急按鈕。

她需要我。

我衝進房裡，床頭櫃上明滅不定的強光刺痛我的眼睛。我被擱在房間中央的那箱書絆了一跤，紙箱翻倒，平裝書散在我腳邊。我繼續前進。

走向連通隔壁的那扇門。

進入蕾諾拉的房間。

來到她床邊，我看到她左手握住按鈕，瞪大雙眼，神情慌亂。

「怎麼了？」我焦急到顧不得她沒辦法開口回答。各種突發狀況都有可能。又一次中風。心臟病發。癲癇或是疾病或是瀕死。

一看到我，蕾諾拉鬆手，嘆了口氣，露出孩子般的尷尬表情，我想我能猜到出了什麼事。

「你做惡夢了嗎？」

按鈕還在蕾諾拉手上，她拿塑膠外殼在床單上敲了兩下。

「這個惡夢一定是厲害的不得了。」我母親用這個詞稱呼格外難受的夢魘。就算醒過來還是無法擺脫。讓你不敢再次閉上眼睛。「要我留到你睡著嗎？」

又敲了兩下。

小時候碰上真正厲害的惡夢時，母親會躺上我的床，把我抱在懷裡，而我現在也對蕾諾拉做出同樣的事。她看起來如此的驚惶不安，怕得六神無主，感覺應該要這麼做才對。

「惡夢只是你的腦袋在過萬聖節。」我說。這是母親以前告訴過我的話。「只有搗蛋，沒有糖吃。」

蕾諾拉的手摸過來握住我的右手手指。這個動作雖然輕柔，但幾乎就像攀住救命稻草一般。蕾諾拉．荷普，地方孩童心目中的妖魔鬼怪，她犯下的罪行直到今日依然在大家口中傳唱，而她現在正握著我的手。

我想抽手，但同時又對此深感愧疚。無論她以前做過什麼——肯定是非常、非常糟糕的事——蕾諾拉終究是個人，應當受到合理的對待。

前提是她真的犯下大家口中的罪行。方才在舞會廳裡出現的念頭捲土重來：一個十七歲女孩真能用那些手段殺死三個人嗎？那些都需要蠻力。割斷她父親的喉嚨。亂刀捅死她母親。把繩圈套上妹妹的脖子，把她吊到半空中。我沒有這個能力，因此我也難以相信只有我一半歲數的女孩子做得到這些事。

說不定潔西想得對，動手的是溫斯頓．荷普或是別的哪個人。若真是如此，蕾諾拉付出的代價真的太大了。沒錯，她沒去坐牢，可是她在這裡囚禁了幾十年。

在自己家裡。

在從小住到現在的臥室裡。

在拒絕運作的身體裡。

可是呢，如果大家說的都是真的，那就代表我正把殺人兇手擁在懷裡，同時還得負責這名殺人兇手的健康與安全。不太確定哪個比較糟。我也不確定是否能在不知道真相的狀況下繼續做這份工作。或許這就是瑪莉毫無預警地離開的原因。她再也無法忍受被蒙在鼓裡的感覺。

「蕾諾拉。」我輕聲呼喚。「你真的有做嗎？」

她鬆開我的手，我憋住呼吸，等待她往床單上敲出答案。沒想到蕾諾拉沒有動手，而是往房間另一頭的打字機歪歪腦袋。

「你想要打字？」

蕾諾拉在我掌中敲了兩下。

「現在？」

又是兩下。這回她敲得更急了。

把打字機搬過來比推蕾諾拉過去還要輕鬆，我笨拙地扛著打字機蹣跚而來，放到床墊邊緣。接著我爬回床上，用身體撐起蕾諾拉，方便她打字。忙了這一陣，我已經是渾身大汗。希望能得到相應的成果。

「來吧。」說著，我把她的手擱到鍵盤上。

蕾諾拉皺眉思索，然後打出六個字，點頭示意我壓下回車桿。

**我不會傷害你**

看到這行字，我心跳加速。

「感謝你。」我不知道還能回什麼。蕾諾拉怎麼知道這是我想要的答案？我的情緒就跟她一樣明顯嗎？

蕾諾拉繼續打字。

**你應該聽過關於我的歌**

「那首歌？」沒想到她知道這東西的存在。自己的人生——以及家人的死亡——濃縮成幼稚的童謠，這感覺肯定很糟。「有。內容很……殘酷。」

**我覺得挺有意思**

又是一個意想不到。「是嗎？」

**我以前還真是幹了一番大事**

「是真的嗎？」

**你可以自己查**

好奇扯動我的心弦。同時還有恐懼以及濃濃的猶豫。「怎麼查？」

**我想要對你坦承一切**

「一切？什麼意思？」

**從未告訴任何人的事**

「那起兇殺案？」心跳像是打鼓般敲打耳膜，沒想到我還聽得見自己的聲音。

**是的就是那一晚**

我盯著蕾諾拉。房裡光線昏暗，反而使她的綠眼更加明亮。那雙眼閃著灼灼光彩。像是中心藏著光源的祖母綠，擄獲了我的視線。

天啊，她是認真的。

「為什麼是我？為什麼是現在？」

**因為我信任你**

「你確定？」

蕾諾拉的手從打字機滑落到床墊上。她的肢體語言清楚明白。她很確定？

「我會好好考慮。」說完，我把打字機抱回書桌上。等我回到床邊，蕾諾拉已經睡著了。從她深沈穩定的呼吸可以看出。我關掉檯燈，將緊急按鈕放到她左手旁，悄悄離開。

回到房裡，我總算能脫掉這身護士制服，感覺就像拆下鎧甲似的。沒錯，我覺得自在多了，卻又感到莫名脆弱。一開始穿上制服時的使命感消失了。現在我又是那個漫無目的、彎腰駝背的自己。換上連身睡衣跟毛絨絨的襪子，我一手按著胸口。心臟仍在狂跳。這回我知道為何會如此。

經過數十年的沉默，蕾諾拉．荷普想說出一切。

而我還不確定自己是否想聽。

有一部分的我堅持想知道。這個地方有著殺氣騰騰的過往，混淆認知的傾斜，以及瀰漫各處的冷硬氣息，這些已經多到難以面對。就算知道了那一夜的種種——以及蕾諾拉扮演的角色——我不確定心裡是否會因此舒坦些許。特別是因為接下來我要與她度過大部分的時間，負責餵她、幫她洗澡更衣、讓她活下去。我不該再有任何猜疑。

同樣的，一無所知也象徵最後一絲的希望。要是蕾諾拉坦承她殺了自己的家人，那一絲希望也將消失。

一邊衡量決策，我開始整理家當，從潔西上門拜訪前被我丟下的書箱開始。我拎了一疊書，來到已經擺滿平裝書的書架前，架上沒有半點空隙。我隨手抽出一本——肯·弗雷特的間諜小說《針之眼》（*Eye of the Needle*）——翻開封面，發現書名頁有一行原子筆寫下的訊息。

**這本書屬於瑪莉·米爾頓**

下一本書上也有同樣的字跡，那是約翰·厄文的《新罕布夏旅館》。雖說瑪莉拋下這麼多書離開，但我也能理解她的行為。搬動書本很麻煩——而且說不定瑪莉認為她的後任也能享受這些故事。

我暫時放棄書本，改從行李箱翻出自己的衣物，發現了更不合理的狀況。五斗櫃上層的抽屜塞滿整整齊齊的護士制服，跟我今天穿的這套款式相同。我懂瑪莉為什麼會留下這些——換作是我也會這麼做——卻在其他抽屜找到更多她的衣物。不只是制服，還有正式長褲、襯衫、內衣褲。我認定它們是瑪莉的東西，因為有些衣服標籤上用麥克筆寫著名字縮寫。

*MM*

繼續翻動抽屜裡的衣物，我找到一條Jordache牛仔褲、一件粉紅色鱷魚牌polo衫、一件條紋襯衫，標價吊牌還沒拆。西爾斯百貨。十二塊錢。看起來都是新品，狀況極佳——比我自己的衣服高級太多了。

衣櫃裡掛了件毛料大衣，旁邊擺著一雙靴子，還有一個空紙箱，上頭用麥克筆寫著「書」。櫃內積了薄薄的灰塵，但紙箱旁有一塊狹窄的長方形空間是乾淨的，顯然原本放著什麼東西。我完全猜不出那會是什麼。可能是另一個箱子吧。現在不知去向。

衣櫃架子上有個醫藥袋，跟爸媽送我的袋子形狀和尺寸都類似。我掀開袋口，朝裡頭看了一眼，內容物跟我準備的道具差不多，擺放得相當有條理。這東西留在這裡完全不合理。假如像潔西猜想的那樣，瑪莉家裡真的出事了，她至少會多花一分鐘拎走她的醫藥袋，再帶走幾件衣服。

但她卻幾乎什麼都沒帶走。

我放棄整理行李。很晚了，我累了；況且也沒地方放我的個人物品。我關燈爬上床，兩個想法接連湧入腦海——一個事實和一個疑問。

事實：瑪莉走得很匆忙。

疑問：她到底是被什麼事情逼走？

把雪花球收進房間後，我悄悄溜下樓，看能不能吃到生日蛋糕的殘骸。但已經不剩半點蛋糕。我只看到貝妮絲．麥修，她一臉不情願地在深夜刷洗碗盤。

「生日快樂，荷普小姐。」一看到我，她喃喃說道，嗓音裡沒有絲毫喜悅。

我沿著走廊前進，途中發現撞球室的門沒關牢。可能是哪幾個僕人背著我父親在玩耍吧，他們偶爾會這麼做，也常邀我加入，惹來貝克小姐的警告。

「淑女不該打撞球。」她曾這樣說過。

「幸好我不是淑女。」我應道。

我停下腳步，往房裡看去。裡頭確實有個僕人。我看不出她的身份，因為她臉朝下趴在撞球桌上，裙子拉到腰間。

我父親站在她背後，長褲落在他的腳踝間，他臉色通紅，往她體內抽送。

我忍不住驚呼，他們聽到了。父親馬上轉頭，我想偷偷溜走，但已經太遲了。他早就看見我了。

但我還是轉身逃跑，經過彼德剛完成的全家肖像畫前。它們瞪著我，好像做錯事的人是我。

我跑到屋子另一側，鑽進舞會廳，撲倒在地上，心裡亂成一團，冒出各種邪惡的想法。不知道我父親究竟搞上了幾個僕人，在哪幾個房間裡辦過事。不知道剛才那個人是誰，她是樂在其中呢，還是受到我父親逼迫。不知道此時此刻彼德是不是也想對我妹妹做這檔子事。不過佔據腦海最大空間的疑問還是有沒有誰會對我起那種心思。

父親一會就來到門邊，長長的影子劃過舞會廳地板。一瞬間，我以為他要坦承他的錯誤、道歉、承諾他會做任何事來贖罪。如果他這麼做，或許母親就能恢復踏出臥房的力氣。或許妹妹跟我就不用過著囚犯般的生活。或許在這棟被上帝遺棄的屋子裡還能重拾些許幸福時光。

然而父親只是來到我身旁，抹去沾了我滿臉的淚水。我意識到這是幾個月來他第一次觸碰我。

「噓，我的達令。」他說。「沒什麼好難過的。」

「那是誰？」我問。

「不重要。」

對我來說很重要。那時我已經聽過父親喜歡招惹家中僕人的謠言。貝妮絲喃喃說了那麼多次，我不聽也不行。但我想知道對方的身份，以及父親這麼做的原因。

「你不愛母親了嗎？」我努力忍住淚水。

「我愛啊。」父親說。「這是很複雜的感情。你愛她嗎？」

「當然。」

「那最好別跟她提起這件事。她會受不了的。你不想讓她難過，對吧？」

「是的。」我壓低視線，無法忍受他的身影。

他摸摸我的下巴，把我當成小寶寶似的。或者更糟，他把我當狗看。「這樣才乖。」

父親轉身離開舞會廳，我差點脫口而出說我才受不了他。他死了活該。我終究沒有開口，因為我覺得自己有必要扮演他期望中的乖孩子。

不過呢——我才不是什麼乖孩子。

一點也不。

你很快就知道了。

# 第十一章

睡意難尋。

基本上住進新患者家的頭幾晚我都睡不好。不同的房間，不同的床鋪，某些地方的床比較好睡。不同的屋子，每戶人家都有獨特的夜間雜音。荷普莊園夜裡充斥著海洋和風的聲響——不和諧的二重奏讓我保持清醒。海浪聲低沉穩定，拍打下方的岩壁，這應該要是安撫情緒的節拍，但問題在於時不時狠狠衝撞屋子的強風。每一次衝擊都讓窗戶格格作響，牆壁微微晃動，發出咿呀呻吟，不斷提醒我自己身在何處。

在海洋邊緣搖搖欲墜的宅邸。

裡頭有個被眾人認定她殺光自己家人的女性。

現在她說要告訴我一切。

我不斷重複這個輪迴。想著蕾諾拉，被海浪聲催眠，接著又被風聲吵醒。每次狂風襲來，我會忍不住抓住床墊邊緣，明顯感受到屋子往海面傾斜。等到風聲平息，思緒亂飄，浪濤聲持續不斷，一切從頭開始。

直到我聽見另一道聲響。

不是風聲。

不是海浪聲。

聽起來像是地板，發出輕細的摩擦聲。

我坐起來，掃了房間一眼，尋找——嗯，我真不知道要找什麼。不速之客？小偷？宅邸總算要滑進大西洋了？但我什麼都沒看到，房裡只有我一人，因此我推測不過是風把荷普莊園吹出我沒聽過的怪聲。

我爬下床，把房門打開一縫，往走廊看去。現在外頭空蕩蕩的。或許是跟途經門外的人錯身而過。我走出去，豎起耳朵捕捉遠去的腳步聲或是哪扇門關上的聲響。

「哈囉？」我低聲呼喚。「有人嗎？」

無人回應。

沒聽到任何怪聲。

直到我回房。

又是地板的嘎吱聲，我終於聽出聲音的來源。

蕾諾拉的房間。

我把耳朵貼到連接隔壁的門上，等待進一步的動靜。還是沒有。只有沉默的夜色與一絲月光從門下隙縫透過來。

雜音再次響起。

這回我打開門，往她的房間看了一眼。

房裡沒有別人。只有蕾諾拉，維持我稍早離開時的睡姿——平躺在床上，雙手擺在兩側，緊急按鈕在左手旁。她低沉緩慢的呼吸聲顯示她睡得正熟。

我想不出怪聲的來源。肯定不是蕾諾拉。

我關上通往她房間的門，爬回床上。海浪跟風持續爭奪我的注意力。等我好不容易睡著，卻做起惡夢。

真正的厲害惡夢。

夢中的我回到小時候，坐在小學操場的金屬溜滑梯上。我從來沒喜歡過這個遊樂設施，它冬天太冰冷，夏天又滾燙難耐。旁邊圍著一群孩子——我看不到他們的身影，但他們的聲音詭異的傳來——同聲高唱。

**蕾諾拉．荷普十七歲**

我還在溜滑梯上，沒有卡住，也沒有滑得很快。我緩緩滑落，歌聲沒有停過。

**拿繩子吊死她妹妹**

母親站在溜滑梯的出口，樣貌不像我小時的她，而是以她臨終前的模樣登場。一身皮包骨，形容憔悴，披著粉藍色睡袍。

**拿刀捅死她父親**

母親向我懇求，但我聽不見她的嗓音。她一開口，我只聽到喀噠喀噠的打字聲。

**狠奪母親一條命**

不過我知道她在說什麼，就像看見字句打上空白的紙頁。

拜託，小琪。

拜託。

**我只會吃一顆。**

# 第十二章

我對日出的預想大錯特錯。

才不是什麼探頭。

它直接撞進我的房間。

我坐起來，被橘黃色強光照得睜不開眼，同時注意到些微的不對勁。床上所有的東西——床墊、毯子，還有我——全都稍稍擠在床鋪一端。因為屋子的傾斜，夜裡我們往下滑了幾吋。這至少解釋了惡夢中坐在溜滑梯上緩緩滑動的情境。

下床時我腳步晃了晃，彷彿地板在一夜之間多傾斜了幾度。說不定真是如此。沖澡時，我發現浴缸裡的水有一側略高一些；刷牙時，洗手台也出現同樣的現象。看著積起的水汩汩流進排水口，我思考這會不會是瑪莉離開的原因。她無法在這棟歪斜的屋子裡多待一分一秒。

穿上瑪莉留下的制服，我準備去檢查蕾諾拉的狀況。在打開連接隔壁房間的門前，我停頓了下，想起昨夜聽見的嘎吱聲。除非有人在房裡走動，否則我想不出其他成因。

可是房裡沒有別人。

只有蕾諾拉。

我悄悄開門，先探頭看一眼，發現她還是以昨夜我探看時的姿勢熟睡。這是當然的。若是沒人幫忙，蕾諾拉只能活動她的左臂。其他的選項太過荒謬——也太有被害妄想。

我小心不把她吵醒，輕輕關上門，溜出房間下樓。在給僕人走的樓梯中途，我注意到牆上有一道裂縫，幾乎可以確定昨晚它還不存在。長約四呎，像閃電般參差不齊，不可能會漏看。除非我昨天真的眼花沒看到——不然就是一夜之間產生的。

想到昨晚的狂風是如何衝撞整棟屋子，我的腦袋迅速運轉，思考裂縫到底是如何造成的。會不會荷普莊園其他地方也有類似的狀況。如果說吹幾陣風就能造成這麼大的影響，真正的暴風雨會帶來多大的傷害。想到這裡，我忍不住跑下樓，急著想踏上結實的地面。好吧，再怎麼結實也是漸漸被海洋侵蝕的山崖。

來到廚房，阿奇人在爐子前，看起來已經煮了好幾個小時的菜，即使現在才剛過七點。一堆鬆餅疊在餐盤上，還有一大盤培根和一籃剛出爐的藍莓馬芬。

「太好了，也有人跟我一樣早起。」我說。

「今天是星期二。」阿奇說：「送貨日。一週的食材都會在星期二大清早送達。」他朝工作檯上的食物比劃。「好啦，歡迎自取。還有剛沖好的咖啡。」

我直直走向咖啡壺，倒了一杯。光是這股香氣就足以讓我打起精神。

我捧著馬克杯到工作檯旁，三大口喝掉半杯

阿奇對我的行徑發表評論：「昨晚很累？」

「我沒睡好。」

「這很正常。到了新的地方，還要做一堆事。昨晚的狂風大概不是很助眠。」阿奇從圓柱狀的厚紙盒裡量了剛剛好的桂格燕麥片，倒進一鍋滾水。「這裡的風確實很強，在這麼高的山崖上又沒有遮蔽物。可是跟昨晚相比平常真的沒什麼。」

這無法解釋我昨晚聽到的屋內聲響。我知道風聲聽起來是什麼樣，跟腳步聲差很多。我再次想到瑪莉。她是否也曾聽見同樣的雜音？那是不是她匆忙離去的原因？

「荷普小姐的前任護士有沒有提過她聽見什麼怪聲音，或是說她睡得不好？」

「瑪莉？我沒印象耶。」

我拿了一顆馬芬，剝開外層的紙模。「你跟她熟嗎？」

「還可以吧。她是個好女孩，看起來跟荷普小姐處得很好。」阿奇的回應推翻了潔西說只有貝克太太稱呼蕾諾拉為荷普小姐的說詞。「不過我對瑪莉離開的方式不太諒解。我知道這個地方不一定適合每一個人，可是總不能半夜偷偷溜走吧。」

「沒有任何端倪嗎？」

「我看不出來。」

「所以她也不是對荷普小姐有什麼意見？」

「我覺得不是。」

「瑪莉從未提過在她身旁會感到不安？」

阿奇攪拌著冒泡的燕麥粥，轉頭看我。「你在荷普小姐身旁會不安嗎？」

「不會啊。」我發現自己答得太快，太刻意。為了掩飾，我咬了一口馬芬。太好吃了，我等一下一定要再拿一顆，說不定晚點包一顆當點心。

「還不錯吧？」阿奇說：「我用麵粉包裹藍莓，這樣它們就不會沉到底下。」

「你的手藝是在哪裡學的啊？」

「這裡。」他回頭顧鍋子。「我可以說是在這間廚房裡長大的。從我十四歲在這裡洗碗開始。到了十八歲就已經是副主廚了。」

「你在這裡做了多久？」

「將近六十年啦。」

我一愣，馬芬停在半空中。「所以你一九二九年的時候已經在這裡了？」

「是的。只有我跟貝克太太從美好的舊日時光待到現在。」

「那天晚上你——」

「沒有。」阿奇同樣答得太快，太刻意。「那天夜裡所有的僕人都不在。包括貝克太太。她那天稍早離職了。」

另一個有趣的花絮。貝克太太昨天明明說她是在謀殺案之後離開荷普莊園。我又咬了一口馬芬，試著安撫冒出更多疑問的腦袋。

「你一定很喜歡這裡。」吞下那口馬芬後，我繼續說：「或者是荷普小姐很喜歡你。聽說她遣散了大部分僕人。」

「是啊。其他人也很快就辭職了，畢竟……」

阿奇沒把話說完。反正不用說出口我也猜得到。大部分的人寧可辭職也不想繼續為殺人兇手服務。

「抱歉提起這個話題。」我說。「只是很訝異原來你認識荷普小姐這麼久。」

「我們從小就認識了。」阿奇恢復原本的溫和語氣。幸好。我最不想惹火幫我烹煮餐點的人。「在成長過程中，荷普小姐跟我還滿親近的。」

「現在還是嗎？」

「跟以前不同了。」阿奇寬闊的背影一僵，攪拌燕麥粥的手也停了下來。「一切都變啦。」

我猜想，他沒有明說的是「有件事變了」。就是荷普家三人慘死的命案。

「歡迎你上樓看看她。」我說。「感覺她很寂寞。」

「所以才會請你來這裡。」阿奇的嗓音又冷下來了，他舀起燕麥粥，把碗放在木頭托盤上，放到我面前，說：「荷普小姐的早餐。在冷掉前端去給她吧。」

我馬上聽懂他的暗示。今天別再提到蕾諾拉。或許以後都別提她。

「謝謝你的早餐。」說完，我將咖啡杯跟第二顆馬芬放上托盤，走工作樓梯上樓。

爬到一半，我遇到正要下樓的貝克太太。她打扮得跟昨天一樣：黑色連身裙、皮膚蒼白、嘴唇紅豔，她戴起眼鏡打量我。

「早安，琪特。希望你昨晚睡得好。」

「是的。」我撒謊。「感謝關心。」

我的視線射向牆上參差的裂縫，心想貝克太太是否也發現了。怎麼可能沒看到。那真的很顯眼。但她表現得像是一切如常。

「你對房間還滿意嗎？」

「很滿意。只是我對瑪莉的東西有點疑問。」

「東西？」貝克太太腦袋微微一歪，神情古板嚴肅。「親愛的，你要說得具體一點。」

「她的個人物品。全都留在我房間裡。」

「全部？」

「她的書、她的衣服，甚至是她的醫藥袋。」說到一半，我靈光一閃。「她是不是打算回來？」

我該早點想到的。這是最合理的解釋，不然她怎麼什麼都沒帶？瑪莉臨時被叫走時——家人出狀況或是其他急迫事務——說不定想著自己很快就回來。

「就算瑪莉回來了，我們也不會歡迎她。畢竟她就這樣拋下荷普小姐。」

我稍微鬆了一口氣。至少這份工作還在我手上。「但她有可能回來拿東西，對吧？」

「已經過一個禮拜了。如果她還想要這些東西，早就回來拿了。」

「那我該如何處理？」

「如果你不介意的話，先維持原樣。」貝克太太說。我確實介意。這棟豪宅裡面有幾十個空房間，總有地方擺那些東西吧。「之後我再決定要如何處置。」

儘管事情還沒解決，她說得像是一切底定似的。她繼續往下走，我連忙叫住她

「其實我還有個問題。」我停頓一下，等她回頭，她又走下三階才不情願地停下腳步。「你昨晚有進過荷普小姐的房間嗎？」

「既然有你在，我沒有理由進荷普小姐的房間。」

「意思是沒有？」我問。

「是的。當然沒有。」

「可是我好像——」我垂眼看著托盤，停頓幾秒。「昨晚我好像聽到有人在房裡走動。」

「走動？」就算我扯到外星人或是聖誕老人，貝克太太也不會露出更無法置信的表情。「太荒謬了。」

「可是我聽到地板嘎吱響。」

「你確認了嗎？」

「有的。我沒看到任何人。」

「那麼，說不定是你的想像。」貝克太太說。「或是風的影響。有時候房子被風一吹就會發出各種怪聲。」

「其他人常進荷普小姐的房間嗎？比如說阿奇？或是潔西？」

「應該要常進荷普小姐房間的人只有你。我建議你在她醒來前趕快回去。」

「是的，貝克太太。」我有種想學潔西昨天那樣屈膝行禮的衝動。要不是手上端著托盤，說不定我真的會這麼做。「抱歉拿這種小事煩你。」

我走進蕾諾拉的房間，發現她已經清醒，躺在三角形的晨光裡，散發出讓人難以逼視的天使般的光暈。她不像我被照得睜不開眼，似乎相當享受明亮的日光。她的腦袋微微向後仰，嘴巴微張，心滿意足地嘆了口氣。

我扶她坐起，把早上的藥丸壓碎混進燕麥粥裡餵她吃，陽光緩緩移動，劃過蕾諾拉的床。等到我幫她清理更衣、做完上午的循環運動，光線已經滑下床緣，在地板上打出輪廓清晰的長方形。蕾諾拉坐在輪椅上注視那片日光，我測量她的生命徵象，確認前臂的瘀青持續痊癒。等到這些例行公事結束後，她的視線轉向打字機。

她記得昨晚的事。

我有點期望她會忘記。

同時更希望她記得。

無論她想打什麼，總之我還沒確定自己是否想看。

不過蕾諾拉心意已決。她的視線從打字機移向我，眼神半是焦慮，半是期待。假如只有其中一種情緒，或許我不會因此動搖。可是這兩個加起來，讓我意識到這跟我的想法無關。

重點是蕾諾拉想做什麼。

現在她想打字。

我仍舊想不透。為什麼她等了那麼久才決定說出那一夜的事。如果她是無辜的，她幾十年前就能說了。

除非當年她認定不會有人相信她。

昨天，貝克太太跟我說在荷普莊園，背負指控的年輕女子能有機會被相信是無辜的。在別的地方未必是如此，任何地方都很難如此。或許蕾諾拉多年前曾試著說出實情，但沒有人相信她。或者更慘，甚至沒有人願意聽。

或許她認為我會聽。

然後我會相信她的無辜。

因為她也相信我的無辜。

想到蕾諾拉坦白的衝動並非源自我們同樣有罪，而是因為我們同樣無辜——最後我還是推她到書桌前，昨晚打字的紙放在打字機旁。我不記得曾把這張紙抽出，但肯定是我放的。我絞盡腦汁，努力回想昨夜的種種。

蕾諾拉說她要告訴我一切。

找到瑪莉的個人物品。

風和海浪和嘎吱嘎吱響的地板。

我越想就越確定自己沒有動過這張紙。

「蕾諾拉，昨晚有沒有人來過？」

她敲了一下輪椅扶手。

「你確定。」

敲兩下。

我凝視蕾諾拉。她也凝視著我，眼中毫無欺瞞。就算她真的撒了謊——我看不出有何必要——她也掩飾得很好。即便我幾乎能篤定自己沒把紙張抽出，我也很清楚任何人都能在蕾諾拉睡著時動手腳。比如說貝克太太溜進來檢查房內狀況，或是潔西清早進房打掃。

「沒事。」這確實一點都不重要。重點是蕾諾拉即將揭露一切。我的任務是協助她達成目的。

我從書桌抽屜裡找到半疊白紙，將嶄新的紙頁插進紙匣。接著把蕾諾拉的左手放到鍵盤上，心想這究竟是美好結局的開端，還是我將後悔的決定。

又或者是徒勞無功。

蕾諾拉的手指在鍵盤上抽動，彷彿是她無法繼續固定在這個位置。

我吸氣，吐氣，點頭。

接著，就這樣開始了。

# 第十三章

**我記得最清楚的那件事——至今依然為此做惡夢——是當一切差不多結束那時。**

這是幾個小時前，太陽還懸在大西洋上空時，蕾諾拉打出的第一行字。沒想到會看到如此完整的一句話。在這之前，她打出的都是零碎的句子，大小寫不分，也沒加標點。一開始我愣了幾秒，直到她惱怒地敲了幾下才意識到她是要我按下大小寫轉換鍵。我們多花了點時間才抓到合作的節奏，總算有了點成果。

我們一直待在書桌前，直到太陽離開天幕，昏暗暮色籠罩窗外的海洋。蕾諾拉不時用左手碰碰我，這是要我按轉換鍵的信號。打字機發出叮的一聲，我就壓下回車桿，把紙匣調到下一排的開頭。她又打了一串字，點點頭，意思是我得再按一次回車桿，她要換段了。

我們把門關得緊緊的，不讓別人打擾。這是蕾諾拉的堅持，雖然我不知道為何要這麼。途中只有阿奇送午餐過來，他敲了一下門，除此之外我沒聽見任何人在二樓活動。感覺蕾諾拉在她自己的宅邸裡有如多餘的存在，不過這或許是因為我人在這裡。身為她的照服員兼秘書，我希望能在這個職位多待一會。

每打完一頁，我會幫蕾諾拉按摩左手，用吸管讓她喝點水，詢問她是否想繼續。答案永遠是急切的兩聲敲打。她打起字來帶著衝勁，極少停下來思考內容。故事自動印在紙頁上，彷彿蕾諾拉已經在腦中寫了好幾年，現在終於能將文字釋放出來。

我依然不知道故事內容。光是忙著回應蕾諾拉的信號，不斷操作回車桿，更換紙張，根本沒機會細看她寫了什麼。

蕾諾拉拂過我的手，我按下變換鍵。又打了兩個字母，她點兩下頭，終於將掌心平貼在鍵盤上——這是又完成一個章節的信號。

我抽出那張紙，正面朝下地疊在另外十六張紙上。今天我們完成了不得了的份量，但蕾諾拉絲毫不顯疲態。她又期盼似地看了我一眼，似乎是在等我插入新的紙張。

「今天已經做得很多了。」我說。至少我是這麼覺得。我跟蕾諾拉不一樣，已經累壞了。整天在她身旁彎腰操作打字機，我渾身僵硬痠痛。總算又能站直，身上一半的關節發出舒爽的劈啪聲。「晚餐時間快到啦。」

這一晚我們同樣照表操課。晚餐和藥丸、點心、循環活動，然後洗澡，然後就寢。蕾諾拉整晚都若有所思。我猜她是在構思明天要打的內容。

我了解這種感覺。關於我的報導登上報紙後，我打電話給記者，請他聽聽我的說詞。感覺記者興趣缺缺，聽我說我母親是死於自殺，把藥丸留在她拿得到的地方單純是意外，我絕對不會傷害她。「維克警探不是這麼說的。」記者的回應彷彿是把警方說法視為金科玉律，而我只是拼命掩飾罪行的騙子。

那是六個月前的事情，直到現在，我仍舊不時湧現爬上每一戶人家屋頂高喊申冤的衝動。我只能想像蕾諾拉的感受。她承受了五十四年。難怪她不想停止打字。

讓她躺上床，把緊急按鈕放到她手邊後，我問：「要我待到你睡著嗎？」

蕾諾拉敲了床單兩下。

我點頭。「那我就留下來。」

她閉上眼睛，我收好打出來的紙張，拿到臥榻上。蕾諾拉的呼吸越來越沉，我開始讀她的故事。雖然今天親眼目睹過，我還是對她的文筆感到驚豔。還以為全是破碎無力的語句——像是她打字回應我的簡短句子。沒想到蕾諾拉竟是天生的說書人。她的文字清晰簡潔，同時保留獨特的語氣。我才讀了第一行就陷落了。

讀到結尾時，我的驚喜卻扭轉成震撼。

我總算知道殺害溫斯頓和伊凡潔琳的刀子跑哪去了。

被蕾諾拉丟進海裡了。

這個舉動——加上她染血的睡衣——使得她無比可疑。

即便她承認自己既是好人也是壞人也沒用。她的性格可能受到一點都不快樂的家庭生活影響。藥物成癮的母親、風流的父親、一點都不相似的妹妹。難怪蕾諾拉渴望逃離，以及異性的關注。我很清楚那種感受，即使我都已經三十幾歲了。所以我才跟肯尼上床。可是當年的蕾諾拉那麼年輕，缺乏歷練。那個年紀的孩子心中充滿奔騰的情緒和慾望，蕾諾拉很可能將那些自然產生的情感視為邪念——或是更可怕的東西。

但這無法解釋染血的睡衣。

或是為何丟棄殺害雙親的兇器。

或是聽到妹妹的尖叫聲響徹整棟屋子時為何要去拿繩子。

讀到蕾諾拉今天打出的最後三個句子，我實在是無法擺脫這些疑問。

不過呢——我才不是什麼乖孩子。

一點也不。

你很快就知道了。

我放下紙張，望向床鋪。蕾諾拉已經睡得很熟了。看著她，一股不安在我全身擴散。我以為她想說出那段經過是因為她終於有意洗刷自己的罪名，以為她選擇我來協助是因為她認為我們本質相近。遭到冤枉的女性向另一個遭到冤枉的女性訴說她的故事，兩人一起證明她的無辜。現在我害怕事情完全相反。

蕾諾拉選上我並不是因為她認為我是清白的。

而是因為她認為我有罪。

今天我們一起打下的文字並不是為了洗刷污名。

是認罪。

# 第十四章

我把那疊紙鎖進床底下的藥箱裡，假裝我不是要把它們藏起來，但其實我就是在藏。用蕾諾拉那些滾來滾去、沙沙作響的藥瓶把它們掩蓋起來，因為我不希望其他人找到。但鎖上盒子，塞回床下時，我擔心的不是蕾諾拉本人，而是擁有蕾諾拉．荷普的部分告解內容會讓我顯得跟她一樣糟。

我們同樣有罪。

把盒子鑰匙丟進床頭櫃抽屜裡，我聽上方和外頭傳來一串怪聲。

破裂，摩擦，接著是什麼東西砸上露台的聲音。

我衝到窗邊，努力想看出個所以然。外頭很暗，房裡開著燈，窗上只映出我焦急疲憊的臉龐。想到這陣聲響可能與昨夜蕾諾拉房間的怪聲有關，我決定一探究竟，溜出房間，走工作樓梯到廚房。我可以橫越用餐室，來到露台。一踏出用餐室，我就看到腳邊有團東西。

最近從屋頂上滑落的瓦片。

至少解開了一個雜音之謎。

露台上散落著十多片落瓦，有的摔成碎片，有的奇蹟似地完好無缺。我跨過滿地瓦片，來到欄杆旁。寒冷的微風從海面吹來一陣陣鹹味。我閉上眼，靠向欄杆，享受刺骨的冰寒。在壅塞封閉的荷普莊園待了那麼久，能透透氣真是不錯。蕾諾拉不知道她錯過了什麼。

露台與整棟宅邸等長，兩側各接了四格階梯。左邊的階梯通往鋪著石板的小平台，中間有個乾涸的泳池，右邊則是通向一片草坪。草坪對面是一層樓高的石頭小屋，雅緻整齊的外觀活像是從故事書裡截出來的場景。溫暖的燈光從拱形門板旁的窗戶溢出。

背後上方的另一扇窗戶亮起燈，是宅邸這邊。燈光在露台打出斜斜的矩形，滿地碎瓦片間有根彎曲的金屬反射光芒。

我撿起來，舉起來對著光打量。起先我以為是彎成橢圓形的迴紋針，但它比迴紋針厚實堅硬，我花了點力氣才把它凹得更彎。兩端向彼此靠攏，其中一邊的曲度比較深，我猜可能是摔斷或脫落的某種鉤子。說不定就是它害瓦片從屋頂滑落。

我回頭望向點著燈的窗戶，掃了高出一層樓的屋頂。接著我伸長脖子，想看清光源。看起來跟我的房間隔了兩扇門，在蕾諾拉房間的另一側。

貝克太太。

我倒退幾部，尋找能看清二樓房間的角度。可以看出荷葉邊窗簾，些許紫色碎花壁紙，以及映在天花板上的人影。

這時，別的事物吸引了我的注意。

在亮著燈的窗戶右邊，在蕾諾拉房間裡。

黑暗的窗戶框著一道模糊灰影。

我倒抽一口氣，看著灰影掠過窗前，消失無蹤。看不出那是什麼。房裡很暗，它又動得很快。我只能確定有人在蕾諾拉的臥室裡走動。

我不斷後退，緊盯著那扇窗，希望能再瞥見那人身影。我的注意力全放在蕾諾拉的房間，忽略了散落一地的瓦片，踩中其中一塊，往後踉蹌幾步，後腰撞上欄杆，失去平衡。

我瘋狂掙扎，那截金屬從我手中飛出。

雙手亂揮。

心臟亂跳。

肩膀和腦袋伸到欄杆外，下方就是洶湧浪花。一瞬間，感覺海浪打中背部，要把我扯過欄杆，捲入海底。

我拼命翻身，肚子緊緊貼住欄杆，直視山崖底下。往下五十呎就是大西洋，波濤衝撞山崖底部的海岸。山崖和海面之間只有一道石塊林立的狹窄沙灘，在月光下閃耀白光。要不是現在一亂動就會摔下去，我一定會覺得這幅景象美極了。

右手邊傳來一陣腳步聲，踏過沾著露水的草皮。卡特的嗓音劃破夜色。「瑪莉？」

我轉頭看到他已經來到草坪中間，越來越近。一發現是我，他馬上停步。

「抱歉。」他困惑地停頓幾秒，活像是見到鬼似的。「你沒事吧？」

「應該還好。」我深深吸氣，仍舊因為剛才的危機呼吸急促。

卡特繼續上前，來到草坪邊緣，輕快地走上露台。「剛才還以為你要摔下去了。」

「我也這麼覺得。」

我拖著虛軟的雙腿離開欄杆。跟我第一次踏上荷普莊園二樓，感受到地板傾斜時一樣。這很合理，畢竟露台很有可能也往大西洋傾斜。這個想法讓我又退了一步。

卡特衝到我身旁，扶著我。「找個地方讓你坐一下。」

「沒事。真的。」

「你看起來不像沒事。」

他沒陪我回宅邸，而是帶我走下階梯，穿過草坪，來到那棟石砌小屋。金黃色燈光從敞開的門流向草地。

「你住這裡？」我問。

「沒錯。裡面沒什麼東西，但至少還像個家。」

「怎麼不住在主屋？」

「因為我是庭院管理員，這裡是庭院管理員的小屋。」卡特說。「而且這裡比那棟彆扭的老房子好多了。很舒服。」

他領我進屋後，我看出他為什麼會這麼說。屋子不大，卻散發著無法否認的魅力。屋裡分成兩個區域——廚房和臥室，角落塞著四面有遮蔽的衛浴設備——充滿鄉村風情。仰頭可以看到屋梁橫跨天花板，菱形窗格的窗戶對著大海。沙發上擱著抱枕，整齊的床鋪增添了幾許色彩，壁紙上印著博物畫風格的本地海鳥，使得牆面充滿活力。

卡特讓我坐在木板餐桌旁，桌面只夠兩人使用。我的椅子面對流理台上方方正正的黑白電視，目前正在播放職棒世界大賽。金鶯對抗費城人。卡特調低音量，打開電視旁的櫃子。

「我開著電視只是當背景聲音。」他說。「等紅襪隊打進世界大賽我就會專心看。但這是不可能的。」

他從櫃裡取出兩個玻璃矮酒杯，各倒了一點威士忌。一杯擱在我面前，他靠著流理台，端起另一杯。

「喝吧，可以穩定情緒。」

「我不認為貝克太太會贊同。」

「貝克太太八成已經喝了三杯夏多內白酒，現在正準備灌下第四杯。」

「喔。」我盯著杯子，有些訝異。從沒想過貝克太太這麼愛喝酒。她看起來是那麼的……嚴肅。

我忍不住思索她來到荷普莊園前就是如此，還是說這個地方慢慢把她逼上這條路。「真是看不出來。」

「當然啦。你才剛來到這裡。多待一陣子你就會知道大家的祕密了。」

我放膽喝了一小口威士忌。卡特說得對。琥珀色的暖意瞬間讓我平靜下來。「還有什麼跟貝克太太有關的事情是我該知道的嗎？」

卡特離開流理台，走向餐桌，把另一張椅子轉過來，跨坐在上面，雙手擱在椅背上。在室內燈光下，我觀察到先前忽略的細節，比如說下巴淺淺的凹痕，幾乎被鬍鬚藏住，或是他散發剛沖過澡的氣味。肥皂和洗髮精的香氣飄來。

「比如說？」他問。

「比如說她的名字。」

「這可考倒我了。我還真的不知道。你猜會是什麼？」

「魔蒂夏。或是庫伊拉。」

卡特一口酒含在嘴裡，從鼻子發出笑聲。「或許阿奇知道，畢竟他在這裡的時間跟她一樣久。」

「你想他們會不會是一對？」

「應該不是。據我所知，他們超少交談。」

「你為什麼會認定他們從以前就是這樣？阿奇跟我說他幾乎待了六十年，貝克太太離開過，然後又回到這裡。他們在外面明明也能找到工作。」

「我認為狀況更複雜。」卡特說。「他們在謀殺案前就認識蕾諾拉了。而且要是少了他們，她真的會孤立無援。我想他們也知道這點，或許這是他們待這麼久的原因。」

「那你在這裡待了多久？」

「啊，你要來刺探我的祕密了。」卡特的笑容帶著挑逗，但更像是禮貌性的表情。已經很久沒有人跟我調情了。肯尼當然不會。他跳過前面的步驟，直接來到重點。可悲的是這招對我確實有效。「你自己說我總有一天會知道的。」我裝出微弱的挑逗語氣。都是威士忌的錯。「乾脆現在就跟我說了吧。」

「我的祕密是我並非庭院管理員。至少在我接下這份工作前不是。」

「那你以前在幹嘛？」

「調酒師。」卡特舉杯啜飲。「雖然才過了一年，感覺像是上輩子的事情了。我有個常客是這裡的前任庭院管理員。他要退休的時候建議我來頂替他。甚至還幫我說了好話。」

「從調酒師轉行成庭院管理員，差距還滿大的耶。」

「是啊。我想他認為我這個人值得信賴，對荷普莊園這樣的地方來說很重要。貝克太太答應了，所以我就在這裡啦。」

電視傳來悶悶的歡呼聲。在小小的螢幕上，費城人的某位球員打出全壘打，跑過所有的壘包。卡特伸手關掉電視。

「你真的喜歡這裡的生活？」我問。

卡特雙手一攤。「自己的住處，還有無敵海景可以看。這條件不是到處都有。沒錯，對我來說工作量有點太多，不過荷普莊園沒多少外人來訪，不需要整理給誰看。有什麼好挑剔的呢？」

「呃，就算有三個人在這裡遭到殺害？地毯上還留著血跡？」

「看來你已經參加過謀殺導覽了。」

「昨晚潔西帶我看了一圈。」我點頭回應。

「拜託別說你現在打算跟瑪莉一樣跑掉。」

「你跟她熟嗎？」

「熟到會把你誤認成她。」

我低頭看看這身制服，原本是給瑪莉穿的。我穿得進去代表我們身材跟身高差不多。難怪卡特在黑暗中會把我看成她。

「想到她可能會突然跑回來應該很怪吧。」

「不會比她離開的方式怪。」卡特說。「沒有事先通知或警告。就這樣離開了。我完全沒想到，還以為她在這裡過得很開心。」

「潔西也說她很驚訝。」

「她跟瑪莉還滿親近的。而我基本上是一個人過日子。別誤會了。瑪莉跟我算是朋友。事實上我跟她很少碰面。我住在這裡。她人在大宅，幾乎整天陪著蕾諾拉。所以我們也沒有勾搭什麼的。多半是趁著晚間空檔在露台聊天。每次看到她的制服，我就會出來跟她打招呼。」

「你想蕾諾拉會不會是她離開的原因？」我問。「比如說，呃，瑪莉怕她之類的？」

「看來你認為蕾諾拉有罪。」卡特說。

我盯著酒杯，打量自己在琥珀色液體表面搖晃的倒影。正巧，我也覺得好不安穩。在過去的兩天內，我對蕾諾拉的看法不斷改變，已經不知道該有什麼感受了。

「看來你認為她沒有錯。那你覺得兇手是誰？溫斯頓．荷普還是那個畫家？」

「都不是。」卡特說：「我猜是里卡杜．麥修。」

我抬起頭，滿心疑惑。「誰？」

「當年的庭院管理員。兇案發生時，他跟他太太住在這棟小屋裡。他太太不在。她是廚房女傭，跟其他僕人一樣得到一晚的假。她到鎮上看電影。但里卡杜留在這裡。」

「警方知道嗎？」

「當然。當年大家懷疑並不是每一名僕人都離開宅邸。」

「你怎麼會知道？」

「我前任說的。我幫他倒酒，他告訴我這個地方的故事。我接下這份工作有部分也是因為這個。聽過那麼多荷普莊園的事蹟，我也想親身體驗一番。」

「所以那位庭院管理員——」

「里卡杜。」卡特打斷我。

我點頭。「對。里卡杜。他留在這裡，然後做了……什麼？」

「沒有人知道。」

「案發之後警方沒有找他問話嗎？」

「他們沒辦法。里卡杜．麥修消失了。過了那一夜，再也沒有人看到他。」

卡特的視線隔著他的酒杯投來，等待我的反應。我做出了很合理的反應，驚訝得合不攏嘴。

「那他太太——」

「貝妮絲。」

這個名字觸動了我的記憶。蕾諾拉的敘述中提過這個人。貝妮絲是隨口祝她生日快樂的廚房女傭。

「她也沒再見過他？」

「對。」

「她不知道他去了哪裡，或是碰上什麼事？」

「對。不過她還是待在這一帶。很多人說她從未離開鎮上，因為她在等她先生回來。我是覺得這個可憐的女人也沒別的地方能去了。」

「所以你認為里卡杜．麥修殺了荷普家的三個人，然後逃之夭夭？」

「我猜是這樣啦。如果不是蕾諾拉殺了他們，這是唯一合理的解釋。」

「為什麼庭院管理員會想幹掉溫斯頓．荷普跟他的家人？」

「不知道。」卡特反問：「不然蕾諾拉有什麼理由下手？」

很好的切入點。我也還沒想透。但卡特並沒有花上整天時間陪她打字，也沒讀到那件染血的睡衣。或是蕾諾拉把刀子丟進海裡。或是離開露台去拿晚點要繞上妹妹頸子的繩索。

雖然我想告訴他這些，我還是沒說。感覺不該在知道一切前向其他人提起。我要到最後才會透露內情。我想這是蕾諾拉最終的目的——要我擔任她失去的聲音。就算我要說出口的是她延遲已久的告解。

「就算是你想的這樣——可能性非常的低——還是說不通啊。蕾諾拉為什麼都不說？假如里卡杜殺了她的雙親跟妹妹，她為什麼不告訴警方？」

或是告訴我。她至今從未打出里卡杜．麥修這個名字。假如她認為他是兇手，為什麼不一開始就寫出來？為什麼要以「一切差不多結束」開頭？

「說不定她不知道。」

可是蕾諾拉**知道**她的雙親死了。她是這麼寫的。他們死了，她的睡衣血跡斑斑，她把刀子丟進海裡，明知那是兩起兇殘犯行的證據。如果動刀的不是她，為什麼她要做這種事？

我喝完威士忌，思緒像杯子裡的冰塊般敲打撞擊。在一片混亂的腦海中，嶄新的論點漸漸成形。

不能跟卡特分享的論點。

目前還不行。

「我該走了。」我突然起身。「謝謝你的酒。」

卡特一頭霧水地看我揮手道別，離開小屋，走過潮濕的草坪。回到露台上，我仔細看清腳邊的瓦片，刻意遠離欄杆。來到蕾諾拉窗下我才鼓起勇氣仰頭一看。儘管她房裡依然黑暗，窗邊空無一物，我忍不住想像蕾諾拉躺在床上，無比清醒，在心裡不斷重複我從小學就牢牢記住的歌詞。

**她說：「不是我殺人。」**

也許這段是真的。

但我懷疑內情遠遠超出蕾諾拉透露的範圍——無論是當年還是現在。

回到屋裡，我迅速爬上工作樓梯。到了二樓，我腳步開始搖晃，威士忌讓宅邸的傾斜感更加嚴重。不過喝了一杯，我卻感覺自己灌下四杯酒，所以才會大著膽子蹣跚踏進蕾諾拉房間。

我打開床邊的檯燈，把她驚醒。

或許她的驚嚇也是裝出來的。我總覺得她已經醒了，也知道我會進房。還沒看到是我之前，她的左手也沒有伸向緊急按鈕。還有她好奇的眼神。雖然她震驚又疑惑地皺起臉，那雙眼中卻閃著滿足的光彩。

「我要你告訴我里卡杜．麥修的事情。」我說。

我在舞會廳裡哭了十分鐘，又在屋裡四處奔走，尋找阿奇。他一定知道說什麼話能讓我好受一點。他總是知道。可是最近阿奇跑得不見蹤影。今天我只在晚餐前途經廚房外時瞥見他的身影，當時我不敢跟他說半句話。妹妹跟我嚴禁跟僕人社交，他們也不准跟我們來往，但這項禁令無法阻止我跟阿奇成為最要好的朋友。

我找不到阿奇，只好跑到露台上。雖然理論上已經是春天，冬季還是陰魂不散，晚風凜然。但我不介意。只要能離開這棟可怕的房子，我待在哪裡都開心。

我爬到欄杆上。又是一件不顧大人禁止的壞事，不過這要怪欄杆蓋得這麼低。要是父親不希望我爬上去，那他一開始就該架個高一點的欄杆。我坐在上頭，保持微妙的平衡，眺望下方的大海。月光在海面上閃閃發亮，白色浪花在夜色中泛著幽光。太美了，就只有那麼一瞬間，我曾想過要跳下去，與它們融為一體。

感覺比住在荷普莊園好太多了。我還很年輕，心中懷抱無盡的渴望，渴望愛、渴望冒險、渴望人生。然而在這裡什麼都沒有。在這裡，我母親灌藥把自己迷昏，我父親公然與女僕發生關係，我妹妹假裝一切如常。我終其一生都註定要這樣度過嗎？

若真是如此，那我寧可現在就結束人生。選在今天再好不過了，生日剛好也是忌日。

「小心點。如果你就這樣摔死了，這個地方可就不剩任何看點啦。」

我匆忙轉身，差點失去平衡，在欄杆上搖晃幾秒，突然對自己差點跌落感到無比恐懼。前一刻我還想著要結束一切，現在我只想活下去——就算只是為了怒斥這個偷窺我的陌生人。

我重新坐好，跳下欄杆。與此同時，聲音的主人從宅邸旁的陰影裡走出。我知道他是誰，因為曾聽貝妮絲在廚房裡提過他，也偷聽到女僕們聊起他有多英俊。

他確實長得很好看。穿著簡單的工作褲跟棉質汗衫，一副不修邊幅的模樣。強壯，又有些粗獷。

他沒像當時大部分男性那樣用髮油把頭髮往後梳齊，而是放任髮絲亂長。他撥開一縷遮住眼睛的頭髮，凝視我的眼神只能說跟野狼一樣。他唇邊勾起笑意，彷彿是知曉我這一整天的各種邪惡心思。

「你不是真的想跳吧？」他問。

我望向他，即使我努力不看他。我不想盯著他看，因為這樣會讓他覺得我認為他值得凝視，雖說他確實有這個價值。但他的發言逼迫我直視他。儘管他的提問很合理，但也極度的不合宜。

「我不需要解釋，特別是對你這種人。」

「確實。你沒必要多說，我只是好奇過著你這種生活的人怎麼會冒著生命危險爬上欄杆。」

我轉身面對大海，拒絕再多看他一分一秒。「你對我的生活一無所知。」

「我很樂意聽你說。」他也來到欄杆旁，注意力全在我身上，一副迫切想從我口中獲得回應的模樣。「告訴我你的生活哪裡有問題。」

「全部。」

他輕輕吹了聲口哨。「聽起來很嚴重啊。」

「你覺得我遭遇的困難很好笑嗎？」我問。

「並不是，荷普小姐。但真的不是所有的事情都那麼可怕。」

「這棟屋子就是。每一個角落都可怕極了。」

他轉頭仰望燈火通明的宅邸。「看起來還不錯啊。」

「這裡糟透了，我可以保證。老實說，如果能離開這裡，我願意付出一切代價。」

他湊向我，我們之間只隔了幾吋。如此的接近，我能感受到他皮膚散發的熱度，帶給我甘美的震顫。

「我們還沒有好好認識彼此呢。」說著，他伸出手。「我是里奇。」

# 第十五章

**里奇。**

蕾諾拉打出這個名字的力道強到把字母狠狠按印在紙上，彷彿是灼熱的烙鐵一般。現在她仰頭看我，挑釁又惱火。她像卡通裡的反派角色一樣瞇細雙眼，似乎在問我滿意了嗎。

我才不滿意，無論是對她在深夜裡打出的篇章，還有在那之前她敲出的答案。衝進她房裡之後，我的第一個問題是：「你認識這個人嗎，蕾諾拉？」

她在床單上敲出肯定的回覆。

「你知道他後來怎麼了嗎？」

這回她只敲了一下。不知道。

「是里卡杜做的嗎？」

卡特說得對。如果下手的人不是她，那麼就只剩下這個推論說得通了。里卡杜那一夜人在這裡，然後他消失無蹤——很可能是在殺害溫斯頓和伊凡潔琳之後。我認為蕾諾拉就算不知道，也懷疑過這點。

蕾諾拉別開臉，望向房間另一端的打字機。我已經習慣她這個表情，大步走向書桌，往打字機上插了張白紙，抱到床邊。蕾諾拉開始打字，噠噠的鍵盤聲在寧靜的臥室裡迴盪。

**還不能告訴你**

「為什麼？」

**因為我要按照順序**

我重複同樣的疑問：「為什麼？」

她點頭，示意我壓下打字機的回車桿。

**你才能理解發生了什麼**

又一次點頭。

**還有方式**

第三次點頭。

**還有理由**

「你現在就可以直接打出兇手的名字。」我滿心期盼。「之後再告訴我來龍去脈。」

蕾諾拉唇上浮現淡淡笑意。我發現她樂在其中。勾引似地一點一點說出她的故事，讓我總是心癢難耐。

她的掌心平攤在鍵盤上。通常這代表一個章節結束了。現在她的意思是換紙。我乖乖聽話，到書桌上拿了幾張紙，把其中一張插入打字機。

新的章節即將開始。

接下來的兩個小時，蕾諾拉跟我專心打字。隨著時間流逝——深夜來了又走——房裡的氣氛起了微妙的轉變，變得越來越冷。氣溫沒有驟降，變化很慢。寒意悄悄襲來，宛如美麗秋天結束後的冬日腳步。等到蕾諾拉開始打第三頁，我已經冷到直打哆嗦。

更糟的是在她打到一半時，我有某種房裡不只我們兩人的感受，雖然我們周圍真的沒有其他人。

這點我很清楚，因為我開始確認，視線飄向緊閉的門板跟床邊檯燈照不到的陰暗角落。

這裡沒有別人。

只有我們。

但我忍不住覺得某個人就在近處，緊盯著我們。即使蕾諾拉正在描述她在露台上與英俊的陌生人邂逅，我的心思還是飄向潔西帶我參觀兇案景點時說過的話。

說瑪莉宣稱她看到維吉妮雅．荷普的鬼魂在二樓漫步。

說她很怕這個地方。

說這是她逃離的原因。

**荷普莊園不是普通的屋子。裡頭藏著黑暗。我感覺得到。瑪莉也感覺到了。**

雖然潔西只是在為舞會廳裡的玩笑話鋪陳，或許背後的確有幾分真實。根據我的經驗，大部分的謊言都含有一定比例的事實。

因為我也感受到那股黑暗。

我一點都不喜歡。

蕾諾拉拍拍我的手，把我拉回現實，催促我按下變換鍵。我照她的指示做了，問道：「你有沒有感覺？好像這裡還有別人在？」

她敲出否定的回應，繼續打字，而我仍舊感受到隱形的視線對著我們，以及越來越強烈的惡寒，直到最後兩個字烙上紙張。

里奇。

蕾諾拉一打出這個名字，房裡溫度頓時回升，方才那股惡寒，連同有人躲在這裡監視我們的感受也瞬間消失。現在只有蕾諾拉看著我，她沉默地詢問這幾頁內容夠了嗎。

「目前先這樣吧。」我把打字機搬回書桌上，插在紙匣裡的紙張微微拍動。

關於她雙親遇害之前、當時、之後的種種我仍然掌握得不多，但也沒必要讓蕾諾拉今晚全部打出來。光是剛才提到的幾個關鍵事實就夠震撼了。

比如說我總算猜到蕾諾拉為什麼要把兇器丟掉。還有她為什麼不跟警方透露更多情報。她想袒護某個人。

背後的理由也漸漸變得清晰。

謀殺案的八個月前，蕾諾拉愛上了里卡杜．麥修。

# 第十六章

醒來時，我喉嚨裡卡著沒有出口的尖叫。我用力吞嚥，把它吞回肚子裡，不讓它湧向陰暗的房間。接著我做起來，渾身顫抖，試圖抖掉另一次厲害的不得了的夢魇，害我差點尖叫的元兇。

又是我母親。

站在睡著的我旁邊。

往我嘴裡塞藥丸，直到我嗆到。

夢境是如此鮮明，我忍不住把食指伸進嘴裡，尋找不可能存在的藥丸。

這時我聽到了。

嘎吱。

與昨晚的聲響類似，來源也一樣。

蕾諾拉的房間。

第二陣嘎吱聲讓我爬下床，剛才的惡夢煙消雲散，我踮著腳尖來到通往隔壁的門前。現在我只在乎一件事：確認到底是什麼東西弄出這些怪聲。

我站在門邊，低頭一看。從門縫下透過來的月光在地板上拉得長長的，劃過我的腳趾頭旁。

一道陰影與月光重疊。

陰影掠過門板另一側，暫時遮住月光。

我低聲驚呼，轉動門把，迅速打開門。

蕾諾拉房裡沒有別人。就只有她，平躺在床上熟睡。

我突然想到稍早從外頭看到她窗邊的灰影，在那之後發生太多事，被我暫時拋到腦後。我差點翻過露台欄杆摔下去，與卡特長談一番，花了更多時間陪蕾諾拉打字。但我能篤定有人在這個房間裡移動，那時跟現在都是。

我來到床邊，跪在蕾諾拉身旁，確認她是否真的睡著，而不是像我稍早懷疑的那樣在裝睡。我在她面前揮揮手，沒有反應。假如她意識到我的動靜，一定會瑟縮的。接著我摸摸她的左手手腕測脈搏。緩慢而平穩。

「蕾諾拉？」我悄聲詢問：「是你嗎？」

她當然沒有回答。她又不能說話。她也無法走路。就算還能走，蕾諾拉都七十一歲了。她不可能在我開門的一瞬間跳回床上。只有她一半年紀的人也做不到。

既然不是蕾諾拉，房裡也沒其他人，我知道這全要怪我想像力太豐富。時間很晚了，我累壞了，這棟房子有可能害我腦袋不清。但那些聲響都是真的。門下的陰影跟窗邊的灰影也是真的。不是我的幻想。

我聽見也看見了。我知道一定有符合邏輯的解釋。

**到早上你就會想通了。**

母親常常這樣對我說，當時我正忙著對付青春期的痛苦與壓力。躺上床鋪。好好睡一覺。到早上你就會想通了。她通常是對的。即使沒有完全想通，我往往會在起床時舒坦許多。

然而這回，她的建議大錯特錯。

幾個小時後，太陽狠狠戳刺我的視網膜，床墊往下滑了幾吋，我還是什麼都想不透。疲憊如影隨形，我爬下床，進行早上的例行公事。

在傾斜的浴缸裡沖澡。

在傾斜的洗手台上刷牙。

穿上屬於某個逃離此處的人的制服。

下樓前，我先去確認蕾諾拉的狀況，開門前遲疑了幾秒。像是起了疑心的情人。或是不信任孩子的父親。想要把她逮個正著。即使我不知道會逮到她幹嘛。除了打字之外，她的時間幾乎都花在觀察，正如現在的她，從床上投來疑惑的眼神。

我第一個看的是書桌。

打字機還在我昨晚放的位置。

然而紙匣裡的紙張擱在一旁，有字的一面朝上，像是有人讀過似的。

跟昨天不同，我確定自己沒有取出這張紙。我清楚記得抱著打字機回書桌途中，紙張飄動的模樣。

我轉向蕾諾拉。「昨晚有人在這裡，對吧？」

她又做出我還不確定要如何解讀的曖昧點頭。這次我又猜中了，她要我搬打字機到床上。之後，我把她的左手放到鍵盤上，讓她回答。

**你沒睡好**

她的語氣難以解析。沒有標點，這句話像是直述句，也就是說蕾諾拉知道我沒睡好。要是加上問號——要我按下變換鍵才打得出來——會顯得比較無辜。像是普通的問候，根據我眼下的黑影做出的推測。

蕾諾拉盯著我，等我回答。她的表情——期待又困惑——告訴我這是問句。

「沒錯。」我說。

她的手再次橫越鍵盤，最後打出熟悉的形容詞。

**厲害得不得了的惡夢**

這回我從她挑起的眉毛判斷這同樣是問句。我點頭，微微一笑。

「對。可是在做惡夢前，我就很難睡好。」

她繼續打字。

**風**

還沒打完。

**發出怪聲**

我後退一步，讓蕾諾拉看見我的表情。「你怎麼知道我聽見怪聲？」

**因為聲音來源就是她。**

這個想法宛如鑽頭般刺入我腦中。猝不及防，讓我不安又反感。

同時也顯得無比荒謬。

不可能，肯定是別人。

蕾諾拉在撒謊。

八成不是第一次了。

到目前為止，她打出來的內容有多少謊言？或者至少是扭曲的事實？打造出對她最有利的故事。

剛到這裡時，我跟貝克太太也是這樣說話的。我明明可以坦言服藥過量而死的是我母親。而我卻以患者稱呼她。不算是謊言，但同樣也不是完整的事實，連個邊都搭不上。我懷疑蕾諾拉正在對我做同樣的事。

我已經厭倦了。

「我知道昨晚這裡有人。不告訴我是誰的話就別打字了。也不需要繼續說你的故事。」

蕾諾拉細細打量我，試圖判斷我是否在吹牛。幸好我認真極了。我都不知道自己有這麼認真。我急著看到完整的故事，而她很可能也同樣急著寫出來，可是我還有些猶豫。她迹說的不一定是真相。就算是，我也不一定想知道。

顯然我的神情比我想像的還要果決，因為蕾諾拉又開始打字。

**有人來過這裡**

我細細品味真相大白的一刻。就知道不是我的想像！

「不只是昨晚，對吧？前一天晚上也有。」

**好幾個晚上**

我心中警鈴大作。「是誰？誰進過你房間？」

蕾諾拉依然猶豫，再次上下打量我。接著她繼續打字，動作透出濃濃的不情願。她花了整整一分鐘才按完八個字母。等她結束，我用力抽出那張紙。白紙上印著跟夜色一般黑的墨水。只有一個名字。

**維吉妮雅**

# 第十七章

廚房電話話筒傳出刺耳的背景音樂，我等待葛連先生接起電話。他已經讓我等了五分鐘。這段時間足以讓某首噁心的船長與塔尼爾[4]的歌曲變奏換成更可怕的〈你沒給我送花〉[5]翻唱版。我把話筒湊在耳邊等待，環視空蕩蕩的廚房，希望沒有人碰巧進來。我不想解釋為什麼會把蕾諾拉丟在輪椅上，跑來打電話。我更不想明說這通電話的用意。光是告知葛連先生就已經夠困難了。

幸好他總算接了電話，打斷背景音樂。聽起來他很緊張，我猜他是想到了我發現母親過世那天的早上，那是他上一回接到我的緊急來電。

「出了什麼狀況嗎？」他問。

「沒有。呃，其實是有。」我深吸一口氣，憋了一會才放掉。「我想請你派新的患者給我。」

「我已經幫你找到新患者啦。」

「我想換一個。」我補上了一聲禮貌的「拜託」。

「琪特，你才服務這位患者幾天而已。」

「我知道。只是——」

我的聲音哽住了。我根本不知道要說什麼。只是我會怕？我才不怕。恐懼與確定性綁定。總要知道你在怕什麼。我完全相反，不確定又不安。是我的錯嗎？待在曾有三人死於非命的傾斜屋子裡。主樓梯上留著血跡，多年前舞會廳的吊燈上掛著少女的屍體。顯然這個早已死亡的女孩夜裡會在我的患者臥室裡漫步。

我才不信有鬼。

我完全不信夜裡聽到的動靜來自維吉妮雅・荷普的鬼魂。

可是荷普莊園很不對勁。真的。或許瑪莉就是因此嚇到趁夜離開，沒有帶走半點家當。我不想繼續待下去，直到我也被逼到絕境。我寧可現在就走，在光天化日之下，帶上我所有的東西。

「我不喜歡這裡。」我終於擠出回應。「我說過我無法在這裡安心工作。」

「然後我說你沒得選。」葛連先生說。

「明明其他照服員也有空。我在出勤班表上看到他們的名字。你就不能從裡面挑個人過來，讓我去服務其他人嗎？一時之間沒有新案子沒關係，我還可以等一兩個禮拜。」

最後一句只是在逞強，我手邊的錢可能撐不了這麼久。不過沒必要讓葛連先生知道。他只要把我調到別處就好──但他看來沒這個意思。

「琪特，這事我們談過了。」葛連先生嘆息。「我安排──」

「你安排案件，照服員依照安排上工。對，我知道。我只是希望你能考慮為我破例。」

「做不到。」葛連先生不經思索地回答。「我再說一次，歡迎你放棄這個案子，可是這就代表你決定離開本公司。我已經為你破例了。其他的公司早在六個月前就會把你解僱。你不做就走。」

我別無選擇，只能留下來。是的，我當然可以當場辭職，跟瑪莉一樣趁夜逃跑，但受到傷害的只有我。我幾乎身無分文，也毫無前景。我甚至不確定自己有家可歸。辭職只會讓這些問題惡化。

4 Captain & Tennille，從七零年代開始活躍的夫妻音樂團體。

5 *You Don't Bring Me Flowers*，芭芭拉・史翠珊在一九七八年發行的歌曲。

簡單來說，我被困在荷普莊園了。

「我知道了。」我說得很快，不讓葛連先生聽出我快哭了。「抱歉打擾你。」

我放棄與命運對抗，掛斷電話，環顧位於空虛大宅裡的空虛廚房。

我怎麼會落入這種境地？

想到這輩子的一個個重大轉折——而我卻每次都搞砸了。是得知母親生病的時候？還是更早？比如說被打字員派遣公司踢掉，轉而投入居家長照？或是在學校待得不開心，發現自己什麼都做不好，決定放棄嘗試？說不定打從第一次聽到那首歌時就註定要踏上這條路。

蕾諾拉．荷普十七歲……

流理台上的籃子裡留了最後一個早餐的藍莓馬芬。我一把抓起，咬了一口，穿過用餐室來到露台。屋外風和日麗——最適合清除雜念的天氣。與葛連先生通完電話後，我很需要這樣的環境。陽光、風、帶著鹹味的空氣讓我冷靜下來，幫助我恢復理性思考。

既然確定自己被困在這裡了，我得要專心思考如何脫困。

答案很清楚：做好自己的工作。

收到薪水支票，存下夠我遠走高飛、重新開始的錢。

這也代表如果蕾諾拉不告訴我在她房裡的人是誰，我必須實踐先前的威脅。

不再打字。

不再寫故事。

我告訴自己反正那些八成都是謊話。假如蕾諾拉無法坦誠告知在她房裡走來走去的人是誰，那她肯定也沒打算明說她家人遇害當晚的真相。曾經相信她會坦白一切讓我覺得自己上當了，愚蠢至極。

我決定下一步是搞清楚蕾諾拉房裡的怪聲到底是打哪來的。絕對有符合邏輯的解釋。滑過門邊的陰影、窗邊的灰影也是。

既然阿奇、貝克太太，甚至是蕾諾拉都認為是風，那或許這就是罪魁禍首吧。他們比我了解荷普莊園。同樣的，窗前的灰影可能是月光帶來的錯覺。至於門內的陰影，說不定是雲朵飄來，瞬間遮住月光。飛機或是大鳥也有機會造成這樣的效果。想到岌岌可危的屋況，鬆掉的護窗板或是壞掉的排水管的嫌疑更大。

我轉身面對宅邸的背面，整齊疊起的三層樓矗立在我面前。我仔細穩住腳步，靠著欄杆觀察屋子外觀。蕾諾拉窗戶周圍看起來很正常。沒有隨著微風飄盪的護窗板，或是從屋簷垂落的彎曲排水管。

不過四周鳥兒倒是不少。海鷗在高處盤旋，接著衝向海水，受到低潮時失去海水遮掩的沙灘螃蟹吸引。我再次轉身，俯視山崖底部和海面之間的狹窄沙岸。平穩的海浪陣陣打上岸，挾著泡沫的海水環繞突起的石塊。

我探出上身，凝目細看，發現自己完全看錯了。

插在潮濕沙地上的不是石頭。

根本不是。

一隻手。

一隻腳掌。

一顆頭顱。

砂礫下的隆起是與它們相連的軀體。

在我開始尖叫前，我已經可以篤定映入我眼簾的是瑪莉・米爾頓的屍體。

# 第十八章

我人在陽光室裡，儘管現在照不到什麼太陽。我發現瑪莉的屍體後沒多久，大片烏雲遮住天幕，使得一切景色顯得灰暗、充滿壓迫感，彷彿即將成形的暴風雨正緊緊貼著屋子，準備破門而入。我最不想見到的人正與我共享這片陰鬱。

維克警探。

他坐在先前貝克太太坐過的髒兮兮雙人沙發上，衣服皺巴巴，一臉不爽。感覺他一點都不想來這裡。或是不想見到我。我也有同感，一見到他就渾身僵硬，這是深入骨髓的反應。情緒在我心中撞成一團，難以置信、悲傷，以及深入骨髓的不安——維克警探來此不是為了調查瑪莉的死因，而是終於要逮捕我。

「嗯，琪特，我真沒想到會見到你。」

我拉扯制服裙襬，想讓它多蓋住一吋大腿。自從意識到瑪莉．米爾頓的屍體近在眼前，強烈的寒意便如影隨形。我知道這是源自強烈的衝擊，又因為面對想把我送進監獄的人而更加惡化。

「沒想到我人在荷普莊園嗎？」我問。「還是說沒想到在你指控我犯下謀殺罪之後我還能工作？」

警探嘆息。「琪特，別急著跟我辯。我只是想釐清事發經過。」

「上次我們談話時，你對事發經過似乎沒太大興趣。」

「先別管那件事。」維克警探說。「我可以理解你現在相當的難過。」

確實。我連眨眼都不敢，生怕瑪莉的屍體半埋在沙地裡的景象會投射在我眼皮內側。更糟的是我想到昨晚差點摔落露台時，早已看見她的屍體。

昨晚我同樣俯視沙灘，看到深色物體散落，以為只是零星的石塊，但現在我知道那是瑪莉。我也忍不住思考她究竟在那裡多久了——要是我一開始就看出是她，至少能讓她早點從曝屍海岸的折磨中解脫。這個認知使得我難過又內疚，幾乎喘不過氣。

但我拒絕讓維克警探看穿心中想法。要是發覺自己即將洩漏這些心思，我一定會衝出門外，再也不回來。

「你要問什麼就問吧。」我說。

「你在荷普莊園擔任什麼職位？」

這身制服加上過往經歷，他應該早就看出來才對，但我還是給出答案：「我是照服員。」

「你照顧的對象是哪位？」

我稍一猶豫，不太想為他解答，因為我知道他會有什麼反應。八成是諷刺的假笑。維克警探說不定會為了兇手照顧兇手的巧合笑出聲來。

「蕾諾拉．荷普。」我終於擠出答案。

警探沒有笑。但我注意到他微微挑眉，表達一絲訝異。

「你照顧她多久了？」

「今天是第三天。」

警探再次挑眉，這次明顯多了。他說：「上工第一週就挺精彩的嘛。」

想到我抵達荷普莊園後經歷的種種，這句話可以入圍年度最佳避重就輕評論。

「你是第一個看到屍體的人，對吧？」

我迅速點頭，試著不去想像瑪莉幾乎被沙子掩蓋超過一個禮拜的事實。或許再過幾天她就會消失在砂礫之下。又或許會露出更多。我知道及時發現是好事，即便我深切期望目擊者不是我。

「說說當時的狀況。」維克警探說。

我簡短地說明自己來到露台，注意到海鷗，望向山崖邊緣，然後看到瑪莉。

「你為什麼會去露台？」

感覺像陷阱題，雖然我知道不是。但如果要照實回答的話，就要提到蕾諾拉房間裡的怪聲跟影子。我沒打算扯那麼遠，只好給個不算撒謊的回應。

「只是想透透氣。」

我望向面海的大片窗戶。兩名警察在露台上兜轉，一人來回走動，雙眼盯著地面，另一人不斷望向柵欄下的海面，儘管瑪莉的屍體已在兩個多小時前移走。因為山崖太過陡峭，警方得要派出小船才到得了。一小群員警湧入那片狹窄的沙灘，搶在漲潮前挖出瑪莉。

「他們在找什麼？」

「與案情有關的一切線索。」

「瑪莉不是摔下去的嗎？」

我繼續凝視露台欄杆，想到自己昨晚也差點翻了下去。那一刻的純粹恐慌清晰地印在腦海中。先是訝異，接著是慌亂，然後是純粹的恐懼。我想像瑪莉也遇上同樣的事情。絆了一跤，腳下一滑，可怕的漫長墜落。我忍不住皺起臉。那個可憐的女孩。

「這是其中一個可能性。」維克警探不置可否的口吻聽起來像是他心中只有某個可能性。

我細細打量他的表情，空白得像是戴上面具似的。我看過他這個表情，知道這代表他心意已決。

「你認為她是自己跳下去的。」

這比意外跌落還合理，即便我昨晚才差點失足。這個露台柵欄低矮，緊貼山崖邊緣，是個天造地設的絕佳自殺地點。任何人隨隨便便都能爬上去，縱身一躍。

若是在普通的狀況下，我會分一點腦容量緬懷可憐的瑪莉．米爾頓，為這個被自己心魔逼上絕路的女性感到悲傷遺憾。但此時此刻，我只想到我母親，另一個忍不住自盡的女性，想到維克警探拒絕相信她是獨自完成這件事。

「這回我不想抱持任何假設。」他的語氣還是那麼讓人抓狂。

「你之前面對我的時候可不是這樣。」

他的假設最後登上地方報紙，害我被停職六個月，差點進了監獄。他的假設害我為數不多的朋友消失無蹤，害我父親懷疑我禽獸不如。怒氣在我體內迅速湧現，宛如火山一般，我差點被這股力量推離雙人沙發，衝上前攻擊維克警探。只能依靠薄弱的意志力維持原本的姿勢。我雙手緊緊抱在胸前，無法對上他的視線。我怕光是看他一眼就會再次爆發——再也無法控制情緒。

維克警探察覺到我的憤怒，試圖安撫我。「不只是假設，好嗎？從米爾頓小姐制服口袋裡找到一張紙條，說她打算自殺。」

我沒問紙條上寫了什麼。第一，這件事與我無關。第二，我只顧著想像要是母親也留了遺書，我的人生會產生多少差異。區區一張紙條就能左右維克探長的判斷，我想那一定會是極大的差異。

「你是否察覺瑪莉．米爾頓有任何自盡的理由？」他問。

「不知道。我沒見過她。她在我來之前就不在了。」

這句話讓我感到難堪。不在了具備多重意義。比如說死亡，比如說失蹤，比如說離開，雖然瑪莉終究沒有離開這裡。她一直都在。

維克警探換了個切入點。「你認為她喜歡這份工作嗎？」

「根據其他人的說法，我想是的。」

「你喜歡這份工作嗎？」

我沒料到他會這麼問，換了個坐姿。「我才剛來幾天。」

「你沒有回答到我的問題。答案很單純，要不就喜歡，要不就不喜歡。」

「我喜歡這裡。」我擠出笑容，不讓答案顯得太虛假。其實完全沒這個必要。

「你跟你的老闆不是這麼說的。」維克警探說。

「你什麼時候跟葛連先生談過？」

「大概十五分鐘前。我想先確認你的確是我認為的那個琪特・麥迪爾。葛連先生在通話中提到你不久前也打電話給他。」

怒氣再次升溫。維克警探還沒踏進這個房間就知道我在荷普莊園工作，也知道我上工多久、負責什麼事情。他也知道我請葛連先生幫我找別的患者，然後沒過多久就找到瑪莉・米爾頓的屍體。整個偵訊過程就像是證明我不值得信任的陷阱。而我就這樣一腳踏下去。

要是可以的話，我也可以走出這個陷阱。但是想到瑪莉，雖然我不認識她，荷普莊園的每一個人似乎都挺喜歡她，光是這點就足以讓我繼續面對維克警探，更何況瑪莉還是我的同行。她負責照顧人。我有義務幫她釐清她為何死於非命。然而這並不代表我要對維克警探有好臉色。

「你還想問什麼你不知道的事情嗎？」我問。

「我不知道你為什麼要謊稱喜歡這個地方。」

「因為我想保住這份工作。」

「即使根據葛連先生的說法，你想到別處工作？」

「我需要保住工作。」我用力咬牙，下顎陣陣抽痛。「多虧了你，這是我唯一的選擇。」

維克警探張著嘴，似乎想說些什麼，卻又無法說出口。我只能猜測他的沉默代表什麼。看來不會是道歉。

「你跟葛連先生說你在這裡無法安心。」他總算發出聲音。「為什麼？」

「警探，以前有三個人在這裡死於非命。你能待得舒服嗎？」

「可以啊。畢竟我已經習慣犯罪現場了。你認為瑪莉在這裡也覺得不安嗎？」

「我真的不知道。」

「你跟她做同樣的工作。相信你能分享一下照顧蕾諾拉・荷普的感想。她是什麼樣的患者？」

「還好。」

「有遇到什麼麻煩嗎？」維克警探步步進逼。

「都是一般患者都有的老問題。」

再加上蕾諾拉的負面風評、夜裡的怪聲，以及她宣稱死去的妹妹在臥室裡漫步。不過這些最好別提。維克警探老是在找理由懷疑我，沒必要給他更多機會，即使這讓他一臉失望。我想他是在期待我沒說出口的答案。

「你不在意蕾諾拉・荷普可能就是你提及的三起命案的兇手？」維克警探問。

「我不擔心她會殺我，不知道這是不是你想問的。」

警探抿起唇。這個表情在隨著年齡風化的臉上意外的可愛。「我不是這個意思。既然你提到這點，你認為瑪莉會擔心這個嗎？」

「有可能，但我不這麼想。蕾諾拉不會傷害人。」我說出剛到此處時卡特的說詞。

「你想瑪莉會不會跟蕾諾拉處得不好？或是住在這個地方有什麼不愉快？」

我也思考過這個問題，特別是在我認定瑪莉深夜突然離去的時候。縱使現在我知道她的下落，心裡依舊有塊疙瘩。是不是荷普莊園的某個要素——它的過往、它的古怪、來源不明的雜音——逼得瑪莉跳下露台？或者是她照顧的對象的過往和怪異之處？我心中只有一個人或許能為我們解惑。

「不確定，但我知道可以問某個人。」

「誰？」

總算，我知道維克警探永遠料不到這個答案。

「蕾諾拉・荷普。」

# 第十九章

我領著維克警探走上主樓梯。

「你看這些血跡。」一邊往上走，我冷冰冰地介紹，靈巧地繞過地毯上的污漬。維克警探的步伐不變，直接踏上去。真讓人失望。我還以為他的反應會跟前天晚上的我一樣。

不過到了二樓，他的反應還算差強人意。一踏上樓梯口，警探立刻伸手扶牆，「哇」了一聲。

「這棟屋子是歪的。」我說得像是自己在這裡待了好幾年，而不是短短幾天。

「這樣安全嗎？」

「八成不安全。」

「老天，我之前在這裡的時候可不是這樣。」

我在走廊上一愣。「什麼意思？」

「以前我在這裡工作過。」維克警探收起手，隔了兩秒還是一把按住藍色緞面壁紙。「只做了一個夏天，還有那年春天跟秋天的幾個週末。荷普先生會在忙碌的時期從鎮上僱幾個男孩子來幫忙。」

「什麼時候的事情？」

「一九二九年。因為謀殺案我才記得這麼清楚。」

「那你認識蕾諾拉嗎？」

「只從遠處看過。」

我繼續邁開腳步，轉頭對仍然有些搖晃的維克警探說：「所以你才會當警探？」

「因為我在死了三個人的地方打工幾個月？」維克警探輕笑一聲，似乎是覺得這個想法很荒謬。「不只是如此。警察是一種天職，我們天生就要找出幹過壞事的人，讓他們付出代價。」

雖然我走在前面，還是感覺得到警探銳利的目光燒灼我的後頸。他當然會以為我做了壞事，想方設法要脫罪。

目前是如此。

我左轉進入蕾諾拉的房間，她坐在輪椅上，隨身聽擱在膝頭，頭上套著耳機。我突然帶著陌生人進房，把她嚇了一跳。她的左手按上蓋住大腿的毯子，綠眼瞪得老大。

我在陽光室待命的期間，幾乎都是阿奇或貝克太太陪著她。不確定是哪個人跟她說了瑪莉的遭遇，顯然她知道發生了什麼事。她眼中的驚愕消退，閃著悲痛的光芒。

外頭的雲層越來越暗，越來越險惡，臥室變得無比陰鬱，既讓人喘不過氣，同時也切合現在的狀況。

「蕾諾拉。」我走到她身旁。「這位是維克警探。他想問幾個跟瑪莉有關的問題。可以嗎？」

蕾諾拉盯著他，神情是如此的猶豫，我猜她的意思是不行。沒想到她思索了幾秒，竟然在大腿上敲了兩下。

「敲兩下是肯定。」我向維克警探解釋：「一下是否定。」

警探點點頭，走向蕾諾拉，那副模樣跟一開始的我很像——敬畏又惶恐。根據他在陽光室的言詞，我猜警探認定蕾諾拉背負著三條人命。但他還是跪在傾斜的地板上，開口道：「嗨，蕾諾拉。關於瑪莉的遭遇，我很遺憾。聽說你們兩位關係很好？」

她不是以敲打回應，而是憂傷緩慢地點了頭。

「所以說你喜歡她囉？」

蕾諾拉迅速敲了兩下。

「瑪莉也喜歡你？」

又敲了兩下。

「她身為護士的表現如何？」維克警探搖搖頭。「抱歉，你沒辦法回答這個問題。」

「可以的。」我對蕾諾拉開口：「你想用打字回答嗎？」

她還沒有敲出回應，就被我推到書桌前，在打字機裡插上白紙。我把她的左手放到鍵盤上，轉向維克警探。

「她的打字速度不快，所以請提出能夠簡短回答的問題。」

「呃，好。」警探搓搓手，一臉猶豫。我猜他是第一次透過打字機訊問關係人。「蕾諾拉，你最後一次見到瑪莉是在什麼時候？」

蕾諾拉眨眨眼，神情困惑。

「他要你打出答案。」我溫和地催促。

蕾諾拉一動也不動，楞楞盯著打字機，像是第一次看到這台機器似的。她抬起手，在鍵盤上猶豫地盤旋，又重重放下，在空白的紙頁上敲出一個淡淡的字母。

**h**

「需要幫忙嗎？」我問。

不耐從維克警探的毛孔滲出。「有什麼問題嗎？」

「不知道。」

我細看蕾諾拉。平時表情豐富的臉龐浮現讓人挫折的茫然。我這才想到她可能遭受極大的打擊。瑪莉的死。警探來訪。接連不斷的提問。我跪在輪椅旁，按住她的左手。「瑪莉的事情讓你難受到沒辦法打字嗎？」

蕾諾拉在我的掌心握起拳頭，敲了鍵盤一下。

「那你為什麼不打字呢？」

「你到底會不會打字啊？」維克警探問道。

蕾諾拉又敲了一下。

一陣狂風撞上大宅，使得整個房間——包括身處其中的我們——震動起來。風聲呼號，大顆大顆的雨水撾打窗戶。

暴風雨來了。

我渾身一震，突如其來的醒悟從內部撼動我全身。

蕾諾拉在裝。

維克警探跪在輪椅另一側，不悅地瞪了我一眼，對蕾諾拉開口：「讓我釐清一下，麥迪爾小姐說你會打字是在撒謊？」

這回蕾諾拉舉起手，敲了打字機兩下。

我的心一沉。「她真的會。我發誓。」

我絕望地看了蕾諾拉一眼，期盼她能證明我的發言，而不只是隨便按個打字機按鍵。但她沒有。她不願意。為了我無法理解的原因。

暴風雨正在外頭大展神威，雨水沿著窗框傾瀉而下，在臥室地板投射出粼粼水紋。我看著水波般的紋路，氣蕾諾拉害我成了騙子，同時納悶她為什麼要這麼做，拼命思索還有什麼方式能驗證我的說詞。這時我突然想到證據的存在。

「我們今天早上打了這些。在我找到瑪莉之前。紙都在書桌上。」我往桌上尋找那張紙，下樓去打電話給葛連先生時還插在打字機上。我甚至記得上頭打了什麼字——蕾諾拉跟我說她死去的妹妹在這個房間裡。

但桌上沒有那張紙。

哪裡都沒有。

「原本放在這裡的。」我掃視桌面，然而上頭只有打字機跟檯燈。

「剛才打字機上也沒有紙張。」維克警探單純的陳述聽起來得意洋洋。「確定不是你的幻想？」

「我確定。」我拉開書桌抽屜，尋找印著維吉妮雅名字的紙張。不在抽屜裡。也不在地上。我看著蕾諾拉。「你知道紙就在這裡。」

她的左手停在打字機上，毫無動靜，看似毫無用處。

「蕾諾拉，跟他說我沒有撒謊。」我的語氣近乎赤裸裸的乞求。「拜託。」

維克警探起身，抓住我的手腕把我拉到走廊上，一副怒火中燒的模樣。

「琪特，你在耍什麼把戲？因為我不相信跟你母親案件有關的說詞，你打算耍我？」

「我沒有耍你。」我說。「蕾諾拉會打字。我們昨天打了一整天的字。她告訴我她的家人遇害那一晚發生了什麼事。我想她不是要認罪就是說出真兇。」

「琪特，你腦袋清楚一點。這個女人幾乎坐都無法坐直，你真的希望我相信蕾諾拉・荷普要打出她該死的人生故事？」

「我說的是真話！」

「好啊。」維克警探的語氣充滿諷刺。「就當作是這樣吧。那為什麼是現在？過了這麼多年，她為什麼特別選上你，要告訴你那晚的經過？」

「我不知道。可是她跟我說過一些事情。」這串字句從我口中湧出，我拼了命地想讓維克警探對我產生些許信任。「謀殺案前幾個月的事情。關於她的家人。還有她妹妹。她說她妹妹的鬼魂在她房間裡。」

「你該不會相信了吧？」

「沒有。」因為我真的不信。不完全信。還無法相信。「但我真覺得這個地方不對勁。很……不對勁。」

維克警探退開半步，凝視著我。他的怒氣化為別種情緒。類似憐憫。

「我們談完了，琪特。」一邊說著，他從口袋裡抽出名片，塞到我手上。「等你想說實話再打給我。」

他靜悄悄地往主樓梯走去。我氣勢洶洶地回到蕾諾拉房裡，看她坐在書桌前，進入打字模式。我忍不住打破了葛連居家照服派遣公司員工的規約之一——不對患者罵髒話。

「你他媽搞什麼？」

蕾諾拉流露出聖人般的耐性，點頭要我來桌邊。她先打了兩個字。

**抱歉**

「這是應該的。你害我在警探面前像個大騙子。」

**我不得不**

「為什麼？」

**要保密**

「你會打字的事情要保密？要瞞過誰？」

**大家**

如果能在邀請維克警探進房前先知道這點就好了。既然現在讓我知道了——既然我完全喪失了爭取他信任的機會——我不得不提出我認為他一定會提的問題。

「瑪莉有沒有跟你說她要離開？」

蕾諾拉敲了鍵盤一下。

「你最後一次見到她時，她表現得如何？」

蕾諾拉開始打字，中間停下來思考幾秒，產生了一個奇怪的字眼。

**怪緊張**

我打量這個詞，其實它與我現下的心境頗為貼切。「是哪一個？怪還是緊張？」

**都是**，蕾諾拉打字回應。

「這種狀況持續一陣子了嗎？」

蕾諾拉敲鍵盤兩下。是。

「瑪莉有沒有提過在夜裡聽到怪聲？」

她又敲了兩下。有。

我想起潔西前天晚上跟我說的話。

**我想她是怕了。荷普莊園不是普通的屋子。裡頭藏著黑暗。我感覺得到。瑪莉也感覺到了。**

即使潔西表明她在開玩笑，我越來越覺得那不是玩笑話。不完全是。

「你知道她有沒有查出怪聲的來源？」我問。

蕾諾拉這次沒有敲打，而是打出她的答案。

**不**

「那是讓她又怪又緊張的原因？」

蕾諾拉又敲出三個字。

**又害怕**

我的心臟在胸中一震。所以那是真的。潔西可能是聽瑪莉親口說過，或是下意識地懷疑狀況不對。無論如何，荷普莊園有什麼東西嚇到瑪莉．米爾頓，這項事實不變。

「蕾諾拉，她怕的是什麼？」

我看著蕾諾拉的手滑過鍵盤，頗像是指標滑過潔西的通靈板那樣。八個字母加上一個空白鍵，我看到了我期待已久的答案。

**我妹妹**

我妹妹知道我墜入愛河了。這種事情做姊妹的清楚得很。就算跟我們一樣幾乎沒好好相處的姊妹。

「是誰？」在某個罕見的場合，我們碰巧同時待在同一個房間裡，她向我提問。通常我們會避開彼此，但那晚我們一同選擇踏進書齋。

「我不知道你在說什麼。」我坐在壁爐旁看我母親的羅曼史小說，通常我覺得這種東西沒什麼格調。我想寫的是嚴謹的文學作品，通常只讀那類書。自從我愛上里奇之後，我漸漸有了不同的感受。

這就是愛。

一見鍾情。儘管老套，但確實是如此。一看到里奇，我就知道我愛上他了。不可能不愛上他。他不但是我見過最好看的男生，也能理解我，這跟其他人很不一樣。從他看著我的眼神就知道了。在他眼中的不是有錢人家被慣壞的大小姐，愛聽花言巧語，穿著華服到處勾搭。他看到的是年輕、聰明，懷抱著希望、夢想、野心的女子。

他看到的是我對自己的願景。

「你跟你家其他人很不一樣。」見到我的第一晚，他如此對我說，那時我們已經在露台上聊了一個小時。

「希望是好的方面。」

「比好還要好。」

於是我讓他親吻我。我的初吻。遠遠超越了我的一切幻想。我們的嘴唇相觸時，我整個人彷彿像煙火一樣炸開。明亮、火花四射、熾熱。

我退開來，氣喘吁吁，臉頰通紅。有好一會兒，我以為我要暈倒了。我倒向露台欄杆，頭昏眼花。要不是里奇一把抱住我，我可能會摔下去。他悄聲問：「我何時還能再見到你？」

「明晚。」我悄聲回答，把自己當成茱麗葉，而他是我的羅密歐，我們正在我房間的陽台幽會。

「就在這裡。」

在那之後過了兩個禮拜，我們兩人每晚碰面，先在露台上會合，再溜去別人找不到的地方。跟他在一起的時刻，周遭世界全都融化了，一切化為純粹的狂喜。與他別離時，我腦中、心裡、夢裡只有他。

相識的第二晚，我們再次親吻，這回沒有任何保留。我們躲在小屋旁，幾乎被陰影遮住，向彼此訴說夢想和挫折。我跟里奇說我想逃到巴黎，過著波西米亞式的生活，體驗一切，然後全部寫下來。

里奇說了他艱辛困苦的過往，最後來到這裡工作。「我老家比鬼還窮。」他的用詞是如此露骨，我既震懾又激動。「我母親生下我之後就死了。我父親是個兇惡的醉鬼，與其出門工作，他更喜歡揍我。我很快就知道上學根本沒用。金錢總是凌駕在知識之上。我的手夠巧，找工作找到這裡來。」

他嘆了口氣，仰望天空。「跟你說，我要的不只是這些。無法過上自己想過的生活會讓人很喪氣。讓人崩潰。」

我以我所知的唯一方式來緩和那樣的重擔，讓里奇粗壯的雙臂環上我的腰，把我拉進懷裡，帶給我最激情的吻。

就在我們親吻時，我聽見輕輕的腳步聲在草坪上接近這裡。是貝妮絲，她結束廚房的勤務，現在要回來了。我從他懷裡抽身，在被人撞見前逃跑。那次驚險的體驗沒有改變我們的行徑。我知道里奇跟我犯了錯，但我才不在乎。我渴望他的吻帶來的燦爛煙火。我需要。

一次次的私會讓我們膽子越來越大。親吻、觸碰、探索。第三天晚上，里奇的手摸向我胸口，我沒有抗拒。第四天晚上，我的手溜進他的褲襠，握住他的男性象徵。先不提那些不道德的細節，總之進展到我們認識滿一個禮拜時，我把我的處女之身獻給里奇。

完事之後，我倚著他的臂膀，輕聲說：「我愛你。」

里奇咧嘴一笑。「我也愛你。」

在那一刻，我成為了女人。或許我妹妹那晚在書齋看到的就是這樣的改變。

「你一定是對某個人神魂顛倒。」她說。「我知道是誰。」

我抬起頭，擔憂令我思緒遲鈍。貝妮絲看到我們了嗎？她知道嗎？她在到處跟人說嗎？

「你聽說了什麼？」

「沒有啊。誰都看得出來你愛上阿奇巴德了。」

我鬆了一口氣，努力忍住笑聲。阿奇與我之間有那麼多的阻礙，最重要的是他比我的親妹妹更像手足。

「別說你還對彼德有意思。沒用的。他對你沒興趣。」

「對你也沒有啊。」

「他會改變心意的。」她說。「我很確定。到時候我們要結婚，在這裡度過一生。」

「在荷普莊園？」

妹妹展開雙手，彷彿是要擁抱這棟房子。「當然了。我永遠不會離開這裡。」

「可是你還沒看過外面的世界。我呢，我想盡可能的探索一切。」

「帶著你的祕密男友？」妹妹對我微笑，這個表情我看過太多次了，幾乎沒有意識到她能笑得多邪惡。她的笑容裡沒有幽默和溫暖。跟她這個人一樣冰冷又精於算計。「勸你就直接跟我說了吧。你也知道我遲早會發現他的身份。」

現在看來她說得沒錯。

終究還是被她發現了，災厄隨之而來。

至少她的願望也實現了。過了這麼多年，她依然在這裡，在各處遊蕩。她永遠不會離開。

只要荷普莊園屹立不搖，我妹妹就將一直留在此處。

# 第二十章

我沒料到荷普莊園三樓會是這種感覺。除了主樓梯沒有繼續往上延伸之外，一切看起來跟二樓差不多，但感受完全不同。樓層越高，傾斜的程度就越明顯。不只是感覺，還可以清楚看見。從工作樓梯這側眺望整條走廊，感覺就像在傾斜的船隻甲板上。

難怪卡特選擇住在小屋。真不知道潔西跟阿奇怎麼有辦法住得下去。我往前走去，感到些微的頭昏眼花。腳下的地板吱嘎作響，頭上傳來雨水撞擊屋頂的聲音。前方有一扇開著的房門，燈光和音樂從房裡溢出。

我猜那是潔西的房間。

阿奇應該不會聽臉部特寫樂團。

往房裡一看，證實我猜得沒錯，她盤腿坐在地上，翻閱一大疊拍立得照片。

「嗨。」我打招呼。「還好嗎？」

這個問題毫無意義。只要有眼睛誰都看得出潔西心情不太好。她抬起頭，臉上帶著被淚水沖刷過的妝。

「爛透了。」

我踏進她的房間，發現這裡跟我房間相差甚遠，雖然房型跟大小幾乎一致，但潔西已經在此打造出自己的小窩。牆上滿是樂團海報，有些我還算熟悉，但大多是我沒聽過的團名。一條絲巾蓋在其中一個燈罩上，讓房間泛著紅光，讓我想到蕾諾拉的緊急按鈕。門邊的天花板還是標準高度，對面突出的老虎窗那側則是明顯低矮許多。其中一扇窗開著，引入滂沱雨聲——跟潔西的淚水相互輝映。

「我無法相信瑪莉死了。」她舉起一張拍立得。

我陪她坐在地上，接過她手中的照片。這是她跟瑪莉在露台的合照，背後的天幕飄著蓬鬆的雲朵，風吹起她們的頭髮。這是我第一次看到瑪莉——幾乎被埋在山崖下沙堆裡的屍體不算——原來她這麼年輕。看起來不到三十歲。莫名的親切感揪住我的心。開朗的笑容，俐落的髮型，耳際閃著金光，因為任何更花俏的飾品只會妨礙工作。她是經驗豐富的照服員。看得出為什麼大家都喜歡她。要是能跟她見到面，我想我也會喜歡她。

「我就知道她不可能就那樣離開。」潔西說。「連聲再見都沒說，也沒告訴我她要去哪裡。」

「你一開始為什麼會認為她離開了？」

「因為貝克太太這樣跟我們說。」

「她為什麼會那樣想？」

「我猜是因為看起來像那樣吧。根本不該相信她的話。瑪莉才不會一聲不吭就離開，也不會自殺。我才不管那個警探怎麼說，瑪莉不是自殺。」

「有時候人會做出意想不到的事情。」我想到母親是如何自我了結。沒有道別，沒有遺書，沒有解脫。我想念她，同時也氣她留我和我父親收拾一片殘局。後來才發現我們實在是做不來。

「比如說？」

比如說遭到維吉妮雅．荷普的鬼魂折磨。可是我還不想往那方面想。還是回到正題吧，前提是正題真的存在。

「你最後一次見到瑪莉時，她的狀況如何？」

潔西吸吸鼻子，用手背抹抹臉頰，把流下來的睫毛膏抹成一團污漬。「你的說話好像那個警探。」

「你跟他說了什麼？」

「我說瑪莉看起來挺好的。」潔西又拿了張拍立得，盯著它看，小聲補上一句：「雖然不完全是那樣。」

「她不太對勁嗎？」

她點頭，丟下那張拍立得，拎起另外一張，遞給我看。照片中的瑪莉人在二樓走廊，白色的制服──可能就是我身上這套──與陰暗的背景形成強烈對比。

「你怎麼沒跟警探說？」

「不知道。」潔西聳聳肩。「我猜我是在保護瑪莉。」

我能理解這股衝動。就算母親已經過世，我仍舊覺得有必要保護她。因此我一開始就主張她不知道自己吃了多少顆藥。用藥過量純屬意外，即便大家都知道不是這樣。最後我才意識到這不是為了保護她，其實我只是認定她不會以這種方式離開父親跟我。不會主動踏上這條路。

「如果想幫瑪莉的話，現在最好的作法就是查出究竟發生了什麼事。」

「她摔下去。」潔西說。「這是唯一的解釋。」

我從父親口中聽過這種語氣。舉棋不定的自信。

**小琪，你說的不是真的。**

「不一定。特別是瑪莉可能舉止怪異或緊張。」我刻意用了蕾諾拉融合在一起的兩個詞。

潔西的視線投向我背後的牆面，海報上的舞韻樂團回望著她。「你怎麼對事發經過這麼有興趣？你根本不認識瑪莉。」

沒錯，我不認識她。可是發現她的人是我。往下眺望，看到她的屍體，發出在屋子背面迴響的響亮尖叫的人是我。擔心今晚惡夢中會看到她半埋在沙子裡的屍體的人是我。

然而這不是我唯一的擔憂。最重要的是，瑪莉的遭遇也可能降臨在我身上，這層可能害我無法成眠的顧慮，介於徹底的被害妄想和理性之間。我們做同一份工作，睡在同一間房裡，甚至穿同一套制服。假如這份工作的某個環節害死了瑪莉，那我真的很想迴避相同的命運。

「瑪莉有沒有提過半夜聽見怪聲？來自蕾諾拉的房間？或是看到什麼？」

「沒有。你有嗎？」

我沒有回答，沉默就是我的回答。有時候沒有否認就代表承認。

「前天晚上你跟我說瑪莉怕這個地方。」

「那是開玩笑。」

「沒錯，你也說是玩笑話。」我再次停頓。「但我認為裡面或許有幾分真實。」

儘管潔西一開始想搖頭，她的腦袋很快改變動向，變成小心翼翼的點頭。但她的回應相當曖昧：

「可能吧。現在我什麼都不知道了。」

「瑪莉曾經直說她害怕嗎？」

「對，可是那個啊，聽起來就是在開玩笑。我們兩個老是開這種玩笑。蠢斃了。像是『我剛才在走廊看到維吉妮雅，她說哈囉。』之類的白痴笑話，想讓氣氛輕鬆一點。天啊，這個地方需要一點笑話。可是瑪莉突然不跟我鬧了。」

我湊上前。「是什麼時候的事？」

「兩三個禮拜前吧。只要我拿維吉妮雅或是溫斯頓開玩笑，瑪莉就會搖頭，說『別扯那種鬼話。』

之類的。她對什麼事情都變得超認真。像是真的會害怕似的。」

「怕維吉妮雅嗎？」我想到蕾諾拉打出的內容。說維吉妮雅在她房裡。說瑪莉怕她。

「或許吧？」潔西的焦點回到滿地的照片。這些照片正面朝上，十多張瑪莉的影像如同塔羅牌般被潔西推來推去。「我知道我把瑪莉說得像是神經兮兮的膽小鬼。她不是這種人。我不認為她相信鬼。只是……」

「只是什麼？」我逼問。

「感覺她被什麼嚇到了。」潔西說。「我不知道是什麼。說不定她真的看到維吉妮雅・荷普的鬼魂了。還是說她只是不想再開這種玩笑。可能是因為她一直待在蕾諾拉身邊。」

「這份工作就是這樣。要持續照顧患者。」

「我說的是一直喔。或許她覺得說那種話太不尊重了。」

「瑪莉有沒有提過某個叫做里卡杜・麥修的人？」

潔西皺起臉。「誰？」

「他以前在這裡工作。卡特跟我提到他。」

「完全沒聽過。」潔西說。「就算瑪莉知道這個人，她也沒跟我說過。我不知道她為什麼不說。她把這個地方的所有事情都告訴我了。說不定除了蕾諾拉之外，她比任何人都清楚荷普一家的兇殺案。」

其中一張拍立得吸引了我的注意。是在蕾諾拉房裡拍的，蕾諾拉和瑪莉在書桌旁。蕾諾拉坐在輪椅上面對打字機。瑪莉緊緊靠在她背後。熟悉到刺眼的景象。

我撿起那張照片讓潔西看。「這是什麼時候拍的？」

「兩個禮拜前。」潔西從我手中抽起照片，插進照片堆裡。「她們總是在打字。」

「你知道她們打字的內容嗎？」

「瑪莉一直不跟我說。」潔西站起來，來到五斗櫃前，將那疊拍立得照片丟進最上層的抽屜。「一開始我以為那是某種物理治療。你知道的，鍛鍊蕾諾拉的肢體能力什麼的。可是她們一天到晚都在書桌前。有時候甚至超過蕾諾拉該上床睡覺的時間。」

她開始操作五斗櫃上的錄音機，旁邊擱了本精裝的《蕾絲》，書背貼著圖書館的標籤。錄音機裡彈出一捲錄音帶，她交給我。「這是給蕾諾拉的。新書的第一部。或許能讓她不會想東想西的。」

「謝了。」我把錄音帶收進口袋，走向房門。離開前，我回頭對潔西說：「還有別人知道她們打字的事情嗎？」

「我想沒有。我會知道也只是某天晚上碰巧撞見。我想說這個畫面很棒，站在門邊拍下來，之後才被她們發現。瑪莉反應超大的。她要我發誓不能告訴任何人。或許連你都不該說。」

但我很慶幸她說了。

因為現在我知道瑪莉為何對荷普家和那一夜的事情了解這麼多。

都是蕾諾拉告訴她的。

我懂你的表情。我比其他人認為的還要會看臉色。看得出你在想你不會喜歡接下來的發展。

確實。

但我承諾告訴你一切，所以我要全部交給你。我最深沉、最黑暗的祕密。過去我從未告訴任何人的事情。

只有你，瑪莉。

只有你。

# 第二十一章

蕾諾拉的左手手指停滯在打字機上，這實在不太尋常。正常來說她的指尖會在按鍵間滑動，緩慢而確實地往我插入紙匣的空白紙張上增添內容。

不過目前的情況稱不上正常。

警察離開後，屋裡陷入陰霾，靜悄悄的，氣氛陰鬱。荷普莊園的一名成員死了，儘管我與瑪莉·米爾頓素昧平生，也感受到同樣的失落。我們有那麼多相似之處，比我想像的還多。

因此晚餐後，我把蕾諾拉推到打字機前，而不是帶她做循環活動。我知道貝克太太不會贊同我這樣破壞常規。我站在蕾諾拉身旁，雖然在制服外披了件灰色開襟衫，我還是縮成一團。暴風雨離開了，卻留下刺骨的潮濕寒氣，從窗戶滲入屋內，使得她的房間盈滿幽靈船般的冰冷空氣。很符合現下的情境。打字機旁放著蕾諾拉稍早使用過的紙張。三個字吸住我的目光。

**我妹妹**

「你為什麼要騙我瑪莉怕你妹妹？」

蕾諾拉仰頭看我，綠眼中閃過恐懼。接著她開始打字。

**沒騙你**

「蕾諾拉，你妹妹死了。」我把開襟衫拉得更緊。「鬼魂不存在。所以你別拿這種話搪塞我，隱瞞你跟瑪莉成天打字的事實。」

蕾諾拉無法掩飾她的訝異。她想這麼做，卻被表情豐富的臉龐出賣。她嘴角一歪，右眼周圍肌肉一抽，似乎正努力忍住瞪大雙眼的反應。

「你把你的事情跟她說了，對吧？」

蕾諾拉敲了打字機兩下。隨之而來的是一陣失望，原來我不是唯一獲得她足夠信任的人。我原本以為自己很特別，蕾諾拉為了某種理由選擇了我。現在我真的不知道她為什麼要這麼做。

「你怎麼沒告訴我？或是告訴維克警探？」

蕾諾拉緩緩觸動按鍵。

**要保密**

「誰決定的？你還是瑪莉？」

**瑪莉**

「要你打出你的故事是誰的主意？」

她沒要我操作回車桿，又打了一次瑪莉的名字，跟前一次回應連在一起。

**瑪莉瑪莉**

我並不意外，畢竟潔西說過瑪莉對荷普一家的血案相當著迷。她說瑪莉甚至可能是因此才來照顧蕾諾拉。若真是如此，那她想聽蕾諾拉的證詞也很合理。

「所以她才買了這台打字機，對吧？她要你寫出來給她看。」

蕾諾拉敲了兩下。

「你想寫嗎？」

蕾諾拉思考片刻，露出我已經很熟悉的沉思表情。她打出來的回應雜亂無章，我想像她的思緒也是如此。再次證明了她打給我看的內容先前曾經謄寫過一次。可以說是第二版草稿。

**我原本不想提以前的事因為回憶讓我難過但我很想再寫所以我說好**

「你們寫了多久？」

**幾個禮拜**

即使我早就猜到答案，還是提出這個問題：「所以你跟我一起打的內容，也跟她一起打過？」

蕾諾拉敲了兩下，接著打出更多情報。

**不只**

「你多跟她說了什麼？關於你跟里奇的事情？」

蕾諾拉繼續打字，緩慢而謹慎地按下十個字母鍵，對這個回應的重視程度顯而易見。

**一切**

「你什麼時候跟她說出最後的真相？」

蕾諾拉沒有多想。

**她離開那晚**

我心一沉。瑪莉知道兇案當晚的一切——包括兇手的身份、下手的方式、犯案的動機。就在得知一切那晚，她——

跳了。

我該這麼想，畢竟維克警探是這麼說的。可是感覺不對。感覺像謊言。另一個詞彈入我的腦海。

死了。

這是鐵錚錚的事實。

不可能是巧合。

「瑪莉有沒有提過保密的理由？」

蕾諾拉以打字取代單純的敲打。

**有**

接著她又加了兩個字。

**她怕**

我再次瞄向打字機旁那張紙，蕾諾拉針對不同的問題給出相同的答案。這時，我突然想到一件事。早該想到但我可能太過害怕，不敢多想的一件事。現在已經無法迴避這個想法了。

「蕾諾拉，你一開始真的認為瑪莉離開了嗎？」

我盯著她的臉——解讀她一切情緒的關鍵。包括她想隱藏的情緒。這回她毫不隱瞞心中感受，她敲了打字機一下，悲傷籠罩她的面容。

不。

「你認為她是自己跳下去的嗎？」

她又敲了一下。清脆的聲響讓我脈搏飆升。

「你——」我吞吞口水，恐懼令我口乾舌燥，幾乎擠不出聲音。「你認為瑪莉的遭遇是源自你告訴她的事情？」

兩下敲打證實了我最深的恐懼。

她認為瑪莉是遭人謀殺。

在這份讓人膽寒的領悟之中混著另一個比較微弱的想法。源自打字機旁那張紙。

「瑪莉如何處理你們打字的紙？」

蕾諾拉投來困惑的表情。

「她協助你寫下整個故事。」我想到我們兩個打出來的那疊打字稿，現在跟蕾諾拉的藥瓶一起鎖在我床下的藥箱裡。如果說瑪莉跟蕾諾拉打了幾個禮拜的字，我怎麼沒看到任何蛛絲馬跡？書桌抽屜裡放的全是白紙，蕾諾拉或是我房間裡沒留下任何印著字跡的紙張。「那疊紙肯定份量不少。瑪莉收去哪裡了？」

蕾諾拉的回應——**她藏起來了——幫不上忙**。

「你知道在哪裡嗎？」

這回她的答案稍微具體了些。

**她房間**

不祥的預感沿著我的背脊滑下。瑪莉的房間現在就是我的房間——當年兇案的真相一直都藏在那裡。

或許就是這個真相害瑪莉喪失性命。

那晚的時間流逝緩慢到像在凌遲。我幫蕾諾拉沐浴更衣，把她移到床上，心中不斷告訴自己或許我們錯了。或許瑪莉真的是自殺。或許蘊藏在她心底的絕望膨脹到無法控制的程度。或許這是荷普莊園一連串悲劇的嶄新篇章。

但是，說不定她就是因為得知當年的內情而遭到殺害。

讓蕾諾拉躺好，緊急按鈕在她手邊放妥，我回房間徹底搜了一遍。既然瑪莉的個人物品都在這裡，她跟蕾諾拉的打字成果很有可能也還在這裡。我完全想不到會是哪裡，但我下定決心要找出來。

先從五斗櫃開始，我挖出瑪莉的衣物，清空每一個抽屜，連櫃子底部跟背後都搜過了。什麼都沒有。

接著是床鋪，無論是床下還是床墊和床板間。唯一的東西是我的藥箱。我從床頭櫃取出鑰匙，打開來檢查內容物。一疊打字紙張和六個藥瓶。

之後，我想紙張可能塞在瑪莉留下來的書本之間，把書櫃巡了一輪，還到浴室尋找可能的藏匿處。全都徒勞無功。

最後我才打開衣櫃，畢竟我抵達此地當晚已經把衣櫃翻了一圈。但我還是檢查了瑪莉的醫藥袋，搜過大衣的每一個口袋，確認底部原本用來裝書的空箱子。

我站起來，拍拍制服，盯著紙箱旁那塊乾淨的區域。跟我的制服不同，那裡沒有半點灰塵，好像一直到近期都放著什麼東西。前一次看到時我注意到了，但沒有多想。現在我忍不住納悶原本放了什麼——又是在什麼時候被人拿走。

我湊近細看，那是一片長方形區塊，若不是邊角帶著弧度，我會以為那個物體是另一個紙箱。

不是紙箱。

更像行李箱。

瑪莉是照服員。她懂這一行的規矩。一個紙箱加上一個行李箱就夠了。

腎上腺素在我體內流竄，我拎起自己的行李箱，提到衣櫃前，緊張地吸了一大口氣，將行李箱放上那個區塊。就跟制服一樣——不完全吻合，但也很接近了。

再次提起行李箱時，我注意到某個細節，流竄的腎上腺素瞬間塞爆我的血管。

行李箱的把手兩端各連接著一個金屬環。

這兩個環的形狀和尺寸跟我在露台找到的那截彎曲鐵片差不多。

世界突然一陣歪斜，彷彿荷普莊園終於往海面崩塌。但腳步虛晃的其實只有我，無比震驚，意識到瑪莉離開時帶著一個行李箱。

那個行李箱或許就裝著蕾諾拉打下的，她失去家人那一夜的真相。

現在，就跟瑪莉一樣，行李箱也沒了。

我踉蹌地走出房間，踏下工作樓梯。樓梯間牆壁的裂縫更大了，長度跟牆面一樣，還岔出了另一條小裂縫。對側牆上也冒出縫隙。以這個速度來看，整個樓梯間很快就會佈滿裂痕。我打了個哆嗦，想到蜘蛛和蒼蠅，皮膚上似乎黏了一縷縷蜘蛛絲。

來到廚房，我直直走向話機，撥出維克警探給我的名片上的電話號碼。來電答鈴響了六次，他才回了一聲睡意朦朧的「喂？」

「我是琪特．麥迪爾。」

「琪特。」電話彼端傳來一陣窸窣聲，看來是警探起身查看床邊的時鐘。我也看了一眼廚房牆上的鐘。快要十二點了。「你知道現在幾點了嗎？」

「知道。」我以坦然的態度表明我一點都不在意。「但我認為你會想知道瑪莉．米爾頓不是自殺。」

「你覺得她怎麼了？」經過讓人心焦的停頓，維克警探問道。

我稍停幾秒，試著整理思緒。不敢相信我竟然在想這個，更遑論說出口。但我還是說了，一開口，字句便急急滾出。

「她是被人推下去的。」

# 第二十二章

「我一定會後悔問你這個。」維克警探說。「你為什麼認為瑪莉・米爾頓被人推下去？」

「她房間裡原本有一個行李箱。」

「然後？」

「現在不見了。」

「然後？」

「瑪莉帶走了。」

維克警探嘆息。「給你一分鐘解釋。」

我沒有浪費半秒鐘，盡全力說服他相信這個天馬行空的說法。我在他心中可信度極低，因此這項任務無比艱鉅。但我還是努力說明衣櫃裡的空位，說我認為那裡原本擺了行李箱，最近被人移走，還有我為什麼懷疑瑪莉在死亡當晚帶著行李箱離開。

「要是她打算自殺，那為什麼還要帶上行李箱呢？」

「我怎麼知道。」維克警探說。

「因為她根本沒有要離開。所以她其他的物品都還在原處。瑪莉打算要回來。」

「我猜你對那個可能存在的行李箱內容物也有一番見解。」

「荷普一家命案的真相。」

床墊彈簧突然咿呀作響，顯示警探坐起身。我總算獲得了他的關注。

「我認為瑪莉來這裡是為了找出那一夜真正的事發經過。而她確實查到了。是蕾諾拉告訴她的。」

「讓我猜猜。」維克警探語帶厭煩。「她用打字機打出來。」

「對。」

「琪特，我們已經——」

我打斷他，不想再給他機會罵我騙人。「我知道你認為這是我捏造的，可是蕾諾拉真的會打字。我手邊有一整疊紙可以給你看。都是蕾諾拉打的。假如你還是不信，也有影像可以證明。潔西有一張瑪莉跟蕾諾拉一起打字的照片。她們對外保密，藉由瑪莉的協助，蕾諾拉寫下她家人遇害當晚發生的一切。完成之後，我認為瑪莉打算公開一切，帶著蕾諾拉打出來的紙，放進行李箱離開大宅。可是荷普莊園有某個人得知她的意圖，在她達成目的前阻止了她。」

「把她推下山崖摔死？」

「對。」

「為什麼有人要做這種事？」

「因為他們不希望真相公開。」

維克警探沉默半晌。不知道他是在思考我這番話，還是準備掛電話。看來是前者，不過聽他的語氣，後者的可能性也不小。

「琪特，你的說法相當不切實際。」

「我沒有說謊。」

「我不是這個意思。我認為你真心相信發生了那些事。」

「可是你不信。」我的太陽穴陣陣抽痛。頭痛如暴風雨般醞釀來襲，肯定是缺乏睡眠以及過度挫折害的。「你不相信哪個部分？」

「全部。首先呢，你知道要把人推落欄杆有多難嗎？」

「這裡的欄杆不一樣。」我想起後腰撞上欄杆，差點失去平衡，生怕自己要翻落山崖的體驗。「很矮。」

「收到。不過你也提到瑪莉把她跟蕾諾拉合作打出來的東西收在行李箱內。你認為她要把箱子帶去哪？」

「很可能是帶去給你們。」這是基於本能的瞎猜。蕾諾拉將這座城鎮最駭人聽聞的血案真相全都告訴了她。我還沒想到看蕾諾拉打完後要怎麼做，但直覺反應會是交給警方。「那天晚上，瑪莉掌握了當年事件的真相。」

「你這套理論的破綻之一就在這裡。」維克警探說。「瑪莉的死亡時間大約是凌晨兩點。你真的認為她打算在那個時間出來找警察嗎？」

我望向廚房窗戶。月光恰好照亮了跟露台等長的欄杆。我想像瑪莉就在那裡，被同樣的光華籠罩，從欄杆上翻落，消失無蹤。

「你們怎麼知道她什麼時候死的？」

「因為當時是乾潮。」維克警探說。「瑪莉在星期一晚間失蹤。那天的潮水在凌晨兩點後退到最低。只要沙灘上有點海水，她一定會被沖進海裡。然而瑪莉是直接撞擊沙灘而死。之後海浪沖進來，把沙子捲到她身上。」

我腦中浮現瑪莉的另一幅影像。我不需要想像，因為我親眼看到了。她的屍體幾乎被沙子和海水浮沫蓋住。我閉上眼，別開臉。

「可是她的個人物品裡面少了個行李箱。」我說。

「或許吧。」維克警探說：「可是瑪莉死後到你上任之間隔了一個禮拜。在這段時間裡，任何人都可能從房裡取走行李箱。你為什麼如此篤定是被瑪莉拿走的？」

「我在露台上找到行李箱的碎片。」

「是嗎？」

維克警探的語氣瞬間從不屑轉為興致勃勃。我忍不住勾起嘴角，即使他看不到。感覺獲得了認可。短暫的勝利感。

「連接行李箱把手的金屬鉤子。我在地上撿到變形的零件，或許是有人從瑪莉手中搶過行李箱的時候弄壞了把手。」

「現在有點進展了。你還留著那個零件嗎？」

我垮下臉。「弄丟了。」

維克警探沒有追問原因，我也沒有主動說出。如果跟他說我是在差點摔下露台時弄丟那個零件，他只會更肯定瑪莉並非死於他殺。他本人就對此不抱任何疑問了。

「我就知道。」他說。「我想姑且相信你。我真的想。可是拜託你別再鬼扯了。」

「不是鬼扯。」

「琪特，我知道你想幹嘛。你現在的目的跟今天下午一樣。你想扭曲瑪莉的遭遇——非常重大的悲劇——來減輕你的罪惡感。」

「我的罪惡感？你還是認定我編造這一切？」

「我不是要怪你。」維克警探繼續說下去，像是沒聽到我的回應似的。「我甚至不認為你意識到自己的行為。但顯然就是這樣。你母親自殺。你在其中扮演的角色仍然有可議之處。」

「哪裡可議了？那是意外。」

「你確實一直這麼說。」

我好想尖叫。

還有痛哭。

還有從牆上扯落話機，往廚房地板猛砸。這東西年代久遠，我氣成這樣，要達成目的不會太難。然而理智勝過了挫折感。假如我亂了陣腳，維克警探自然會認定我情緒不穩。看來這是我唯一能說服他的事情。

「我說我認為有名女性遭到謀殺，你不該認真看待嗎？不該至少調查一下？」我問。

維克警探嘆了口氣。「我調查過了。跟你以及屋裡其他人談過之後，我得出瑪莉．米爾頓跳崖自殺的結論。」

「為什麼你如此肯定？」

「驗屍官初步檢驗發現她的傷勢與從那個高度墜落的結果一致。沒有防衛傷——要是像你的推測，她遭到旁人攻擊，那應該會留下這類傷痕。我派員警搜索周圍庭院、沙灘，甚至是露台。他們沒有找到什麼行李箱的碎片，或是扭打或謀殺的痕跡。他們什麼都沒找到。」

「這不代表事情沒有發生。」

「很抱歉。」維克警探說：「我不是你以為的那個人。」

我緊緊握住話筒，驚訝又困惑。「什麼？」

「瑪莉的遺書。上面寫著『很抱歉。我不是你以為的那個人。』整整齊齊的摺在她的制服口袋裡。紙張幾乎被水泡爛了，不過還是讀得出上面的字。給我一個不馬上掛斷電話的理由。」

「蕾諾拉沒有殺她的家人。」我幾乎是窮途末路。心中沒有半點計畫，只希望能靠著這顆震撼彈留住維克警探。「至少，我不認為是她殺的。我們還沒探究到那一步。」

「我們？」

「我跟蕾諾拉。我說過了，我們正在把她的故事打出來，就像她跟瑪莉做的事情一樣。現在提到當年的一名打雜工人。里卡杜．麥修。」

「我知道。」維克警探說。「忘了嗎？我以前在這裡工作過。」

「你也知道蕾諾拉愛上他了嗎？有沒有可能其實是他殺了她的雙親和妹妹？我相信蕾諾拉知道是他幹的，掩飾他的罪行。我認為她現在想全盤托出，或許是希望警方逮到他，雖然他在案發當晚就消失了。」

我終於給維克警探機會回話，他的語氣介於好奇和謹慎之間。「你確定？」

「你可以取得那天晚上的警方報告。仔細看看吧。你會發現上頭有太多未解的疑點。瑪莉知道那些答案。現在她死了。這不是巧合。也絕對不是自殺。」

我在維克警探來得及戳破我的理論前掛斷電話，我不想聽他說我錯了，沾沾自喜地擠出其他證據來反駁我。我知道我掌握了某些關鍵。

這讓我恐懼不已。

蕾諾拉也跟我說了她的故事，我可能就是下一個。

然而這並不是最可怕的部分。真正讓人心驚膽跳、比史蒂芬．金小說還可怕的，是瑪莉並非遭到外面跑進來的陌生人殺害。這麼想不太正常，但若是外人作案倒會讓我稍微安心些。可是把她推下露台的人知道她的打算。

他們認識她。

也就是說很可能是荷普莊園的某個人。

除了我跟蕾諾拉之外，只有四個人符合這個條件——貝克太太、阿奇、卡特、潔西。

我不知道為什麼其他哪個人有必要為了蕾諾拉打出的故事殺害瑪莉。我再次朝話機伸手，很想再打給維克警探。要讓他聽聽這個推論，即便他不太可能相信我。

他還沒相信我的說詞。

無論是哪一件事。

正要撥號時，背後傳來一陣聲響。腳步聲。從漆黑的用餐室移進廚房。我猛然轉身，看到卡特停在門邊，舉起雙手以示無辜。他說：「我不是故意要嚇你。」

但他還是嚇到我了。心跳聲如此響亮，說不定連他也聽得見。卡特是那四個可能把瑪莉推下露台的人之一——這個認知更是加速了我的心跳。

他踏進廚房，腳步有些虛浮。他喝了酒。他以毫無歉意的一句「今天真是爛透了。」承認這個事實。

我的手還放在話機上，整個人僵住。「是啊。」

「我在露台上聽見有人講電話。想說就進來看看。」

「你聽到多少？」

「一點點。」

「一點點還是全部？」

「大部分。」卡特說。「我知道你現在為什麼會緊張。這很正常。不過不用提防我。我知道瑪莉在做什麼。」

「告訴我。」

「她想幫我。」卡特橫越廚房，朝我逼近，我聞得到他呼出來的威士忌味。「我認為是我害死她的。」

「給你一分鐘解釋這是什麼意思。」我很清楚自己的語氣跟維克警探一模一樣。

「不能在這裡說。」

我站穩立場。「就在這裡說。」

我不打算傻傻跟著殺人兇手走。說不定就是卡特。他說得像是要坦承事實，肢體語言卻完全不是這麼一回事。他彎腰駝背，步履蹣跚，看起來毫無害處，但外表可能只是假象。

「有東西要給你看。」他繼續說：「不能在這裡拿出來。所以要請你信任我五分鐘。」

「你說瑪莉想幫你？」

「對。現在我想幫她查清楚到底是怎麼一回事。她不是自己跳下去的。我知道，根據你剛才那通電話的內容，你也知道。」

我會跟卡特去他的小屋，單純是因為他相信我。即便如此，我還是要他走在我前面，維持幾步的距離，雙手擺在我看得到的地方。一進小屋，我一直站在門邊，只要有個萬一就能立刻逃跑。但卡特的舉止毫無威脅性。他收起餐桌上幾乎全空的威士忌酒瓶，替自己倒了杯黑咖啡醒酒。

「要來一點嗎？」他問。

「咖啡還是威士忌？」

「隨便你選。」

「我比較想看你這麼急著拿出來的東西。」我說。

「再一下就好。」卡特坐在他的雙人餐桌旁，喝了一小口咖啡。「首先，我要承認我撒了謊。關於我來這裡工作的原因。」

我往門邊靠了半步。「如果你想得到我的信任，這絕對不是好方法。」

「確實。但你一定要知道這件事。記得我跟你提到的常客嗎？以前在這裡工作，建議我來接手那位？」

「嗯。我想他有個名字吧。」

「安東尼。雖然大家都叫他東尼。其實東尼不只是建議。他堅持要我來這裡。」

「為什麼？」

「他在這裡做了幾十年，對每一個角落瞭若指掌。某天，他窩在車庫樓上的房間。以前那是給僕人住的。」

「我以為他們都住在主屋或是這間小屋。」

「在荷普莊園的全盛時代，他們請了超多僕人。有一名技師的工作內容就只有保養溫斯頓．荷普收藏的帕卡德轎車。他有五輛。阿奇跟我說貝克太太不得不把它們賣掉，好維持大宅的運作。」

難以想像荷普莊園曾經是多麼的人聲鼎沸。每個房間都有人住，連車庫上面也不例外。這個颳著強風的山頂上形成了一個小村莊，大家都是來服侍這個古怪的富有人家。

「謀殺案之後，車庫二樓的幾個房間成了儲藏室。」卡特又喝了一小口咖啡。「一箱箱二零年代的雜物，甚至還有年代夠久遠的玩意兒。那時是冬天，外頭沒多少活要做，東尼想找點事來忙，清理箱子裡的東西。大部分是垃圾。被蟲蛀爛的衣服、有裂痕的盤子，基本上都是當年遣散所有僕人時，他們留下來的。」

卡特退到小屋算是臥室的區域，抽出他藏在床墊下的信封，拿到餐桌旁。我湊了過去，提防全被好奇心驅散。

「東尼在其中一個箱子裡找到這個。」

他從信封裡取出扁平的物體，背面朝上地推向我。從尺寸和紅棕色調可以看出這是照片。很舊的照片，寫在背面的日期可以證實我的推測。

**一九二九年九月**

我把照片翻過來，上頭是年輕時的蕾諾拉。現在我一眼就能認出是她，就算不記得這張臉，她坐的臥榻和背後的壁紙都是線索。絕對是她的臥室。重現一樓肖像畫的照片。

兩者唯一的差異是蕾諾拉的穿著——她在照片裡穿著柔軟的棉布連身裙，而不是緞布——還有她的姿勢。不像畫像中那麼刻意，她靠著臥榻的椅背，呈現出淑女般的樣貌，雙手擱在她渾圓的肚子上。

我像是被雷打到似地愣住了。

「不。」我說。「這不可能。」

可是照片不會撒謊。

在她的家人遇害的一個月前，蕾諾拉．荷普懷孕了。

那是意外，瑪莉。

或是愚行。

或者兩者皆是。

里奇跟我太迷戀彼此——是的，還充滿了欲望——完全不顧後果。其實我不知道會有什麼後果。沒有人想過要給予我性教育。我對性事的一知半解來自妹妹愛聽的唱片。那些使壞和浪漫的歌詞使得一切感覺既無害又好玩。

真的很好玩。里奇帶給我永遠想像不到的喜悅。一旦有人讓你感到如此美妙，就很難注意到結局可能無比醜惡。

現在回想起來，我怎麼可能不懷孕呢。儘管我的知識有限，我馬上感覺到了。早上起床時的不適、怎麼吃都無法滿足的胃口、還有延遲的經期，我毫不懷疑自己懷孕了。但我不知道該如何應對。

我等了幾個禮拜才跟里奇開口，生怕他對這個消息沒有好臉色。我在書上看到許多跟我處境類似的女性被讓她們陷入這個境地的男性辜負。我怕自己會像那些角色一樣悲慘。里奇不相信我，或者更糟，他自己一個人遠走高飛，留我獨自面對嚴苛的處境。沒想到他竟是喜出望外，讓我鬆了一口氣。

「你很高興嗎？」我問。

「我要當父親了！我開心都來不及啦！」他說。

但我們都知道這是個棘手的狀況，原因很多。里奇說他需要一點時間來計畫，我也是。這個意外之喜成為我們最大的祕密。沒想到保密對我來說還挺簡單的。基本上家裡沒有人會關注我，因此我體重增加時還可以瞞過大家。沒錯，請母親的女僕幫我把衣服加寬一兩吋時，她碎碎唸了一陣。我當然也在要求多一份晚餐時注意到打雜的女孩子們悶聲竊笑。我不在乎大家以為我只是胖了。這代表沒有人猜到真相。

那五個月是我度過最愉快的時光。這輩子我第一次不感到孤單。有個人一直陪著我——就在我的肚子裡，不會離開。

知道自己即將把另一條生命帶來這個世界，我偷偷的以此為榮。想著要在生日當天跳下露台的女孩消失了，現在我是懷抱使命的女人。想到能生下小孩，跟里奇一起撫養這個孩子，我就對未來充滿希望。

九月初的某天晚間，我偷偷把里奇帶到我房間，與他討論未來。那天是星期二，屋裡幾乎沒人。當晚貝克小姐和其他僕人放假，這是每個星期二的慣例，妹妹跟朋友出門了，父親也不在家，他去波士頓處理緊急公務。倫敦股市才剛崩盤，大家都怕這裡也會出事。

我知道母親不會離開她的房間——或是她的鴉片酊——深信可以帶里奇上樓，我們能像普通的愛侶一般同床共枕。

那晚我們做了愛。起初很溫柔，顧慮著在我子宮裡成長的孩子。但情慾巨浪襲來，一如以往，里奇在我身上展現貪慾，我到這時才知道這是自己想要或需要的。

事後，我們饜足地躺在床上，我幻想未來的人生正如這一夜。只有我、里奇、寶寶，一起住在遠離荷普莊園的小屋子裡。

「真希望一切都不一樣，我們不用像這樣偷偷摸摸的。」里奇把我抱在懷裡。「希望我是更好的人。」

我看著他，焦慮油然而生。「什麼意思？你已經很好很好了。」

「才沒有。」里奇不屑地哼了聲。「你值得比我能付出的一切還要美好的對待。要能夠好好照顧你還這片產業的人才配得上你——還有我們的孩子。我存了好幾個月的錢，全身上下還是只有兩枚五分銅板。」

他想下床，卻被我攀住，無法離開。「如果你擔心的是錢，那就別在意了。我家有的是錢。」

「我絕不跟你父親拿半毛錢。」里奇說。

我說的不是我父親的錢，最近我懷疑他其實不像他宣稱的那樣富有。前幾天我經過他的辦公室，聽見他跟管理公司金融的人進行激烈的電話對談。

「你說錢已經不存在了是什麼意思？」他對著話筒大吼。「出了什麼事？」

我說的是我跟我妹妹，我們未來將繼承外祖父母留下的龐大遺產。他們不喜歡也不信任我父親，在他們過世時，沒留半毛錢給他們的獨生女，就怕遭到女婿揮霍。他們把錢分給我跟我妹妹，設置信託基金，要等我們滿十八歲才能取得。

「我是說我的錢。嗯，很快就會是我的錢。」

話是這麼說，我心裡其實不太踏實。還沒向家人透露我懷孕的主因就是怕他們把我踢出家門。想到里奇的處境和地位，這是最有可能的反應。再加上我懷的是非婚生子女，這是引來失望、憤怒、懲罰的要素。要不是為了錢，我才不在乎自己會被踢出家門。我痛恨荷普莊園，不想與它有更多瓜葛。只要能跟里奇和我們的孩子住進樸素的小屋子，我就心滿意足了。

聽到這筆不是由他賺來的財富，里奇似乎受到極大衝擊。「要是所有的錢都讓你付，我算什麼東西？」

「我深愛的男人。」

他終於掙脫我的雙手，摸索他的長褲。「你能愛一個毫無尊嚴的男人嗎？我會變成那樣的人。我可不是什麼接受慈善捐款的難民。」

我看著里奇穿上褲子，在房裡踱步，雙手插在空無一物的口袋裡，感到心痛萬分。

「我無意惹你不開心。」我說。

「你已經這麼做了。」

「那就忘了我的錢吧。我們會想出別的辦法，就算有時候會不太好過。」

里奇停下腳步，狠狠瞪著我。「不太好過？你根本不懂。你這輩子有工作過一天嗎？」

「我沒有這個需要。」我承認道。

「這就是你的問題。」里奇說。「你跟你的家人成天游手好閒，讓我們這些人做牛做馬。假如我們雙方立場換過來，我敢說你們沒一個人能撐過一天。」

我從沒見過他如此憤怒，唯一的反應是哭泣。我想忍住淚水，但它們還是不斷滑落，流了我滿臉。一看到我的淚水，里奇馬上放軟音調，把我拉進懷裡。「好啦。現在沒必要吵這種事。我會想想辦法。只要再一點時間就好。你什麼都別擔心。」

因為里奇要我別擔心，所以我就什麼都不想了。

這是我的錯，瑪莉。

明明要顧慮的事情有那麼多。

不過別以為這只是老套的故事情節，年輕女孩遭到殘酷的男人利用後棄若敝屣。我的故事不只是如此。幾乎荷普莊園的每一個人都與接下來發生的事情有關——並且為此付出慘痛代價。

包括我。

特別是我。

# 第二十三章

照片擱在桌上，紅棕色調的蕾諾拉凝視著我。即使已經看了好幾分鐘，我仍舊無法平復。蕾諾拉懷孕了。

就算她還沒向我揭露，我相信里卡杜・麥修就是孩子的父親。只是我完全無法理解這跟瑪莉有什麼關係。或者是跟卡特有什麼關係。

「你的朋友東尼為什麼堅持要你來這裡工作？」我問。「因為這張照片？」

卡特點頭。他這幾分鐘清醒不少，可能是咖啡跟真相的綜合成效。雖然他坦承的內容遠遠超出我的預想。

「我來這裡工作是因為我需要知道。」

「知道什麼？」

「我是不是蕾諾拉・荷普的孫子。」

「我還是不懂。」

「一九二九年的聖誕節一早，有人把一個嬰兒留在鎮上聖公會教堂門口。」卡特說。「嬰兒凍僵了，差點沒命。幸好是聖誕節，牧師提早來到教堂，才及時發現他。要是再晚個幾分鐘，嬰兒可能就完蛋了。因此教會稱之為聖誕節奇蹟。」

「那個嬰兒，他是——」

卡特跟我一樣忍不住盯著蕾諾拉的照片看。「我父親，沒錯。他由教會裡一對生不出小孩的年輕夫妻領養，也就是我的祖父母。我父親從未試圖尋找他的生父生母，可能是因為他完全不知道該從哪裡找起。更何況他確實是遭人遺棄，何必花心思找到不想要你的人呢？因此我的親生祖父母身份成謎。直到東尼找到這張照片。」

「他為什麼認為你的祖母是蕾諾拉？」

「因為上頭的日期。」卡特以指尖點了點照片。「她看起來懷孕幾個月了？」

我再次細看照片。「六個月？」

「我也是這麼想的。也就是說九個月的時候——」

「差不多是聖誕節。」

「沒錯。」

卡特沒有多說，沒有必要。蕾諾拉的孩子沒有住在荷普莊園——完全沒人提起——我以為那個孩子要不是在生產時死亡，就是送給別人領養了。

「你認為里卡杜．麥修是孩子的父親。」我說。

「瑪莉是這麼想的。」卡特印證了我已經知道的事情——蕾諾拉對瑪莉說出一切。然後瑪莉跟卡特透露了部分內容。

他端起咖啡杯喝得精光。「這也很合理。如果是里卡杜殺光蕾諾拉的家人，我認為這是唯一的理由。他已經結婚了，還跟溫斯頓．荷普的大女兒出軌。可能是他們不認同這段關係，於是他憤恨之下出手殺人，不然就是他們要求他娶蕾諾拉以示負責，他得要殺了他們才能脫身。」

「他放過蕾諾拉。」我補上一句。「因為她懷了他的孩子。」

我猜這是蕾諾拉長年替他隱瞞的原因。

「總之呢，我為了這件事來這裡工作。」卡特說。「雖然說很蠢啦，只是我想要是見到蕾諾拉——要是我們面對面——我一定能知道答案。」

「一點都不蠢。」我想起自己凝視蕾諾拉雙眼的瘋狂衝動，期盼能從中看清些許自己的人生。「我猜你就算見到了她也沒有任何幫助。」

「不一定。我不覺得她的長相有任何相似之處，但這也不代表我們沒有血緣關係。」

我終於在餐桌對面坐下。如果不是我夠信任卡特，敢待在他伸手就能碰到的範圍內，不然就是蕾諾拉懷孕的消息讓我拋下一切顧慮。我不確定原因是哪一個。

「你有沒有想過問問貝克太太？」

「這個念頭浮現了兩秒鐘。」卡特說。「可是她很不樂意提起過去。阿奇也是。」

他說得對。儘管這兩人在一九二九年都是此地的雇員，他們都不像願意談論那段日子的人。

「所以你找上瑪莉。」

「在我得知她跟蕾諾拉的意圖之後。一起打字什麼的。」卡特停頓的時間長到我認為他在等我承認我也在陪蕾諾拉打字。他要等就給他等吧。或許我信任他，但還不到全盤的信任。「當我發現我們擁有同樣的目標，我就說服她入夥。」

我總算了解卡特為何認定是他害死瑪莉。他認為她知道得太多。蕾諾拉也這麼想。當我問起她是否覺得瑪莉是死於她得知的真相時，那兩聲令人膽寒的敲打依然迴盪在我耳邊。

「有很多方式可以確認你是否與某人有血緣關係。」卡特說。「血液檢測。現在大家都在用這招來判定親子關係。我想，嗯，要是可以這麼做，那就有辦法確認誰是我的祖父母。」

「所以你需要瑪莉。」

卡特點點頭，說出他原本的規劃。他聯絡上一間能做這種測試的實驗室，只需要繳上兩份血液樣本——他的跟蕾諾拉的。兩個禮拜前，他到實驗室抽血，等待後續分析。

「我說服瑪莉幫我取得樣本。她答應幫我抽蕾諾拉的血，讓我可以送去實驗室。之後，只要等到比對結果出來就好。我們約好在瑪莉——」

卡特無法說下去。

在瑪莉死亡那一晚。

「她說她會在送蕾諾拉上床前替她抽血。我打算把血液存放在這裡的冰箱，隔天一早就送去實驗室。瑪莉沒有露面，我以為她改變心意，或是遇到什麼困難。接著她看起來像是徹底離開了荷普莊園，我開始擔心會不會是我的要求把她逼走。這份請求太過沉重，或是讓她陷入不妙的境地。」

這是當然的。對照服員來說是沉重的負擔——就算是瑪莉這樣的合格護士。但她確實執行了這個任務。我在蕾諾拉前臂發現的瘀痕跟抽血後的痕跡一模一樣，特別是像她這樣長期服用抗凝血藥的年長患者。

也就是說瑪莉的行李箱裡可能不只裝了蕾諾拉的打字稿。可能還有她的血液樣本。我說出這套推論後，卡特顯得更加沮喪了。

「所以真的是我的錯。」

「把瑪莉推下去的人不是你。」這句話象徵了我對卡特的信任。

「沒錯，但我害她處於危險之中。」

「你並不知道危險存在。」

卡特盯著空蕩蕩的咖啡杯，彷彿是想往裡面灌滿威士忌。「可是我該知道的。我請瑪莉幫我證明我跟蕾諾拉・荷普有血緣關係。某些人會為了阻止這件事不惜殺人。」

「為什麼？」

「因為如果我真是蕾諾拉的孫子，或許我將在她死後繼承她所有的一切。」卡特說。「荷普莊園。屋子跟土地跟她手邊剩下的錢。」

「現在遺產預計會給誰？」我問。「蕾諾拉有沒有立遺囑？」

「不知道。如果有的話，我猜所有的財產會分給跟她相處最久的兩個人。」

貝克太太跟阿奇。上回卡特跟我坐在這張餐桌旁時，我還在納悶為什麼他們會留下來。現在我想我知道原因是什麼了——他們將在蕾諾拉過世後得到荷普莊園。

「所以其中一個人殺了瑪莉。」我說。「說不定是他們兩個共謀。」

卡特嘴角抽搐，似乎是想說什麼不該說的話。

「你怎麼不告訴我？」我問。

「還有一個原因讓我認為這是我的錯。」卡特還是很猶豫。「我沒把柵門關起來。」

「什麼時候？」

「那個星期一。早上我發現柵門開著，心想是送食材的人離開時門又卡住了。我計畫隔天清早就要出門去實驗室，就沒把門關起來。」

「所以瑪莉死掉那一晚，柵門一直開著？」

「對。」卡特嘆了口氣。「誰都進得來。」

一陣暈眩襲來，我意識到縮減到只剩兩人的嫌犯名單現在拓展得無邊無際。等到稍微恢復一點我才開口：「還有誰知道你跟瑪莉的計畫？」

「東尼。」卡特說。「我請他別告訴任何人，可是無法保證他會聽話。」

「你想會不會是瑪莉說出去的？」我腦中浮現潔西的面容，儘管她跟瑪莉最親近，卻似乎對內情一無所知。除非那都是演出來的。把她列入嫌犯名單讓我對自己的偏執感到內疚。

「不確定。」

「那維克警探呢？你有向他提到這些事嗎？」

「差點就說出來了。」卡特終於握起他過去五分鐘來一直覬覦的威士忌酒瓶。他把剩餘的一點酒液倒進他的馬克杯，遞給我，讓我嚐嚐帶著咖啡味的威士忌。「我不想讓他以為我瘋了。」

「那是我負責的部分。」我接過馬克杯，喝了一小口，皺起臉。味道很差，但效果很好。「因此我認為目前應該要保持沉默。就算跟他說了，他也不會相信我們。特別是我。」

「那我們該怎麼做？」

好問題。我答不出來。要博得維克警探的信任，最好的方法就是出示有效的證據。如此一來，他就無法忽視我們。此時此刻，我只想得到單刀直入的手段。

「我們去問蕾諾拉。」我對卡特說。「讓她——」

屋外的聲響打斷我的話。

震耳欲聾的撕裂聲震動了整棟小屋以及屋內的一切，包括我和卡特。我們抓住搖搖晃晃的餐桌，震動持續了一秒、兩秒、三秒。等到終於平靜下來，卡特的咖啡杯已經碎了一地，我覺得自己的精神力也被震碎。

「是地震嗎？」我問。

卡特鬆手。「應該……是？」

我們兩個撐著顫抖的雙腿起身，到外頭一探究竟。貝克太太、潔西、阿奇也跑到露台上。我們五個一會就看清發生了什麼——露台和小屋間有一塊山崖崩落，草坪上出現一個邊緣參差不齊的半圓，像是被什麼東西咬掉一口。

卡特跟我小心翼翼地走上前，不斷測試腳下地面是否穩固，生怕腳下的草坪會全數崩解。這個可能性很大。我們停在崩落處前，往下眺望。在遙遠的下方，掉落的土塊被挾帶泡沫的浪花包圍。

「哇。這可不妙。」卡特說。

# 第二十四章

我連續第二天晚上沒幫蕾諾拉做運動，直接帶她到打字機前。我明知這是怠職的行為，但實在是等不下去了。

若是尋常的夜晚──雖說荷普莊園沒有一天稱得上尋常──我會在離開卡特的小屋後把蕾諾拉搖醒，扛打字機到床上，要求她透露孩子的真相。但前一夜實在是太不尋常了。

小屋外的山崖崩塌後，卡特明智地決定暫時移進主屋，等到能夠評估損壞程度再說。屋裡其實也不安全。幫卡特搬一些家當到三樓空房時，我發現工作樓梯牆上又多了條裂縫，廚房地板也有一塊磁磚破了。真是不好的兆頭。

就在我檢查樓梯間牆壁時，潔西悄悄湊過來，小聲問：「你跟卡特在幹嘛？」

「聊聊而已。」

她拋了個媚眼。「是喔。真的。原來如此。」

「沒錯。」

「你還有查到其他跟瑪莉有關的事情嗎？」

我停在樓梯口，看了她幾眼。她穿著粉紅色睡衣，少掉化妝品和飾品，看起來跟陌生人沒兩樣。嚴格來說她確實是陌生人。

「沒有。」說完，我繼續往前走。

我想信任潔西。真的想。在荷普莊園的人員裡頭，感覺她最沒有理由除掉瑪莉，也最可能成為我的盟友。但現在已經排除卡特的嫌疑，我不能降低對其他人的戒心。就算是潔西。雖然我通常沒這麼疑神疑鬼，現在的情境讓我不得不這麼做。相信瑪莉也不是個處處抱持疑心的人，然後她就出事了。

卡特從三樓的臨時房間下來找我時，肯定也想著同樣的事。「你不會有事吧？」他壓低嗓音。

「嗯。」其實我知道他真正想問的是什麼。排除可能發生但機率不高的情境——某人從鎮上跑過來，走進敞開的柵門，殺了瑪莉——這棟屋子裡住了個殺人兇手。「不會有事的。」才怪。

那天晚上我幾乎沒睡，想著蕾諾拉跟卡特，還有瑪莉因為知道太多他們兩人的事情才會死於非命。不知道我是不是也知道得太多了。我得出的答案——毋庸置疑的肯定——引來更多疑問。我的處境有多危險？我是不是該趁夜離開，就像發現瑪莉屍體前，大家以為她遠走高飛那樣？

這些思緒攀附在我的頭蓋骨內，最後能夠睡著稱得上是奇蹟。被日出的光芒照醒時，床墊滑得更低了些，我意識到這一夜完全沒聽見蕾諾拉房裡傳來怪聲。無論是我睡得太沉，或是弄出聲音的人——事物？——決定休息一晚。

現在我憋住呵欠，推蕾諾拉到打字機前。等她準備好，我跪在輪椅旁，對她說：「蕾諾拉，我想我們該來談談那個寶寶。」

她裝作對此毫不意外。

但她確實很意外我知道這件事。

她的臉龐跟默劇演員一樣表情豐富，藏不住這樣的震驚。特別是她的雙眼，瞪大的同時微微喪失光采，在沉默間回答了我最大的疑問：卡特對蕾諾拉懷孕的假設會不會出錯？是的，那張一九二九年的照片很有說服力，但無法證實什麼。

「我知道你那時候懷孕了。」我說。「瑪莉也知道，對吧？」

蕾諾拉的左手舉起又落下，敲擊打字機兩下。是。

「那個孩子後來怎麼了？」

蕾諾拉悲傷地長嘆一聲。打出一個詞——沒了——之後，左手從鍵盤上滑落。

「沒了？」

如此簡短的詞卻能涵蓋許多可能性。蕾諾拉可能流產。或是寶寶死產。或是出生後沒多久就離世。或是在聖誕節早上被人包進襁褓放到教堂門口。這個詞——沒了——也可能沒那麼負面。孩子出生長大，離開荷普莊園，建立起自己的家庭。雖然根據蕾諾拉的反應，我不認為是這樣。

「孩子死了嗎？」我問。

蕾諾拉沒有展現出她想繼續打字的意圖。她的雙手擱在大腿上，還能動彈的左手壓住毫無用處的右手，她凝視著自己的手，彷彿沒聽到我的提問。

「誰是孩子的父親？」我繼續進逼。「是里奇嗎？」

蕾諾拉依然沒有反應。無視這個問題。無視我。她以沉默清楚傳達了她的訊息——她不想談這件事。

不能怪她。當時她懷孕了。孩子現在不知去向。或許她認為沒什麼好說的。

但她還是說了。

蕾諾拉至少向某個人——瑪莉——說了這件事。

想到瑪莉的遭遇，我應該要感激蕾諾拉拒絕對我透露。或許她的沉默還有其他理由。她不想讓我陷入比現在還嚴重的險境。

我腦中再次萌生退意。只要幾分鐘就能收拾好行李跟書箱，拎起我的醫藥袋，頭也不回地走出荷普莊園。但我做不到。就算尚未得知一切，目前所知的事物足以把我留在此地。我要知道剩下的真相。

荷普一家的兇殺案。蕾諾拉懷孕。瑪莉的死。這些過去與現在的祕密、謊言、罪行打成一團複雜的結。我確信只要能將之解開，真相就能水落石出。卡特跟瑪莉隱藏的內情，以及最重要的蕾諾拉。她是我最該深入了解的人。

因此我留了下來，上午緩慢而沉默地流逝。陪伴其他患者時，我會做點簡單的家事或是煮午餐來打發時間，甚至是陪患者看電視也好。在荷普莊園，這些選項都無法執行，於是我拿了本丹妮爾・斯蒂（Danielle Steel）的小說坐在臥榻上看，蕾諾拉則是坐在輪椅上眺望窗外。

這讓我想到母親臨終前那段日子，她身體太過虛弱、疼痛太過劇烈，無法移動到起居室的沙發上。困在沒有電視、也沒有舒適背景雜音的斗室，沉默的氣氛濃重到難以忍受的地步。

現在的狀況沒那麼差，但也足以讓我無比珍惜少數的聲音和活動。拿午餐。餵蕾諾拉吃東西。甚至還陪她上廁所，因為與其坐在原處胡思亂想，我想找點事情做。我在一件件雜務間填入永無止盡的閒聊，但蕾諾拉沒給我任何回應。

沒有敲打。

當然沒有打字。

她成為我剛抵達此處時見到的那個人。沉默，僵硬，缺乏存在感。我忍不住納悶在瑪莉帶來打字機前，她在其他護士面前是否一直是如此。如果是的話，蕾諾拉會不會後悔給予她特權？現在她是不是對我抱持同樣的想法，決定中斷一切？

這正是她的決定。只要花整個下午打字就能解決一切，我們卻以更加難耐的沉默度過漫長乏味的一天。我看完手上的書。蕾諾拉寧視窗外。日光褪為暮色，又黯淡成夜晚。

最後阿奇來了，用托盤端上我們的晚餐。今天的主菜是烤鮭魚和地瓜，我拿到的是完整的菜色，蕾諾拉則是搗成泥的版本。旁邊還有熱呼呼的起司捲，以及一杯給蕾諾拉的巧克力奶昔。

「我想荷普小姐可以喝點飲料提神。」阿奇解釋道。「她小時候很愛這個。」

他是如此的貼心，我愣了一會才想起他也是可能殺害瑪莉的嫌犯。就算阿奇的威脅性跟泰迪熊差不多，一九二九年蕾諾拉的家人遇害時，瑪莉跌下山崖時，他都在此處。

不過他也因此成為那兩個夜晚的絕佳情報來源。問題在於得摸清楚阿奇究竟是敵還是友，是嫌犯還是可靠的資源。我想目前還是先當他兩者皆是。

「太麻煩你啦。」我接過托盤。還沒替蕾諾拉的輪椅裝上用餐的活動桌面，我把托盤放到櫃子上，旁邊是她的雪花球和潔西昨天給我的錄音帶。

「一點都不麻煩。」阿奇說。「而且我也想看看荷普小姐狀況如何。」

我瞥了蕾諾拉一眼，她一副當我們兩個不在場的模樣。「不太好。」

「我想大家都一樣。可憐的瑪莉。要是我知道她過得這麼辛苦，我一定會想辦法幫忙的。還有山崖竟然就那樣崩塌。真是太不巧了。」

我倒是很想知道這裡是否有過半刻快樂時光。蕾諾拉的故事透露了這個地方從一開始就註定要陷入不幸。

「前天你跟我說你和蕾諾拉以前感情挺好的。」

「我是說過。」阿奇說。「對，我們以前很親近。」

「有多親近？」

「算是最好的朋友吧。雖然只是因為我們年紀相近。在這裡很少有同年齡的同伴。」

「維吉妮雅呢？你們也很親近嗎？」

「不，我們的關係說不上多好。」

他的口吻透出真誠，於是我決定延續對話。可能有點冒險——說不定我事後會後悔——但既然阿奇話匣子開了，我不想錯過這個機會。

我知道蕾諾拉在聽，就算她假裝充耳不聞。我拿起隨身聽，插入潔西最新錄好的唸書錄音帶，替蕾諾拉戴上耳機。我把隨身聽塞在她無法動彈的右手和輪椅之間固定住。

「潔西又錄了一本書。」我向蕾諾拉解釋。「你想在我跟阿奇說話的時候聽一下嗎？之後就來吃晚餐。」

我知道她不打算回應，逕自按下播放鈕，回頭面對阿奇，他說：「我們還有什麼要談嗎？」

我猶豫了下，努力思考最佳措辭，得出的結論是沒有任何更委婉的說法，只能開門見山地問道：「蕾諾拉有沒有生過小孩？」

「小孩？」阿奇盯著我看，神情茫然，彷彿我問的是她有沒有兩顆腦袋或是養過犀牛。「你怎麼會想到這個？」

「蕾諾拉正在寫回憶錄。」我朝書桌上的打字機歪歪腦袋。感覺可以向阿奇暗示蕾諾拉會打字。說不定他早就知道了。

「你們兩個幹嘛做這種事？」

「只是想更了解彼此。」我以最簡單的方式呈現事實。「我喜歡知道自己照顧的人的背景。」

阿奇眼中充滿懷疑。「她跟你說她有小孩？」

「她暗示有這件事。」

「你一定是誤會她了。」

「所以蕾諾拉沒有懷孕過？」

「從來沒有。」

顯然阿奇不想多說，轉身離開。我對著他的背影提出最後一個問題，就算無法獲得誠實的解答，至少能看看他下意識的反應。

「以前她有跟你提過里卡杜・麥修這個名字嗎？」

阿奇高大的身影停在門邊。「沒有。」

「他以前在這裡工作過。」

「我知道。可是荷普小姐沒有提過他。你滿意了嗎？」

他再次邁開僵硬的腳步走向門外，這時他轉身看著我，冷硬的視線中透出沉默的警告。

「如果是我的話，我不會花太多時間陪荷普小姐打字。」他說。「把過去的事情留在過去。硬是挖出來對任何人都沒有好處。」

「寶寶剛才踢我。」

「才沒有。」

「真的有，我發誓。」阿奇的手按在我膨起的肚皮上。

我推開他的手。「明明是我的肚子。」

又到了星期二晚上，家裡其餘的僕人放假去了，家人四散各地。像這樣的夜晚，阿奇通常會來我房間度過，我們有說有笑，夢想未來。這是從他剛進荷普莊園工作時開始的定期儀式。不過到了那年九月，這個儀式幾乎沒再舉行過。過去的兩三個月間，阿奇跟我很少見面。他變得疏遠，我擔心是我的問題。自從認識里奇後我就很少多看他一眼，因此我決定向他透露我懷孕的消息，打算邀請他再度參與我的人生。

他為我高興，同時也擔憂不已。聽到我對未來的規劃，他擠出幾絲喜悅，但額頭上憂慮的皺摺沒有放鬆過。

「你確定要這麼做？」他說。「跟他那樣的人？」

「我為什麼不能確定？」

阿奇靠向我，我們在臥榻上肩膀相觸。「你自己心知肚明。」

「現在情勢棘手，不過我們有計畫了。」

其實還沒有，但不能讓阿奇知道。我知道這只會害他更擔心。他一直都以我的保護者自居，即使在我們年紀更小，他不過是個靠別人憐憫在廚房混口飯吃的逃家少年時。我想這就是我們親近的原因。我們是兩個孤單的靈魂，需要找人來投注關切。

「要是你跟我說你愛到無法自拔就好了。」

「為什麼？」

「這樣我就會想辦法阻止你。」

「別再假裝只有我進退維谷。」我說。「我知道你的打算。」

「跟你不一樣。」阿奇說，確實不同。只有阿奇的處境能比我還險惡。

「一見到他，我就知道自己陷入了什麼境地。」我說。不過老實說我當時並不知道自己會愛里奇愛得多深，淪陷得多快。

「那是一回事。懷上孩子又是另一回事。」阿奇拿起他剛買下的相機。我知道這不是他能輕易負擔的奢侈品，要存上幾個月的錢才行。「如果你決定不要生下來，我知道有人能幫忙。是醫生。」

「這種事你從哪聽來的？」

「某個女僕。她懷孕後去找他。她無法留下孩子，因為孩子的父親——」

阿奇閉上嘴，他太善良了，無法明說我們早就知道的真話。

「是我父親。我知道。」

某天早上我聽到貝妮絲說起這件事，她以為沒有高高在上的荷普家人在場。她是這樣稱呼我們的。高高在上的荷普一家。每次都會不屑地哼一聲。她提到一名新來的女僕被我父親玷污了，不得不拿掉孩子，然後滾出荷普莊園。

那是去年發生的事，而我生日那晚還逮到他跟人辦好事，看來他沒有學到教訓。儘管沒有人多說什麼，我知道這是母親臥床不起的原因之一。她跟我父親極少交談，更別說是見面了。目睹如此可悲的相處模式，我只覺得無比傷感。然而我妹妹只是假裝天下太平。我知道她是裝出來的，因為沒有人能忽視整棟宅邸內如同鋼絲般緊繃的氣氛。

「我才不要落到跟我父母一樣的境地。」我說。「我會牢牢記在心裡。我愛他，阿奇。真的愛他。」

「真希望你沒愛上他。」

我沒被阿奇的回應傷到。我知道他不是為了傷害我。這是他的作風，他擁有溫柔的靈魂，只會說出他眼中事物的真面目，跟荷普莊園裡大部分的人不一樣。

「要是情勢跟現在不同，你知道我會選擇你。」我說。

「我知道。但就是不一樣。跟我還有跟他。像我們這樣的人還有像你們姊妹那樣的人——我們本來就不該有所牽扯。社會不會容許的。你越是放任事態發展，不可避免的結局就會越糟糕。」

我堅定地直起腰。「不會就這樣結束。」

阿奇舉起雙手擺出投降姿勢。「我相信你。你要知道無論發生了什麼，無論是好是壞，我都會一直陪著你。」

「謝謝。」

他舉起相機，我嘆了口氣。此時此刻我最不想讓人拍下我的照片。就算里奇每次看到我都會說我很美，但我一點都不覺得自己哪裡好看了。懷孕進入六個月，我感覺自己渾身腫脹，躁動不安。甚至無法為阿奇好好擺姿勢，雖然他似乎一點都不在意。

「很完美。」他看著我捧住鼓起的肚子。

快門聲響起。阿奇回來坐在我旁邊。我一頭靠上他的肩膀，這幾年來已經做過數百次的動作。他是如此高大結實。我知道他永遠都會支持我，無論是什麼事。

「聽好了。」阿奇突然開口。「要是他——或是任何人——傷害你，讓你不開心，我會立刻宰了他們。」

# 第二十五章

阿奇離開後過了五分鐘，卡特鑽進蕾諾拉的房間看我們的狀況。形容憔悴是他這副缺乏睡眠的模樣的最佳寫照。

「我猜你在三樓的待遇不太好。」我說。

他打了個呵欠。「你們怎麼能忍受？我整晚覺得像是睡在鋸斷兩條腿的床上。」

「目前這裡比小屋安全。草坪看起來如何？」

「看起來上頭有個大洞。」卡特說。

「之前發生過類似的事情嗎？」

他搖頭。「我在這裡的期間從來沒有。」

「那為什麼現在會發生？」我追問。

「好問題。我答不出來。此外，我更擔心會繼續惡化。」

我望向披上夜色的窗戶，幸好看不見露台的邊緣，以及侵蝕山崖底部的波浪。不知道經過昨晚的崩塌，大宅是不是歪得更嚴重了——在整棟屋子翻落海中之前，還剩多少時間。

我望著窗戶時，卡特的視線落在蕾諾拉身上。「有得到什麼情報嗎？」

確認過她還在聽隨身聽，我把卡特拉進我的房間。「她承認她懷孕過。」我說。

「孩子後來怎麼了？」

「不知道。在那之後她就不打字了。她清楚表明不想談這件事。」

「你認為她有沒有把孩子生下來？」卡特避開他真正想問的問題：我認為那個孩子是不是他父親？

我細細端詳他的五官，試著找出任何一絲與蕾諾拉的相似之處。沒有。特別是眼睛。卡特的眼珠子是溫暖的淺褐色，跟蕾諾拉的懾人綠眼可說是天差地別。但我也不能排除這個可能性。我們不知道里卡杜．麥修的長相，只能從蕾諾拉的描述中得知他長得非常帥氣。這個特點確實體現在卡特身上。

「不知道。她只說孩子沒了，這句話有很多意思。我甚至問了阿奇——」

「你信任他？」

「不。因為他撒了謊。他跟我說蕾諾拉從來沒有懷孕。」

「或許他真的不知道。」

「感覺更像是他不希望其他人知道。包括瑪莉。」

卡特微微瑟縮，看得出他想到跟我一樣的情景。瑪莉站在露台上，拎著行李箱，體型是她的兩倍的阿奇撲向她。

「不該問他的。」他低聲說：「我擔心他現在認為你知道得太多。」

我也這麼想。但理由不同。我懷抱著抽象的恐懼，生怕我們的一切作為都無法改變什麼。把過去的事情留在過去。硬是挖出來對任何人都沒有好處——阿奇是這麼說的。逼蕾諾拉提起早已不在她身旁的孩子，以及她的家人遭到殘殺的那一夜，會不會只是造成更大的傷害？要是知道瑪莉是被人謀殺，不是跳崖自盡，她的家人跟朋友會比較好過嗎？或許維克警探說得對，我做這些事確實別有用心。我在乎的不是蕾諾拉，不是瑪莉，甚至不是卡特。是我自己。

假如我無法證明任何事，會有什麼後果呢？

「不會的。」我說。「因為我什麼都不知道。我們只有推論，沒有掌握事實。」

「那現在要怎麼辦？」

「不知道。說不定蕾諾拉很快又會開始打字。」

我從相連的門回到蕾諾拉的房間。讓其他人看到我跟卡特窩在我的房間裡不是好事。我還記得昨晚潔西的語氣，充滿影射，像是在懷疑——或是忌妒。如果被阿奇或是貝克太太撞見我們兩個的舉動，天知道他們會有什麼反應。

「到時候再通知我。」卡特回到走廊上，停在門邊，多看蕾諾拉一眼，尋找不存在的相似之處。

「你要小心。現在我只信任你。」

等他離開時，晚餐時間已經過了十五分鐘，連帶推遲蕾諾拉晚間的運動、洗澡、就寢時間。我回房間從床底下上鎖的藥箱取出該混入晚餐的藥丸。蕾諾拉跟我完成的打字稿還鋪在滾來滾去的藥瓶下。不知道之後還會不會增加頁數——而增加的內容究竟會對現下的狀況有什麼影響。

回到蕾諾拉身旁，我開始準備晚餐。她的姿勢跟我離開時一樣。輪椅。窗戶。套在頭上的耳機。

唯一的變化是隨身聽。

錄音帶停止轉動了。

我幫蕾諾拉取下耳機，沒聽到任何聲音。

「隨身聽切掉了嗎？」我問。

她的左手在輪椅扶手上敲了兩下，自從我打開隨身聽之後，她的左手一直擱在扶手上。隨身聽留在她的右手跟輪椅側邊之間。就算蕾諾拉動了她的左手，也不可能在不改變姿勢的狀況下越過她的大腿，關掉隨身聽。

「怎麼會切掉？」

蕾諾拉茫然看了我一眼，對她來說這是聳肩的意思。

我拎起隨身聽，仔細檢查一番。起先我以為是錄音帶的第一面捲完，機器自動停止。所以該翻面了，我按鈕讓隨身機的帶匣彈開。左右兩個捲軸上還有足夠的帶子，也就是說這一面才播放到一半。另一個可能性就是電池沒電了，我把錄音帶插回去，按下播放鈕。潔西的聲音，從我手中的耳機冒出，有點悶悶的但我還認得出來。

我按下停止鈕，思緒轉得比隨身聽裡的轉軸還快。既然錄音帶還沒播完，電池也沒事，蕾諾拉沒有動她的左手，隨身聽停止播放的原因我只想得到一個。

蕾諾拉自己切掉的。

用她不能動的那隻手。

# 第二十六章

晚上十點鐘，蕾諾拉上床就寢了，我在隔壁的房間裡盯著那台隨身聽，她可能有也可能沒有關掉機器，用她那隻或許能動又或許不能動的手。研究了整整一個小時，我還是無法確定。

我能確定的是假如蕾諾拉沒有使用她的右手，隨身聽意外切掉的機會趨近於零。因為我試過了。推擠、拍打，甚至還拿它敲了椅子側邊好幾下，測試這樣的撞擊是否有辦法撞到停止鈕。沒辦法。蕾諾拉的左手使出一切能耐也無法湊巧關掉隨身聽。

現在我盯著隨身聽內部的轉軸，看它們會不會自動停下，比如說錄音帶出問題、隨身聽內部短路。某種從未發生過，也不會再次發生的隨機故障。什麼都好，只要別是我心裡想的那個原因就好。

然而隨身聽運作如常，就算我不斷亂按按鈕。

停止、倒帶、播放、停止、倒帶、播放。

我的思緒也像是彈跳的按鈕般高速舞動。

停止。

蕾諾拉自行關掉隨身聽。現在我對此深信不疑。可是她怎麼做得到？

倒帶。

因為她做得到更多我們以為她做不到的事。之前發現打字機上的紙張被人移動過時我曾想過這點。

播放。

若真是如此，代表蕾諾拉一直在假裝。

停止。

可是我想不到任何她這麼做的理由。蕾諾拉的生活充滿屈辱。讓人餵食、洗澡、拆開她沾上糞尿的成人紙尿褲、擦拭乾淨，然後再換上乾淨的紙尿褲。沒有人會自願過這樣的生活。

倒帶。

那從打字機上抽走的紙張要如何解釋？還有不斷從她房間傳來的腳步聲？還有窗前的灰影和門後的陰影？一定有人造成這一切——我不相信會是維吉妮雅．荷普的鬼魂。

播放。

唯一合理的源頭就是蕾諾拉，她一直欺騙我。可能全都是謊言。

停止。

沒有必要。或許蕾諾拉無法控制她的身體。有時候癱瘓的病患身上會出現這種現象。肌肉突然抽搐，像是全身遭到電擊似的，罔顧他們的意志活動，我初次見到她時檢查的反射動作就是這類反應。如此一來，就有可能在無意間關掉隨身聽。

我的手指還在停止鈕上，這時外頭傳來聲響。

沉重的撞擊聲。

蕾諾拉。撞擊聲再次響起。**她在房裡移動。又來了。**

我快步穿過相連的門，踏進蕾諾拉的臥室。房裡靜得像墓地。海浪輕輕拍打山崖底部。蕾諾拉看起來睡著了。閉上雙眼，平躺在床上，毯子拉到下巴。我踮腳尖走到床邊，聽著她穩定的呼吸。

毫無異狀。

但雜音持續不斷。現在換成腳步聲，悄悄劃過走廊的地毯。我來到蕾諾拉房門邊，稍稍開了一縫，看到貝克太太快步經過。披著白色睡袍的身影，手持——

**那是霰彈槍嗎？**

我沒有說出口的疑問立刻獲得解答，貝克太太煞住腳步，朝我這邊轉了半圈。她懷裡確實抱著一把霰彈槍，雙管槍身靠在她右肩上。

「他們在外面。」她說。

「誰？」

「記者。他們成天在柵門外瞎晃。不然就是鎮上那些男孩子，之前曾經翻牆，現在竟然溜進莊園。」

貝克太太從工作樓梯快步下樓，我跟了上去，無法確定是我們還是入侵者的處境比較危險。如果是我以前上學遇到的那種青少年，那他們幾乎毫無害處。而貝克太太可是荷槍實彈呢。

我們繞過廚房，來到一樓走廊，面對前側的窗戶外閃過一些動靜。

一道黑影竄過。

又一道。

再一道。

貝克太太來到前廳，一把推開前門，大步跨出，槍管指著前方。今晚起了霧，草坪上一片白茫茫的。在霧氣中，另外兩道黑影迅速移動，入侵者總共有五人。他們各自帶著手電筒，光束像雷射光般劃過濃稠的空氣。

「立刻離開，否則你們會嚐到教訓！」貝克太太對他們大喊。

入侵者一哄而散，踐踏潮濕的草坪，手電筒光束驚慌掃射。跟大宅拉開距離後，其中一人停下來，轉身，吸飽月光的霧氣掩去他的面容。

「是蕾諾拉！」他扯著嗓子大叫。「兇手！」

可以確定他們絕對不是記者。

另一個人跟著叫嚷「兇手！」其他人也紛紛跟進。他們的嗓音在黑暗中，在霧氣裡迴盪。

「兇手！兇手！」

帶頭鼓譟的入侵者——看來他是領頭的——在其他人安靜下來後繼續嚷嚷，加上更具汙辱性的詞彙。

「婊子兇手！」

我忍不住瑟縮。

感覺就像是衝著我來的。

像是在罵我。

我從貝克太太背後衝出，撲向冰冷夜色，完全沒思考我在幹嘛、為什麼要這麼做。我唯一的目標只有逮到說出這種話的混帳，抓著他的肩膀搖晃，確定他知道我是無辜的。

看到我衝上來，那道黑影轉頭逃跑，他的運動鞋在沾著露水的草地上一滑，於是我趁機逮住他。我撲上去，抓住他的衣領狠狠一扯。他完全站不穩，像是一袋麥子般倒在地上。他的手電筒在草地上滾動，光束閃爍不定。我跳到他身上，此舉把他嚇了一跳，而我更是驚訝。

沒想到更驚人的還在後頭。

入侵者在我身下掙扎，抬起頭，喚了聲「琪特？」

無論他有多訝異，我一定比他震驚兩倍。

是肯尼。

「你怎麼會在這裡？」他問。

我從他身上滑到草地上，氣喘吁吁。「我在這裡工作。你來這裡幹嘛？」

「只是跟那些男生來找點樂子。」肯尼撐起上身。

「肯尼，你應該已經超過搞這種鬼的年紀了吧？」

「對啊。」他咧嘴一笑，就跟我每次在後院遇見他一樣。「反正又不會傷到任何人。」

要是貝克太太開槍打中其中哪個人——這不是毫無可能——相信他會有不同的論調。像她這樣的女性想必扣扳機不會手軟。

「你真的在這裡工作？在這個毫無希望的地方？」

我嘆息。原來他們現在都如此稱呼此處。「沒錯。」

「誰是你的患者？」

「你想會是誰？」

肯尼一愣。「不可能！她是什麼樣子？」

「不是什麼婊子兇手。」我說。

「呃，抱歉。」肯尼盯著草地。「我不是認真的。只是大家都這樣叫她。」

「他們錯了。」

「那她到底是什麼樣的人？」

「很安靜。」這個答案能傳達一切，同時也沒透露任何真相。

我望向通往柵門的長長車道，肯尼的朋友聚集在柵門前。最起碼今晚門關得牢牢的。但這並不重要，肯尼的其中一個男生同伴把其他人撐上磚牆，另一個人從牆頂伸手拉他上來。無論有沒有柵門，這群小伙子的舉動證實任何人都可能進入莊園，殺害瑪莉。

肯尼的朋友在牆頂大喊：「喂！你要不要走？」

「再一下！」肯尼高聲回應。

「你們很常幹這種事？」我看著他的朋友消失在圍牆另一側。

「高中畢業後就沒幹過了。」肯尼也才畢業兩年。「我們幾個聚在一起喝酒，決定來看看大家說的是不是真的。你知道的，她的護士死了。」

「她又怎樣？」我挺直背脊，真心好奇鎮民對瑪莉的死有什麼看法。目前我能取得的外部意見來源只有維克警探。「他們說什麼？」

「說蕾諾拉．荷普殺了她。」

「為什麼？」

廢話。早就不該對親愛的鎮民抱任何希望。「不可能的。」

「蕾諾拉數十年沒露面是有原因的。」我起身拍拍沾滿露水的制服裙子，伸手拉肯尼站起來。「她沒辦法走路，或是說話，只剩左手能動。她沒有任何害處。」

「你怎麼知道？」

「因為我是她的照服員。我跟她相處的時間比你長。」

「我知道你覺得我很蠢。」肯尼語氣中沒有絲毫憤怒。其中的輕微自暴自棄讓我重新思考我們的關係，雖然不是什麼正經關係。之前我真心不認為他在意我的想法。現在我沒那麼確定了。

「沒有。」

他對我傷感地笑了笑。「沒關係。我是挺蠢的。對很多事情都是這樣。可是我認為有時候笨一點可以看清你們這些聰明人想太多的事情。」

「像我？」他認為我聰明，這讓我感到輕飄飄的，同時也因為他相信我想太多而不太爽快。

「我的意思是有時候事實就擺在眼前。沒錯，你是蕾諾拉・荷普的照服員，你認為她無法傷害任何人。」

「因為她做不到。」

「你還是想太多了。」肯尼說。「表面上看起來很複雜。你、我，甚至是蕾諾拉・荷普。看看我們。我們第一次決定要……」

「幹。」我說，因為這是事實。

「對。當時我知道你媽的事情，還有大家是怎麼說你的。可是我沒有花時間多想。我的直覺告訴我你是好人。」

我覺得喉嚨裡堵堵的。已經很久沒有人對我說這種話了。特別是從肯尼的口中說出來，我更能體會父親的沉默對我造成多大的傷害。應該是他告訴我這件事才對，不是這個我單純因為渴求與人接觸而找上的砲友。

「謝謝。」

「不客氣。」肯尼聳聳肩。「從別的角度來看，有時候你的直覺跟你有不同的意見。雖然蕾諾拉看起來做不了什麼事，可是說不定你能夠看穿她的外表。」

我沒預期到肯尼能說出這番話。先前有一搭沒一搭的午後性事間，我不知道他有這等智慧。但就在我要對他刮目相看時，他抱住我的腰，貼著我隨意親了幾口。

我推開他，擔心貝克太太還在前門監視。

「肯尼，這是不可能的。」

「還以為能成功呢。」他露出我從五月以來就看過幾十次的好色笑容。「我該走了。琪特，你好好保重。要是改變心意的話，你知道可以去哪找我。」

肯尼充滿挑逗地眨眨眼，衝向草坪盡頭的圍牆，輕輕鬆鬆就爬上去。接著，他行了個老套的舉手禮，轉身跳向另一側，消失無蹤。

我轉身，將整座荷普莊園映入眼簾。從草坪上望過去，宅邸看起來龐大又邪惡。待在屋裡時你會忘記這一點，被染血的樓梯和傾斜的走廊引開注意。蕾諾拉也是如此。我記得首度踏進她房裡時，油然而生的恐懼。她的名聲早已深入我心底。等到我越來越認識她，那些過往的謠言耳語就算沒有消失，至少也因為熟悉而覺得她不是壞人。

多虧了肯尼，我清醒多了。

現在我的直覺說我想錯了，荷普莊園裡能把瑪莉推下露台的人不只四個。還有一個人。

第五個嫌疑最低的嫌犯。

但終究還是嫌犯。

蕾諾拉。

# 第二十七章

回到屋裡，我發現貝克太太還在前廳，而潔西站在主樓梯上，毫不在意地踩著血跡。看到貝克太太手中的霰彈槍，她瞪大眼。「怎麼了？」

「入侵者。」貝克太太一邊回應，一邊走向廚房。

「我趕走他們了。」我說。

潔西鬆了一口氣。「他們想幹嘛？」

「沒什麼。只是幾個小鬼到處亂跑。」

不過肯尼已經不是小鬼了。他的警告仍舊在我的思緒中震盪。是的，蕾諾拉自願打出她的故事，但說不定她後悔告訴了瑪莉這麼多，或是起了別的念頭。或者她原本以為瑪莉不會說出去，當發現瑪莉跟卡特的計畫後，她覺得應該要行動。我甚至想到蕾諾拉手臂上的瘀青，現在已經痊癒了。瑪莉會不會是違背她的意願抽血？所以她才從蕾諾拉能動的左手抽，而不是無法動彈的右手？這樣蕾諾拉就沒辦法抵抗針頭？

這個想法與蕾諾拉殺害瑪莉的理論相互牴觸。假如只能動一隻手臂，她可以把人推下山崖嗎？既然她連站都站不起來，要怎麼做到這件事呢？

答案很簡單，她只是假裝做不到而已。

我親身體驗過太多次，無法排除蕾諾拉偽裝自己失能的可能性。首先是隨身聽，它不可能自動切掉。然後還有幾乎每晚從蕾諾拉房間傳來的雜音。地板嘎吱作響，腳步聲，窸窣聲。還有從相連的門下飄過的影子，以及我從窗外看到的灰影。在確認這一切現象的原因前，得要把蕾諾拉留在嫌犯名單上。

上到二樓，我往她房裡探看。儘管外頭鬧成這樣，蕾諾拉還是沒醒。或者至少是假裝沒醒。正如她假裝自己能夠活動的身體部位只有左手。

不只如此。

像是說話。

還有走路。

還有狠狠把人推下去。

得要逮個正著才能確認這一切。前提是她真的做得到。其他人也能造成她房裡的騷動。如果是這樣的話，我想知道是誰幹的——還有為什麼。

我穿過蕾諾拉的臥室，從相連的門回到我房間。但我沒有關門，而是從書櫃上搬一疊平裝書擋著門板。我換掉制服，爬上床鋪，拎起我隨機抽出的一本書。茱蒂．珂琳絲的出道作《顧忌》（*Scruples*）。旁邊還有裝著早上剩下的咖啡的保溫瓶。咖啡又冷又苦，正符合我的需求。若是今晚有人在蕾諾拉房間裡走動，我會保持清醒，一探究竟。

我斜躺在床上，確定打開的門不會離開我的視線，準備迎接無眠之夜。難喝的咖啡加上差強人意的小說讓我撐了好幾個小時。

夠我看完一百頁茱蒂．珂琳絲。

夠我開始計算拍打山崖的海浪次數。

夠我在數到兩百次之後放棄計算。

也夠我看見我母親從隔壁房間溜進這裡。

她默默地來到我床邊，病得蒼白瘦弱的雙腿搖搖晃晃。她的牙齒格格打顫，聽起來像是打字機的按鍵聲。她舉起枯瘦的手臂指著我，張開嘴巴。

然後放聲尖叫。

我從床上彈起，依然閉著眼睛，耳朵被惡夢中的母親震得嗡嗡作響。不是尖叫，而是鈴聲。就算已經清醒，我還是不斷聽見響亮、規律的警鈴聲。

我睜開雙眼，看到臥室裡一片通紅，蕾諾拉的警鈴在床頭櫃上響個不停。我望向相連的門。現在門關著。

我跳下床，猛然推開門，衝進蕾諾拉的房間。她躺在床上，已經醒了，左手掌心牢牢壓住緊急按鈕。她張著嘴，從喉嚨中擠出充滿恐懼的呻吟。她瞪大雙眼，凝視著房間另一端。

打字機。

紙匣裡插著新的紙頁，填滿不斷重複的同一句話。

**都是你的錯。**

**都是你的錯。**

**都是你的錯。**

**都是你的錯。**

**都是你的錯。**

**都是你的錯。**

我抽出那張紙，對著蕾諾拉問道：「讓我猜猜，是你妹妹？」

蕾諾拉敲了兩下。

# 第二十八章

「是誰幹的？」我舉起那張紙讓每一個人看清上頭打的字。「一定是這棟屋子裡的某個人。」

在荷普莊園居住工作的每一個人都擠進蕾諾拉的房間。卡特跟潔西坐在臥榻上，阿奇坐在蕾諾拉床緣，貝克太太站在門邊，雙手抱胸，戴上眼鏡，她八成以為我是精神崩潰了。

我才沒那麼過份。要是我真的陷入歇斯底里，就不會等到早餐後才請大家到蕾諾拉房間集合。我會在清晨四點發作，就在我看見這張紙時。

「荷普小姐說是誰？」貝克太太問。

「她妹妹。」

貝克太太貓眼鏡框後的雙眼瞪大。阿奇咳了聲，可能是在憋笑。卡特和潔西一臉擔憂。

或是驚嚇。

或是兩者皆是。

至於蕾諾拉呢，她靜靜坐在窗前的輪椅上，饒富興味地觀察我們的互動。從她臉上蒙娜麗莎式的微笑來看，我猜她樂在其中。可能已經幾十年沒這麼多人來拜訪她了。

「不可能。」貝克太太說。

「我知道，所以是你們之中有人偷偷溜進來做這件事。」我說。

「為什麼會有人想做這種事？」潔西一邊提問，一邊旋轉某個手環。

「不知道。」雖然這麼說，其實我知道。那個人想把蕾諾拉嚇到不敢對我說出她告訴過瑪莉的內情。

因為神秘的打字者就是殺了瑪莉的人。

這個想法讓我喘不過氣。

我跟兇手共處一室。

即使瑪莉遇害當晚柵門開著，即使就像肯尼跟他的朋友證實的那樣，翻牆進來很容易，這都不重要。我手上的打字稿讓我深信這是內鬼所為。

我輪流注視每一個人，研究他們的表情和肢體語言，尋找他們的破綻。比如說潔西轉動手環可能是緊張的小動作。貝克太太的眼鏡也是，現在她摘下來了，但我相信她開口前會再次戴起。阿奇則是難以解讀。他沒出聲也沒動。除了那聲咳嗽之外，他沒有任何引人注意的舉動。或許這是他的破綻。

「我有問題。」貝克太太如我預料的戴上眼鏡才開口。「荷普小姐如何告知她認為她妹妹做了這件事？」

「她用敲打表示肯定。」

「所以你很具體的詢問是不是她妹妹的作為？」

「會這麼問還挺奇怪的。」阿奇總算開口。

「確實。」貝克太太說。「我只能假設你提了每一個人的名字，全都被荷普小姐否定了。」

「這部分不重要。」我說。「重點是她表示是維吉妮雅。我們都知道這是不可能的。」

「她為什麼會這麼想？」潔西問。

老實說我也不知道。我猜是提起過去導致蕾諾拉做了這樣的夢。那些會殘留到清醒後的厲害惡夢。等她醒來時，她以為那是真的。只有一瞬間。她以為她妹妹還在身邊。

但要是說出這個猜測就得揭露一切。我很想說。告訴他們一切，看看他們的反應。承認我一直在幫蕾諾拉打出她的故事，承認瑪莉也做了同樣的事情，所以我才會認為有人把她推下露台。沒有說出口只是不想戳破卡特的祕密。看他緊張地四處亂瞄的雙眼就知道他不會喜歡這樣。

「這是影響力的問題。」貝克太太代替我回答。「琪特的肢體語言或是她說出我們名字的方式暗示荷普小姐這些不是她要的答案。但她提到另一位荷普小姐時表現出要她贊同的態度。荷普小姐只是想迎合她。」

我不知道該如何回應，開始撫平制服的裙子。我的破綻。「你在暗示什麼？」

「一切都是你的計謀，親愛的。」貝克太太說。

「我為什麼要打出這種東西？」

「引人注意？」潔西迅速瞄了卡特一眼，她或許不希望我注意到這個小動作。

我狠狠瞪著她。「我不需要任何人的關注。」

「那我們為什麼會在這裡？」貝克太太歪著腦袋，直直盯著我，她的藍眼如同日出般直直射向我。「是你要求我們來這裡，看你亮出那張紙，告訴我們荷普小姐宣稱是她妹妹的作為。為什麼要如此大費周章？」

「因為我希望做這件事的人停手。」我說。「拜託。也不要在半夜溜進荷普小姐的房間了。」

貝克太太渾身一僵。「有人一直這麼做？」

「對。」

「你為什麼不跟我說？」

「我有。抵達這裡的隔天早上。我跟你說我聽見荷普小姐的臥室裡有腳步聲，你說那只是風聲。

可是我隔天晚上又聽到了，也看到窗邊有人，看到我們房間之間的門下有陰影掃過。才不是風吹出來的。要不是你們其中某個人，就是蕾諾拉。」

我直視貝克太太，默默地挑釁她，等她責備我沒有使用荷普小姐這個尊稱。但她沒有。她只說：「下回又有這樣的狀況，馬上告訴我。」

說完，她轉身離開，終結了這場戲劇性——而且徒勞無功——的家務人員會議。

阿奇率先跟上。接著是卡特，他溜出房間前投來「我們晚點該談談」的眼神。沒想到潔西還是坐在臥榻上，她說：「抱歉。我不是真的以為你想博取關注。」

「真是謝謝你喔。」

潔西起身，靠過來，搭上我的手臂。「我的意思是我不認為你做過那些事。」

我以眼角餘光看見蕾諾拉假裝她沒有豎起耳朵聽進每一句話。在潔西說出下一句話前，我把她拉進我房間，關上相連的門。

「是你做的嗎？」我問。「你打出這張紙，然後要蕾諾拉說是她妹妹做的？」

潔西離開我面前，走向書櫃。「不可能。你怎麼會這樣想？」

因為她之前也做過這種事。在樓下的舞會廳，拿著通靈板，好像我們正在玩什麼該死的解謎桌遊。

「如果你又在要我，我要——」

「就說不是我了。」潔西打斷我。「你沒想過是蕾諾拉做的嗎？她不是會打字？」

「不是像這樣。」我瞄向手中的紙張，上頭有著恰當的大小寫和標點符號。「沒有人協助的話她做不到。」

「說不定她能做的事情比你想的還多。」

肯尼昨晚也說過同一件事。我先前也想過，就在我檢查那台隨身聽，看它會不會自動切掉的時候。

「瑪莉有沒有——」我不知道接下來該怎麼說才不像在發瘋。**她有沒有說蕾諾拉比外表上看起來還強壯？她有沒有想過全都是蕾諾拉裝出來的？**「瑪莉有沒有說過她認為蕾諾拉有可能復原？」

「復原到什麼程度？」

「比如說重新學走路？沒有。她沒說過。」

「隨便都可以。」我說。「無論是心理上還是生理上。」**走路，我想。推人、殺人。**

「但這是有可能的吧？」

潔西靠上書櫃，雙手背在後頭。「我只是在說打字。沒有要你認為蕾諾拉會到處亂跑，不告訴任何人。沒錯，大家都聽過昏迷許久的人突然醒來，或是癱瘓的人奇蹟似地又能走路。所以我想是有可能的。但以蕾諾拉的年紀來說大概很難。教不了老狗新把戲，類似這種感覺。」

「說不定這跟教老狗新把戲不同。」我說。「或許牠們從小就知道這個把戲。」

「你覺得蕾諾拉一直在偽裝？」潔西問。「她為什麼要這麼做？」

除了蕾諾拉似乎熱愛保守祕密之外，我想不出半個答案。她偽裝了數十年，沒告訴任何人她知道家人慘死的真相，直到瑪莉來到這裡。接著，蕾諾拉罔顧一切常識和理智，向瑪莉透露最大的祕密之後，又決定收回來。

如果這種事真的可能發生。

「琪特，我有點擔心你。」潔西說。「你表現得跟瑪莉好像。」

「哪裡像？」

「呃，全部。」

要不是我知道自己在做什麼，我也會擔心起自己的行徑。有人在蕾諾拉房裡走動。她不斷欺騙我那人的身份。她用大家都認定她無法使用的手關掉隨身聽。

「我沒事。」我昧著良心說道。

潔西離開前，她說她得去給樓下書齋裡的骨灰罈撣灰塵——顯然她想離我遠遠的。沒事的人不會把蕾諾拉從輪椅移到床上。

沒事的人不會檢查蕾諾拉的雙腿跟右手，尋找隱藏的肌肉，摸索她的手腳是否因為久未使用而緊繃。

沒事的人不會搔抓蕾諾拉的掌心，看她會不會抽動、瑟縮，有沒有半點反應。

蕾諾拉躺在床上眼睜睜看著我做了這一切，神情戒備多於猜疑。我想她知道我的打算。就算她能反抗，她也毫無反應。她癱軟的右手可以伸展到床緣，掌心朝上，手指攤開。她嘆了口氣，彷彿先前也經歷過這些，不知道瑪莉是否也嘗試過。

不知道有沒有效。

不知道蕾諾拉當時是否感受到讓這個人消失的需求。

心裡想著這些事情，我接下來要嘗試搔癢的進階——引發疼痛，這更能激發她的反應。這很簡單，從瑪莉的醫藥袋拿個注射針頭，刺入蕾諾拉的右手。看她會不會皺眉。

我連忙驅散這個想法。這牴觸了我受過的一切訓練。或許我現在不信任蕾諾拉——而且我自己的狀況也一點都不好——我畢竟還是照服員。

因此我來到書桌前，拎起在打字機紙匣裡找到的紙，閱讀從紙頁上方延伸到底端的控訴。我太累了，字母開始模糊，在我眼前重新排列。

**都是你的錯**

**都是琪特的錯**

**他們說的都不是真的，小琪**

我把那張紙揉成一團，帶到床邊，丟進蕾諾拉攤開的右手。我希望看到她在紙球擊中掌心時做出反射動作，就像我們想都沒想就接住東西那樣。這是有可能的。直覺反應會在某個節骨眼發揮作用。沒有效。紙球從蕾諾拉掌心彈到地上。

我撿起來又試了一次。

再試一次。

然後我把紙球丟到房間另一端，它撞上窗戶後滾到角落。

需要更重的東西。蕾諾拉能感覺到它落入掌中的東西。

我望向連通兩個房間的門，還有那疊平裝書，原本我堆起來要擋住門板，但某人（維吉妮雅？蕾諾拉？）把門拉上時書本被推到一旁。我撿起一本——朱蒂．葛斯特（Judith Guest）的《凡夫俗子》（*Ordinary People*）——書背朝下，懸在蕾諾拉手心上空幾吋處。

鬆手。

書本直立了一秒，側翻倒向蕾諾拉的大拇指和食指。

還是沒有反應。

我意識到重點不在她有沒有接住。這本書也好，那個紙球也好，都是可有可無的東西。對她都毫無意義。假如蕾諾拉裝了那麼久，沒有夠強的動機是不會自行漏餡的。為了讓她挪動右手——前提是她真的動得了——我得要找出比垃圾紙團或翻爛的小說還要有意義的東西。

我環顧房間，看到每一樣物品都品頭論足一番。梳子？太沒價值了。手拿鏡？太笨重了。那台隨身聽？是很有力的候補，但它也能被同樣的物品取代。

我的視線落到櫃子上的艾菲爾鐵塔雪花球。玻璃罩子下是典型的巴黎風景。

就是這個。

從過世多年的雙親手上獲得的禮物，它具備情感上的價值。說不定也很值錢。這東西是個古董，而且溫斯頓跟伊凡潔琳這種人不太可能隨便選個便宜雪花球送女兒。

我握起雪花球，深信蕾諾拉絕對、絕對不會任由它從手中掉落。從櫃子到床邊這一小段路掀起了少許金色雪花。我把雪花球上下顛倒，懸在蕾諾拉掌心上空，雪花閃閃發亮，迴旋打轉。

蕾諾拉平躺在床上，努力轉頭看我在幹嘛。瞥見球裡的金色雪花，她露出驚恐的表情。雙眼炯炯發亮，喉中冒出咯咯聲。

我忽視她的反應，穩穩拿著雪花球，等待鬆手的恰當時機。我告訴自己我沒做錯。蕾諾拉真想接住的話就能接住。她如此焦慮只是因為她知道我識破了。

我們一同凝視雪花球，看著金色雪花積在倒放的球體內。等到最後一片雪花落定，我鬆了手。雪花球落入蕾諾拉的掌心。

我屏息注視，默默等待。

等待她的手指屈起。

等待她證實她的右手能動。

等待她至少能證實我的其中一個假說。

然而，雪花球從她手中彈開，滾過被單。

然後砸中地板，碎了。

來自母親緊閉的房門內的聲響不容錯辨。

玻璃碎裂。

一聽到聲音，妹妹低聲驚呼，我只是瑟縮了下，彷彿母親在她房裡亂丟的東西其實是直直飛向我，而不是我父親。

「拜託你行行好，伊凡。」我聽見他咕噥。「你破壞的東西還不夠多嗎？」

「我可以對你提出同樣的問題。」

母親的嗓音響亮清晰，顯示她狀況挺好，是真的生氣了。通常鴉片酊會讓她的語調溫順含糊。很開心聽見她恢復原本的聲音，即使我知道這是被雙親多年來最激烈的爭執引出來的。

「沒有東西壞掉。」父親說。「一切都好得很。公司正經歷嚴苛的考驗，所以現在我們才需要那筆錢來維持營運。」

母親嘲弄似地哼了聲。「你指的是我們女兒的錢。」

「應該要是我們的錢。」

「除非我死了。」母親說。

父親忍不住回應：「別刺激我。」

「我父母成立信託基金有他們的道理。」母親說。「要是讓你拿到那筆錢，你會在一年內花光，蕾諾拉跟維吉妮雅什麼都拿不到。」

「要是公司垮掉，這個地方成為抵押品，她們也會身無分文。」

妹妹跟我擔憂地互看幾眼。雖然早該想到，但我們真的不知道狀況這麼差。雙親很少交談，更別說是爭吵了，因此當他們的叫嚷聲沿著走廊傳來，我們一同奔到門前偷聽。我們知道一定出了大事。

「就算是這樣，她們也能過得很好。」母親說。

「那我呢？你不在乎我失去一切嗎？」

「我已經失去一切了。」母親說。「為什麼你不能呢？還是說你更在意你那個小妓女？還是說那些小妓女？畢竟這些年來有那麼多個。」

「達令，別在我面前裝無辜。」父親出言反擊，用上了專屬於我的暱稱，卻蘊含露骨的怨恨。「我們都知道真相。」

母親的回應太小聲了，妹妹跟我得要把耳朵緊貼門板。即便如此，我們只能勉強聽出她的低語：「我不知道你在說什麼。」

「你心知肚明。我知道你嫁給我的原因。就像是我知道蕾諾拉不是我女兒。」

我驚叫出聲，音量大到我確定雙親在房裡聽見了。妹妹也知道，她一手摀住我的嘴巴，拉著我躲進離我們最近的房間。才被她扯進門內，就聽到母親臥室的房門打開。我們縮在陰暗的房間裡，我心臟狂跳，腦袋嚇得亂成一團。父親在走廊上左右張望。

「孩子們。」他嚴厲的語氣讓我血液結凍。「你們在偷聽嗎？」

父親經過敞開的門外，離我們只有幾吋遠。妹妹緊緊摀住我的嘴。我哭了起來，淚水沿著她的手指滴落。

「我親愛的、還有我的達令，你們在嗎？」

他經過門前，停下腳步，我確信他即將跳進來，掐住我們的脖子，把我們拖出房間。沒想到他繼續往前走，沿著走廊抵達主樓梯。當他的腳步聲隱沒，妹妹跟我才迅速溜回我的房間。回到房裡，我撲上床鋪，開始啜泣，毫不遮掩。

妹妹站在牆邊，雙手抱胸，沒有心情安慰我。我相信她心中從未有過這個念頭。

「你覺得是真的嗎？」她問。「我們可能失去荷普莊園？」

「聽到父親那樣說，你在意的是這個嗎？」

「喔，那個啊。」妹妹聳肩。「母親愛上她老家的某個僕人，懷孕了。他拋棄她，所以她得要嫁給父親，才能避免被人說閒話。我以為你知道。」

我搖頭。我根本不知道。

雖然現在想來，我應該要知道才對。妹妹跟我的長相相似程度不高。我們的鼻子形狀不同。頭髮跟眼睛顏色也是。比起手足，我們更像是表親，過去不只一次被陌生人誤認。

「好啦，現在你知道了。」妹妹停頓一下，殘酷的笑意爬上她的嘴唇。「老實說你應該要鬆一口氣才對。現在你知道了自己的出身。也知道自己不是這個家裡唯一的婊子。」

說完，她從容地離開，留我一個人擁抱空虛的感受，原來她已經知道我跟里奇的事情。她遲早會告訴大家。

我唯一的選擇是搶先她一步，至少跟阿奇以外的某個人坦白這件事。在我心中，最佳人選是母親。她會以更寬容的態度接受這個消息。此外，既然她走過同一條路，我希望她能理解我。

下定決心後，我來到走廊盡頭，悄悄溜進她的房間。母親幾乎陷入昏睡，雖然現在還不到傍晚。陽光從窗簾間的縫隙透入，試圖像水流鑽過裂縫一般滲透進來。

「是你嗎，我的達令？」她躺在床上低喃。

我站在床尾，試著擠出恰當的字眼。但要說的話太多——要問的問題太多——最後我脫口而出：

「父親說的是真的嗎？」

將母親埋住的被子下逸出一聲嘆息。

「是的，我的達令。」

「所以你不愛他？」

「沒錯。」母親說。

「從來沒有？」

「沒有。」母親的嗓音恍惚又遙遠，彷彿是在說夢話似的。「從來沒有。他也知道。他知道，付錢要我愛的那個人離開，不准再跟我見面。發生了這種事，我被困住了。除了嫁給他沒有別的選擇。」

母親的聲音化為囈語。

囈語成了氣音。

「別無選擇。」

「抱歉，我的達令。」

氣音溶成一聲吐息。

接著……什麼都沒有了。

「母親？」我衝到她身旁，抓住她的肩膀用力搖晃。被我一晃，她的右手癱在被單上，原本握在掌心的鴉片酊藥瓶滾了出來。

瓶裡什麼都沒有。

她全部吞下去了，可能就在我進她房間前。

「母親？」我大叫，搖得更用力，想把她搖醒。可惜沒有用。母親躺在床上，毫無反應，空蕩蕩的鴉片酊藥瓶滾過床單，砸中地板，碎了。

# 第二十九章

蕾諾拉用她的方式跟我冷戰，包括拒絕敲打回應，包括最基本的問題。但我還是不斷嘗試，問她今晚想做什麼。

「你想打點字嗎？」

蕾諾拉的左手沒有離開床鋪。

「可以再聽一些潔西幫你錄的書。如何？」

還是沒有反應。

「或者是我念給你聽。這樣我們兩個都有事做。」

這個提議總算引起一些反應。蕾諾拉嘴角勾起，似笑非笑。但這個表情在瞬間就消失，換成冷硬的面具。

「我很抱歉。」今天我至少說了第五次。「我是認真的。我可以幫你找到一樣的雪花球。我保證。」

我們都知道我做不到。那是蕾諾拉遭到殺害的雙親在五十多年前送她的禮物，卻被我這個多疑的賤人毀了。難怪她要氣我。我也氣我自己。

氣我認定她有可能偽裝自己的身體狀況。氣我如此偏執，認定這個幾乎全身癱瘓的婦人殺得了瑪莉。氣我放任這份偏執摧毀了很可能是她唯一珍視的寶物。現在我只能繼續乞求她的原諒。我甚至雙膝落地，跪在滿地的金粉中。蕾諾拉看著我拼命搶救雪花球的殘渣，如此心碎的表情深深印在我腦海中。我救不了雪花球，玻璃球體化為碎片，裡頭的巴黎街景幾乎看不出原貌，就連艾菲爾鐵塔也斷成兩截。只留下底座。金色的殘株。我只能把碎片掃起來，倒進垃圾桶，這時蕾諾拉眼角流下一顆淚珠。

「拜託，拜託原諒我。」我說了一次又一次。

蕾諾拉終於回應了。

在床單上敲了一下。

不要。

「我要如何補償你？你想要什麼我都會做。」

蕾諾拉的視線移向房間另一端的打字機。她想打字了。我迅速起身，往紙匣裡插了張白紙，把打字機抱到床上，將蕾諾拉的左手放上鍵盤。

她按了七個鍵。

**外面**

我訝異地盯著這個詞。「你想出去？」

蕾諾拉敲了打字機兩下。

「可是這樣會違反規定啊。」

蕾諾拉又打出另一個詞。

**所以**

就算沒有標點，我看得出這是問句。

「可是你從來都沒有想要出去啊。」

**我想**，蕾諾拉又補了幾個字，**很想**。

「所以你從沒跟貝克太太說別帶你出門？」

蕾諾拉握起拳頭，指節狠狠擊中打字機，打到幾個按鍵，字母桿沒有印上紙張。沒有必要。我完全理解她的意思。

沒有。

可是貝克太太不希望她出門一定有合理的原因。我隨便都能舉出三個最大的問題：天氣、蕾諾拉虛弱的身體、把依賴輪椅的女性帶下樓的困難。

「你確定這樣可以嗎？」我問。

蕾諾拉敲出肯定的回覆。這是當然了。

「要是讓貝克太太看到我這麼做，她一定不會開心的。」

**她不會知道。**

這是個貨真價實的壞主意。如果貝克太太逮到我們溜出去，我的處境會很不妙。而且她一定會知道的。我不可能瞞著大家帶蕾諾拉下樓出門。我甚至不太確定自己做不做得到。只有我一個人肯定沒辦法。只要被逮到，貝克太太就會叫我打包回家，接著葛連先生會把我解僱。我在房裡踱步，想到被迫要回到父親的屋子裡，困在永無止盡的寂寞與沉默循環中，我的腸胃就揪成一團。

「我不行。很抱歉。風險太大了。」

我繼續踱步，她又打起字來，能動的那隻手以最快的速度打出完整的句子。

**我告訴你那個孩子怎麼了**

蕾諾拉投來得意洋洋的眼神。她知道這是我無法抗拒的提議。我忍不住納悶這會不會全是她的計謀。並不是說她控制我破壞雪花球，而內疚到什麼都願意做。沒有人能計畫到這一步。她只要透露兒案那晚的些許細節，我就會想知道更多。還有我一提到孩子的事情她就拒絕打字。很可能都是蕾諾拉有意為之，等待最完美的時機，操縱我，對我予取予求。

一個銅板敲不響。

「你也要告訴我剩下的故事。」我說。「如果我帶你出門，你要告訴我跟瑪莉說過的那些事。你原本答應過我的。」

蕾諾拉沒有打字也沒有敲打，或許是因為她還沒下定決心。這時有人輕輕敲門，填補了這段沉默，接著門外的人呼喚道：「琪特？你在嗎？」

貝克太太。

說人人到。

「等等。」我高聲回應，將打字機搬回書桌上。走向門邊途中，我試著用腳把剩餘的金粉撥到蕾諾拉床底下。可惜完全無法掩飾我的作為。貝克太太只要看見房間垃圾桶裡的雪花球碎片就知道發生了什麼事。

我打開門，準備接受她痛斥我現在已經過了蕾諾拉的就寢時間，那是不容違背的規矩。沒想到貝克太太只說：「有人想見你。」

我渾身一震。「誰？」

「他沒說。」貝克太太的回應可以解讀成她沒問，因為她根本不在意。「他在柵門外等你。」

「我去見他。」接著我又補上兩句：「我先讓荷普小姐睡下。今晚進度有點落後。」

貝克太太環視房間，幾乎就像獵犬般嗅聞任何不對勁的跡象。或許她看到了地上的亮粉或是垃圾桶裡的碎玻璃，但她沒有表現出來。「請告知你的訪客下回在恰當的時段來訪。」她踏出門外後又加了一句：「否則就別來了。」

我快手快腳地幫蕾諾拉換上睡衣，蓋好被子。把緊急按鈕放入她左掌心後，我悄聲說：「等我回來再繼續討論。」接著我關燈，回房間拿了一件毛衣，奔下樓。

夜色冰冷而清澈，黑色天鵝絨般的天幕上群星燦爛。我走在車道中央，不只猜不到車道盡頭等待我的會是誰，也不懂對方為什麼會來此。希望是維克警探，單獨找我出來，終於承認他相信我了。我怕是肯尼找上門來，連續兩晚來此偷窺蕾諾拉．荷普的身影。

但我全都猜錯了。

在柵門另一側的竟是我父親，像是囚犯般抓著鐵柵。看到我的身影，他愣了一下，彷彿我才是出其不意的訪客。

「這套制服是怎麼回事？」他問。

我忽視他的疑問。「你來這裡幹嘛？」

「我來帶你回家。」

他的措辭讓我想翻白眼。這六個月來，那棟房子一點都不像家。

「誰跟你說我在這裡？」

「肯尼。」父親說。「還有理查．維克。還有半座小鎮的人。你以為我不會發現你是來照顧蕾諾拉．荷普嗎？」

我知道他會發現。遲早的事。不過根據他現在的反應，離家前沒告訴他這件事是對的。我隔著柵門冷冷瞪著他。「你為什麼在意？」

「只要知道你為那個女人做事，大家都會相信警方的說法。再過不久，大家就會認定你有罪。」

「那你怎麼想，爸？」痛楚如同摺疊刀般劃破我的嗓音。

「你母親的遭遇是意外。」他答得很快。不想被發現自己在撒謊的人都是這樣。但我父親不擅此道。他回答時甚至沒有看著我。

「希望你是真的相信。」

悲傷與失望從我心中湧出，溢過肋骨，把胸膛脹得滿滿的。如果我不馬上離開，情緒肯定會從我的雙眼溢出。我從柵門前退開，朝大宅邁步。我拒絕讓父親看到我為了他落淚。

「再見，爸。」我說。「下次見。」

「你在這裡我會擔心。理查．維克跟我說是你發現那個女生的屍體。」

「是我。」我沒有提到現在只要醒著就會想到瑪莉。我相信只要母親替她騰出位置，她也會佔據我的夢境。

「他也說你認為她是被人謀殺。」父親又說。

「根據肯尼的說法，大家都這麼想。除了你那個警探朋友。」

「所以是真的嗎？你真的這樣想？」

父親再次抓住柵門，隔著鐵柵瞪著我，他臉上透出一分關切，兩分懷疑。他希望我說不是。如此一來，或許能在謠言如流感般傳遍全鎮時讓他不會那麼難堪。跟他不同，我沒有多餘的能量拿來撒謊。

「對。我是這麼想的。」

「那你就更該離開這個地方。」

那我就更該留下來。既然鎮上唯一的警探不相信瑪莉遭人殺害，那就讓我來證明她是死於非命，還有查出是誰下的手。感覺這一切都與蕾諾拉的過去——以及瑪莉究竟知道了多少——密不可分，在得知真相前我不能離開。

我回頭走向荷普莊園。「爸，回去吧。」

「琪特，等等。」

我沒有聽他的話。沿著車道繼續走，清楚意識到父親依然盯著我，期盼我會回頭，打開柵門，跟他回到那棟我再也不認得的房子。我緊盯著荷普莊園的燈火。這裡也不是家。但我忍不住覺得自己的未來寄託在這棟發生過兩次悲劇的宅邸上。

分別在兩個夜裡發生的悲劇。

之間相隔數十年。

而這兩樁命案都連接到一個人身上，我確信她掌握所有的答案，只是在她的願望實現前絕對不會翻出底牌。

進屋之後，我直接回蕾諾拉房間。她還醒著，明亮的綠眼直視天花板。

「就這麼說定了嗎？」我問。

她敲了緊急按鈕的面板兩下。

就這麼說定了。

蕾諾拉要出門。

出門的代價是真相。

# 第三十章

兩天後，把蕾諾拉偷渡出門的機會來了，那天荷普莊園裡的其他人要去參加瑪莉．米爾頓的葬禮。

儘管氣氛肅穆，天氣卻完全相反。這是一個美妙的秋日——或許這一季不會再有這麼好的天氣。陽光淹沒整片天幕，一道道光束使得這個十月天沒那麼寒冷刺骨。萬里無雲，湛藍的天空讓我想到藍寶石。大西洋風平浪靜，這天秋風決定放過大家。

天氣如何並不重要。就算颶風要來，我也會趁機帶蕾諾拉出門。過去兩天來，她維持最沒有反應的狀態，只在必要時以敲打回答。導致我度過了漫長的緊繃沉默，以及不受打擾的乏味。我們兩個只是坐著，什麼也不做。體驗過這樣的生活，就連我也好想出門。

我沒跟任何人提過我的計畫。連蕾諾拉也不知道。我很想向卡特透露，但為求保險，還是選擇沉默。我最不希望增加讓貝克太太發現、阻止的風險。

我從主樓梯上看著其他人集合出發，阿奇跟卡特穿黑色套裝，潔西反其道而行，一身白色裹身連身裙。貝克太太的裝束跟她平時一樣，只是加上一頂寬邊帽和貓眼眶墨鏡。他們一走，我馬上衝進蕾諾拉房間。

我把她推向房門時，她嚇了一跳，舉起左手，像是驚慌鼓翅的鳥兒一般。她仰頭看我，臉上掛著大大的問號。

「你的願望要實現了。」我推著她離開房間。「但是之後你也要遵守諾言，可以嗎？」

她愉快地敲了扶手兩下。

「很好，走吧。」

我讓輪椅倒著出房間。來到走廊上，蕾諾拉讚嘆地吁了一口氣。這口氣聽起來彷彿憋了非常、非常久，到現在總算能安心呼出。我們倒退著在走廊上移動，她睜大雙眼，想一口氣看盡所有的事物。地毯、壁紙、我們經過的每一扇門。真想知道她有多久沒離開過房間。幾個月？幾年？幾十年？

工作樓梯太窄了，無法容納她的輪椅，我只能使用主樓梯。我一開始的構想是把蕾諾拉扛上肩膀硬背下樓，踏出門外。理論上還不錯，但很難實行。我知道自己的極限。就算真的把她一路扛到一樓，帶她回房將是雙倍困難。唯一的選擇是讓輪椅倒退著一格一格往下挪，祈禱有最好的結果。

「忍耐一下。」我警告道。「會很震喔。」

我讓輪椅往後傾斜，小聲禱告，緩緩讓後輪滾下一格樓梯。強大的衝擊讓蕾諾拉整個人彈起，我好怕她會摔出去。

「要繼續嗎？」

蕾諾拉鬆開緊抓扶手的左手，以兩次熱切的敲打回應。

接下來的幾步同樣艱辛，不過我很快就抓到節奏。萬萬沒想到走快點會比慢慢來還要輕鬆。不要每一格都停步又起步，我一口氣將輪椅拉到樓梯中間的平台。蕾諾拉像是果凍般不斷震盪，但還不到跌出輪椅的地步。我用同樣的方法走完最後一段樓梯，輪椅重重落到一樓的地磚上，發出響亮的撞擊聲。

「還好嗎？」我問。

蕾諾拉回頭露出毫不掩飾的燦笑。她的綠眼裡舞動光彩，喜悅的紅暈染上臉頰。要是她笑得出聲音，我猜她現在一定會哈哈大笑。

我們走向用餐室，迅速繞過龐大的餐桌，經過同樣巨大的壁爐，來到落地窗前。我推開玻璃門，確認輪椅能暢行無阻。

過去這兩天又有更多屋瓦掉落。跟暴雨沒有兩樣。潔西跟卡特每天都會清乾淨，但隔天早上又要面對更多瓦片。今天露台上還沒有半片落瓦，我這才看見大理石地面上冒出一條參差的裂縫。看起來不太妙。但也不構成我實現蕾諾拉唯一心願的阻礙。

我回到輪椅後。即將移動到露台前，蕾諾拉的左手伸向我，我握起她的手，感受她皮膚下高速的鼓動。

然後，我帶她踏出門外。

風、陽光、海洋的氣息同時襲向我們。蕾諾拉用力吸氣，愉快極了。我推著她走到露台邊緣，直到她的膝蓋碰到欄杆為止。她閉上眼，抬起頭，沐浴在陽光下。她的頭髮被風吹起，一縷縷灰絲隨風飄揚。光是來到戶外這麼普通的事情都能讓她如此欣喜，我為她難過，也對把她監禁在屋裡的貝克太太氣憤不已。

我站在蕾諾拉身旁，靠著欄杆眺望下方的浪花。這片風景確實美妙，但跟她臥室的景觀沒有太大差異。冒著這麼大的風險——而且很可能再也不會有機會——我希望她能體驗不同的事物。特別的事物。

「蕾諾拉。你最後一次躺在草地上看雲是什麼時候？」

就算蕾諾拉答不出來，我知道答案是什麼。數十年前。

我把輪椅推到露台末端，推下通往草坪的階梯，小心翼翼地遠離剛崩塌的山崖邊緣，停在草坪上。接著我把蕾諾拉浮起來，讓她平躺在草地上，仰望天空。我躺到她身旁，我們一同眺望無垠的藍天。

我們就這樣躺了許久。可能有一個小時。可能更久。我不太確定，因為我打起瞌睡，被微風、浪花、陽光引入夢鄉。就算多住了幾天，我還是無法習慣荷普莊園的夜晚。反覆做著關於母親的惡夢，也不斷聽見蕾諾拉房裡的怪聲，每次爬起來查看都徒勞無功。每天早上醒來時都累得要命，被炫目的日出照得睜不開眼，發現床墊滑落的距離比昨天還多。

現在我被幾乎爬上天頂的太陽曬醒，蕾諾拉躺在我旁邊，心滿意足地深呼吸。

「該來談談孩子的事情了。」我說。

蕾諾拉的呼吸一窒。這是不樂意的跡象。但她不答不行。即使我不想毀了她特別的庭院之旅，她總得信守承諾。等她吐出那口氣，我問：「你把孩子生下來了嗎？」

我坐起來，看她的左手往地面敲了兩下。

「男生還是女生？」我明知蕾諾拉無法回答這種問題，卻還是脫口而出。我更換提問方式：「是女生嗎？」

敲一下。

「那是男孩子了。」

蕾諾拉這回點了頭，一抹笑意掃過她的臉龐，但在我提出下一個疑問時迅速消失。「他怎麼了？他死了嗎？」

敲一下。

「你把他送走？」

敲一下。

我心一沉。我不想問下一個問題，沉默幾秒後才開口：「他被人帶走了嗎？」

蕾諾拉也停頓了好一會，過了三十秒才敲打地面一下，兩下。

「你知道在那之後他的狀況嗎？」

又是一陣漫長的停頓，我只看到她往地上敲了一下。

「我很遺憾。」我閉上眼，忍住突然湧上的淚水。無法想像在她那個年紀，懷孕、生子，然後孩子又被人奪走。比殘酷還要過份。太慘無人道了。

我睜開眼睛，發現蕾諾拉的表情沒變，她戴上空白的面具面對天空，藏住多年前確實存在的深沈痛楚。如果說卡特真的是她的孫子，或許能稍微撫平她的痛苦。希望可以。

「瑪莉過世前，是不是從你的手臂抽了血？」

蕾諾拉敲了兩次，證實了我對於她左手臂內側瘀青的猜測。

「她有沒有跟你說原因？」

敲一下。

「可是她知道孩子的事情，對吧？你跟她說的？」

敲兩下。

「你也告訴她是誰殺了你的父母跟妹妹。」

她又敲了兩下，這回速度慢了點。

「你為了某種理由，還沒有跟我說。」一定是這樣。她幾乎三天沒打出半個字。明明可以在這段期間內揭露一切。該死，她明明可以在我來此的第一晚就這麼做。只要打出一個句子就好。

「你打算告訴我嗎？」

蕾諾拉猶豫了，她的左手懸在半空中，彷彿是不確定答案是什麼。我也有同樣的感受。同樣懸在半空中。同樣不確定。無論我有多需要得知真相，我也很清楚自己的處境有多危險。如果被其他人發現蕾諾拉終究還是告訴我一切，我有可能落入跟瑪莉一樣的下場。

我望向山崖邊緣。那裡沒有欄杆，只有一片垂直接到海面的峭壁。蕾諾拉也意識到它，即使她躺在這裡看不到。要忽視它的存在是不可能的。它吸引我們靠近，要我們撞著膽子往下看，面對命運的誘惑。

我總算醒悟這是我抵達荷普莊園後一直在做的事。一點一點接近禁忌。凝視我不該看的事物，刺探不該提起的過往。全都出自於錯誤的期望，希望藉由證明蕾諾拉的無辜，或許別人也會相信我是無辜的。

她的左手終於敲中地面。

只有一下。

不。

怒火燒遍我全身。「可是你答應了。」

蕾諾拉後悔似地皺眉。我才不管。我們約好了。我帶她外出——這可不容易——而她終於要告訴我一切。我絕對會盯著她實現諾言。

「你要達成你提出的條件。」

蕾諾拉堅決地敲了地面一下。

「對。就是現在。」

蕾諾拉的拳頭穩穩地敲打草地，清楚表明她的立場。不、不、不。我站起來，無視她的反對，即使我知道她不想告訴我的理由很明顯。

瑪莉。

她失蹤的行李箱。

她半埋在沙灘上的屍體。

瑪莉跟我的處境最大的差異是她要帶走蕾諾拉的故事時，身旁還有其他人，她誤以為夜色能保護她。可是此時此刻，在光天化日之下，荷普莊園裡沒有別人。只有我跟蕾諾拉，還有難得的大好機會，可以終結我們開啟的一切。

我準備最後一次面對命運的誘惑。

而無論蕾諾拉意願如何，她都不能在這個節骨眼跳車。

我跑回屋裡，從工作樓梯上樓，一腳跨過兩格梯階，撞進蕾諾拉房間。我從桌上抽了一張白紙，捲進打字機的紙匣。因為蕾諾拉可能不只用到一張，我把一大疊紙堆在打字機上，連同打字機一把抱起。

抱著打字機下樓比扛去蕾諾拉床上還難。漫長的距離對我的手臂施壓，每跨出一步路，打字機感覺就變重一點。為了防止那疊紙滑落，我垂下頭，用下巴充當紙鎮。到了工作樓梯前，我發現自己看不到前面，只能慢慢往下走，摸索下一個落腳處。途中我一個沒踩好，撞上已經出現裂縫的牆壁，把石灰牆板敲下一塊。我踩過碎片，來到一樓。

解決了樓梯，我穿過廚房，懷裡的打字機越來越重，手臂像果凍般虛軟。雙腿也是。來到用餐室，發現剛才沒有關上落地窗，我鬆了一大口氣。至少不用對付這個關卡。我又累又喘，抱著打字機來到露台。

蕾諾拉在這裡。

我明明把她留在草坪上，然而她卻出現在露台，坐在輪椅上，眺望大海。

「你怎麼——」

看到他們，我的聲帶頓時喪失作用。

貝克太太跟阿奇，卡特跟潔西。他們全都站在露台的一端，表情跟他們的性格一樣各異奇趣。卡特一臉關切，潔西露出輕微的訝異。阿奇毫無表情。至於貝克太太呢？她氣瘋了。

罪證確鑿。我放低打字機，空白的紙頁被微風吹起。我看著它們在露台地面打轉滑翔，然後高高飛起。

飛越欄杆。

飛下山崖。

飛進翻騰的大海。

我們的家庭醫生瓦爾登大夫說得清清楚楚，要不是當時我進了母親房間，她一定保不住性命。無法說明的是她喝光鴉片酊究竟是純屬意外，還是刻意為之。其他人都信誓旦旦地說是意外。只有我認為母親打算結束自己的生命。在那件事之後，母親陷入沉默，讓一切更加撲朔迷離。

不知道瓦爾登大夫是蠢還是貪，他持續開鴉片酊給我母親，說一口氣完全戒除會帶來更大的傷害。他建議慢慢減少用量。

因此，什麼都沒變。荷普莊園的生活很快就恢復常軌。母親繼續在她的房間裡凋零，父親頻繁外出辦公，妹妹假裝一切如常，拿滿滿的社交活動填滿時間。

起了改變的只有我。九月底，我的懷孕徵兆越來越明顯。能瞞這麼久要歸功於我的用心，以及其他人的不在意。

但時限將至。我知道再過不久想瞞也瞞不住。我執意要向家人保密到最後。

只是我自己一個人能做的有限。食物就是個問題。我一天到晚胃口大開，使得體重增加得太過明顯，連漠不關心的父親都注意到了。他嚴格限制我的飲食，到了連一般人也受不了的地步，更別說是還得多餵飽一個人的我。除了阿奇，我還需要別人幫我偷渡合適的食物。

衣服也是一樣。母親的女僕不斷幫我加大連身裙，每次的請求都得不到好臉色。我需要更能藏肚子的新衣服，不可能溜出去自己添購。得要有人幫我跑腿。

還有我的健康狀況。自從懷孕後我就沒看過大夫。每天晚上我擔心得睡不著覺，生怕孩子出了什麼差錯而我完全不知道。可是我不敢找瓦爾登大夫檢查。我需要不同的大夫。陌生人。願意替我保密的人。

若是我跟妹妹感情融洽，我一定會向她求助。可惜我們一點都不親近，我總覺得這個可憎的事實大多是我造成的。但其實不是任何人的錯。我們差得太遠了。兩人個性之間的鴻溝深到無法跨越。我像我母親，老是感受太多、想要太多、需要太多。妹妹則是像父親，她也有渴望和需求，但通常要以膚淺的娛樂來滿足。名車和華服，以及得到同樣目中無人的傢伙的社交肯定。他們除了野心之外沒有任何情緒。

我無法依靠妹妹，只能向某個家中僕役求援。謹慎的人。知道如何保密的人。

我想到的唯一人選，相信大家都料不到。

我父親的情婦。

因此在九月的最後一天，我站在屋子南側的走廊上。父親前一天從波士頓回來，展現前所未見的疲態。他的壞心情延續到晚餐桌上，他跟我妹妹享用全套大餐，而我只能插起他指定的沙拉，他要我「恢復青春曼妙的身材」。

晚餐後，他退進陽光室。幾分鐘後，我跟了上去，悄悄來到走廊盡頭。陽光室關起的門後冒出聲響。父親低沉的笑聲和女性尖銳的笑聲。不是我母親的笑聲。就算聽起來一樣，也絕對不是她，因為她目前正在樓上的臥房裡，八成又喝了一大口鴉片酊。

暮色讓走廊一片陰沉。走過來的路上，我幾乎看不清那四幅肖像畫。這樣最好。我完全沒有欣賞它們的欲望。

父親。母親。兩個乖女兒。

全都是謊言。

在陽光室門外，我憋住呼吸，生怕輕微的吐氣聲就會洩漏我的行蹤。我聽見父親呻吟喘息，為他的獸慾作嘔。我這才想到跟里奇在一起時，他也發出過同樣的聲音。後來我才領悟到男人都是一個樣子。無論貧富胖瘦老少。他們的欲求原始到可笑的地步。

等到激情的呻吟停下，我快步躲進書齋，假裝在看書，以防父親路過時進來探看。他當然沒有。他只是邁開大步，饜足地朝屋子其他區域前進。

一聽到他的情婦離開陽光室，我立刻跳起來，奔向門邊，準備攔截她。

我以為會撞見像莎莉那樣豐滿美豔的新人女僕，甚至是尖酸刻薄的貝妮絲．麥修。然而踏出陽光室、撫平裙子皺摺的女性，是我認定最不可能跟我父親有這種牽扯的人。

我嚇得無法動彈，只能站在走廊中間直瞪著她。她也瞪著我，同樣訝異。

「是你？」我問。

「對。」貝克小姐疲憊地吁了口氣。「是我。」

# 第三十一章

打字機沒了。

當最後一張白紙飛起，貝克太太從我懷中接過打字機。起先我還天真地以為她想幫我。或者至少要從我手中奪走打字機後再來好好痛罵我怎麼帶蕾諾拉到戶外。沒想到她竟是默默地抱著打字機橫越露台，紙匣裡孤單的紙張在微風中啪啪翻飛。

接著，她悶哼一聲，雙手一抬，將打字機拋過欄杆，消失在視線範圍中。

我倒抽一口氣，潔西驚叫，就連蕾諾拉也做出反應，左手伸到最長，彷彿試想藉此挽救那台打字機。

貝克太太心滿意足了，拍拍雙手，大步走向落地窗。經過我身旁時，她只說：「送荷普小姐上樓，回她該待的地方。」

卡特幫了我的忙，雙臂抱起蕾諾拉，走上主樓梯，我則是拖著輪椅一格一格往上爬。進了蕾諾拉的房間，他輕輕將她放上輪椅，轉身面向我。

「你想接下來會怎樣？」

「我想我會被解僱。」我說。這是唯一合理的結果。不過負責解僱的不是貝克太太。這種事她會交給葛連先生，相信他會喜出望外，終於能把我踢出他的公司。

「靠。」卡特說。「琪特，我很抱歉。都是我的錯。」

其實是我的錯。我知道規矩，卻為了追求答案而不惜違規，而現在沒了打字機，我再也得不到答案了。觸犯禁忌只換來可能幫得上卡特的些許情報。今天唯一的好事。

「蕾諾拉有生下小孩。」我把他拉進我房間，關上相連的門，不讓蕾諾拉聽見。「是男孩。她證實了。」

「他後來怎麼了？」

「她不知道。蕾諾拉只能告訴我他們把孩子從她身旁帶走。」

卡特坐上我的床，努力釐清來龍去脈。不只是蕾諾拉承受的苦難或是背後的殘酷行為，這些情報也支持他認為自己是她孫子的猜測。

「那我可能沒想錯。」他說。「蕾諾拉跟我可能有血緣關係。」

「確實有這個可能性。」

我坐到他身旁，我們的肩膀相觸。「抱歉，我沒辦法查到更多。」

卡特歪著嘴唇笑了笑，過去幾天來，我有點迷上他這個表情了。「別說傻話。要是沒有你，我不可能知道這些事。」

「可是既然你知道了，那就要小心。殺了瑪莉的人還在這裡。」

「或是莊園外。」卡特說。

有可能，但我不這麼認為。我更加確信殺害瑪莉的兇手就是荷普莊園裡的人。

特別是那個即將叫我打包回家的婦人。

然而我等了又等，從下午熬到晚上，還是不知道自己要受到什麼處置。等到阿奇幫我跟蕾諾拉送晚餐上樓。等到我幫她磨碎藥丸混進食物、幫她做循環活動跟洗澡，一直沒有任何消息。安排蕾諾拉就寢時，我注意到她的視線閃向書桌。少了那台打字機，桌面看起來好大、好空。

床邊的櫃子也是如此，少了原本放在上頭的雪花球。現在只剩那台隨身聽，很可能就是蕾諾拉下一個要失去的東西。她已經失去那麼多了。

「我很抱歉，蕾諾拉。」將緊急按鈕放進她左掌心時，我說：「我知道你有多喜歡它。真希望有機會能聽完剩下的故事。」

雖然說不上是正式的道別，感覺確實是如此。相信我明天早上就不在這裡了——或是更快。我猜還留著我的唯一原因是貝克太太正在說服葛連先生再派一名照服員給蕾諾拉。對方一定跟我不同，有權拒絕這份工作。

我想我再也見不到蕾諾拉了，我拍拍她的手。「很開心可以來到這裡照顧你。希望接替我的人能讓你快樂。」

說完，我就離開她房間，關好相連的門扉。現在我只要打包個人物品，等待宣判的時刻到來。其實也沒什麼好整理的。我還沒把瑪莉的物品換成我的。書本還在紙箱裡。我的行李箱裝滿衣服，擱在五斗櫃上。只要拿走床底下的上鎖藥箱，進浴室收好盥洗用品，再把我的制服換成穿來這裡的衣服就行了。

先從藥箱開始。我從床頭櫃拿出鑰匙，跪下來，從床下抽出藥箱，開鎖，掀開蓋子。裡面是蕾諾拉的藥瓶——除此之外什麼都沒有。

那些打字稿全都不見蹤影。

我匆忙跳起來，推開房門，氣沖沖地下樓到廚房找貝克太太，工作樓梯被我踩得微微震動。

我在用餐室發現她獨自坐在巨大的餐桌旁，面前擺了一瓶剛開的葡萄酒。房裡燈光昏暗——唯一的光源是壁爐裡小小的火焰。伸縮不定的火光打在貝克太太的酒杯上，當她舉杯啜飲時遮住她的雙眼。

「在哪裡？」我問。

「親愛的，你要問得更具體一點。」

「蕾諾拉跟我一起打出來的紙張。」我咬牙切齒。「我知道在你手上。」

「曾經，親愛的。」貝克太太說。「曾經在我手上。」

她朝壁爐比劃，幾片燒焦的紙屑圍繞在爐中唯一的薪柴四周。我瞥見其中一張紙片上的印刷文字被火焰吞噬了一半。我踉蹌後退，撞上一張餐椅，椅子在地板上敲出清脆的聲響。

「你沒有權力這麼做。」我說。「那些紙是我的。」

「上頭的文字屬於荷普小姐，也就是說它們由我管理。」貝克太太又饜足地喝了一口酒。「打字機也是。」

「你不需要摧毀它們！」我大喊，字句從我口中衝出。反正我都要離職了，沒有必要控制怒氣。貝克太太遠遠比我冷靜，她朝著翻倒的椅子點點頭，說：「陪我坐一會，琪特。現在我們該好好聊一聊了。」

我繼續站著，再次違背她的指令。

「隨便你。」她聳聳肩。「我想你認為自己會被解僱。」

「對。」現在也沒必要撒謊了。

「如果你執意要走就走吧。沒有人逼你留下來。」

「可是你沒有要我離開？」

「沒有，親愛的。但我想知道帶荷普小姐外出是誰的主意。」

「她的。」

「我想也是。老實說我一點都不意外。荷普小姐很有……說服力。她能說服你違背我明確的要求也是很合理的事。」

「你的要求。那蕾諾拉的意願呢？」

「那是同一回事。」貝克太太放下酒杯，指腹繞著杯緣打轉。「雖然你顯然不贊同我的方針。」

「沒錯。」

「就算是為了荷普小姐好？」

「是嗎？」我問。「你把她囚禁在自己的屋子裡。她沒有朋友。沒有訪客。只能見到收錢來照顧她的人。拜託，你甚至不讓她外出。就連囚犯——真正的囚犯——都有放風時間。」

「要是讓她出門，你認為她將面對什麼？只有恨意、批判、無法擺脫的懷疑。這個世界對被控犯下暴行的女性並不仁慈。你應該最清楚這點。大家不是拿你母親的事情來評定你嗎？」

我震驚到站不住，最終還是坐下了。不是坐上那張椅子，而是跌坐在旁邊的地板上，壁爐就在不遠處，劈啪作響的火焰高溫刺痛我的皮膚。但沒有任何事物比在我體內灼燒的羞辱還要燙。

「你多久以前知道的？」

「在你抵達之前。葛連先生認為他有義務通知我。」

這是當然了。我相信他也認為這會破壞我來這裡工作的機會——或是到任何地方工作。只是我不懂為什麼他的技倆沒有成功。

「既然你都知道了，怎麼還讓我來這裡？」

「因為我覺得你跟荷普小姐會很合。」貝克太太說。「我沒有想錯。你了解她。而且你甚至還挺喜歡她。」

她的評語讓我腦中一片空白，主要是因為連我自己都不確定是否懷抱著這樣的情感。有時候我喜歡蕾諾拉。在其他的時刻，她令我害怕，或是讓我萬分挫折，或是滿心憐憫，然後又回到想喜歡她的循環上。

「你可以承認事實。」貝克太太說。「只要順了荷普小姐的意，她可以顯得無比迷人。不過醜話說在前面——你在她心中什麼都不是。我知道你認為你佔了一席之地，認為你與她之間有其他護士沒有的牽繫。並沒有。幾十年前，她也做過這種事。我想你很清楚，她比外表看起來還要聰明。甚至有人說她狡猾。」

我點頭，這些描述符合我的體驗。蕾諾拉利用沉默和靜止來佔人便宜，隱瞞許多事，只透露一點點。因此，從她身上獲得的每一個小細節都會讓人想知道更多。

**我想告訴你一切**

這是我來這裡的頭一天晚上，蕾諾拉打給我看的句子。在那之後，我便對她掌握的情報飢渴不已，願意為此打破每一條規矩。就算過了一個禮拜，我幾乎一無所知，但我還是樂此不疲。

「那你覺得她是怎樣的人？」我問。

「控制狂。」

儘管貝克太太像是品味美酒般地咂咂嘴，語氣卻透出完全不同的情緒。

反感。

「如果可憐的瑪莉是因此做出那種事，我也不意外。」貝克太太繼續道。「荷普小姐讓她覺得自己被人需要。讓她覺得自己很特別。等到瑪莉領悟到真相並非如此，她忍不住做出我們難以想像的行為。」

維克警探的聲音在我思緒中迴盪，念出疑似瑪莉遺書上的內容。

「很抱歉，我不是你以為的那個人。」

他也跟貝克太太透露了這項線索嗎？她真心相信瑪莉是自殺？我努力分析她的表情，尋求她的真意，但我完全看不出端倪，再加上她的酒杯持續反射火光，更是無法讀出她的想法。

「你為什麼留在這裡？」我問。

「這個問題挺大膽的。」

「我希望你能回答。既然你這麼恨蕾諾拉，為什麼還要待在這裡？」

「要是我恨她，我早就離開了。沒有我，這個地方很快就會崩解。」

我想到灑落滿地的屋瓦、工作樓梯牆上的裂縫、那塊落入海底的草坪。「或許你還沒注意到，這裡真的快崩解了。」

貝克太太傾斜酒杯，一口飲盡。「假如沒有我坐鎮，這裡早就是一片瓦礫。我使勁渾身解數維持這棟屋子。一點一點變賣屋裡的東西來支付維修費用。我隨時都可以一走了之。可是荷普小姐需要我。我留下來單純是出自忠誠。」

「忠誠也有限度，你還有其他留下來的理由，對吧？」

「就知道你腦袋轉得快。」貝克太太這句話說得像在反諷。「是的，我們談好會給我某些好處。那是荷普小姐跟我好幾年前達成的協議。假如我能保住這個地方，等她死後，莊園就是我的了。」

「全部嗎？」

「土地。屋子。屋裡的一切。」

我身旁的爐火正迅速熄滅，貝克太太的酒杯總算不再閃著火光。隔著鏡片，餘燼似乎照進她那雙藍眼，映出鮮明色彩。我凝視她的雙眼，感到坐立不安，猜想她是否察覺到這個計畫是多麼脆弱。只要有人站出來否定這項協議。比如說蕾諾拉的孫子。

我想提起我知道蕾諾拉生過小孩的事情。但還是沒有開口，因為跟阿奇一樣，我不認為貝克太太會坦誠。而且我也沒有理由把自己變成箭靶。

說不定我已經是了。

貝克太太透露她將繼承荷普莊園，我忍不住心想她會不惜一切保住某些祕密。她有殺害瑪莉的重大動機。

貝克小姐泡了兩杯茶，帶我回到陽光室，要跟我「好好聊一聊」。彷彿我們各自的角色毫無改變。我依然是學生，她依然要負責教我成為跟她一樣的淑女。似乎只有我看出這有多荒謬。我已經知道她幾分鐘前跟我父親在這間陽光室裡做過什麼事。

「要從哪裡開始聊？」她說得像是我們都有光明正大的理由似的。才怪。

「你可以先告訴我為什麼。」我說。「為什麼是我父親？你愛他嗎？」

貝克小姐幾乎憋不住笑聲。「不，孩子，我們的所作所為只是利益交換。我付出他想要的，他拿一點小禮物來回報我。」

換句話說就是錢。貝克小姐成天教導禮儀與得體的行為，但她本人不過就是個高級妓女。對她的厭惡肯定是反映在我的表情上了，因為她冷冷接著說：「大小姐，你沒有資格評斷我。像你這樣一生下來就享盡榮華富貴的人不會知道我們其他人怎麼過活。我們得要活下去。特別是我這種未婚女性。我只是在為自己的未來著想。」

「不惜一切代價？」

「只要能得到最好的結果。」貝克小姐往後靠上椅背，以眼神姿態提出挑戰，看我敢不敢再說出半句批評。「你只想說這個？想找我對質？想羞辱我？」

「不。我只想給你看這個。」

我站起來，拉緊連身裙的布料，側過身，讓貝克小姐看清我膨脹的肚子。

「天啊。」她把茶杯放回茶碟上，雙手顫抖，杯子敲出細細的聲響，回到她身旁的桌面。「多久了？」

「六個月。」

「父親是？」

「我不會告訴你。」提到里奇的風險太高。要是讓貝克小姐知道了，她可能會告訴我父親，而我父親肯定會把他趕出莊園。如此一來，里奇跟我就沒辦法繼續存錢，達成我心心念念的願望——逃離這裡。

「他強迫你嗎？」貝克小姐問。

我滿臉通紅，搖搖頭，看著地板，羞愧到無法面對她。

「原來如此。」貝克小姐清清喉嚨。「他知道你的……處境嗎？」

「對。」

「他有什麼打算？」

「娶我，以示負責。」我的答案令貝克小姐發出可悲的笑聲，聽得我忍不住瑟縮。

「你真的還是個孩子。」她說。「好人一定會克制自己。或者至少做好預防措施。」

前一刻響徹陽光室的笑聲仍舊令我心頭刺痛，我狠狠瞪著她，說：「那我父親呢？」

貝克小姐一僵。「你到底要我做什麼？」

「幫我。」

我列出現在需要的各種協助，從採購孕婦裝到取得足夠的食物。這些需求將持續到里奇跟我要逃跑時。最後我說這一切都要祕密進行。

「這不是小事。」貝克小姐說。「你為什麼認定我會願意幫忙？」

「如果你不幫的話，我就全部告訴我母親。」

貝克小姐的嘴角勾起殘酷的笑容。「你母親已經知道了。」

「那我就告訴貝妮絲．麥修。」我很清楚她是最愛聊八卦的僕人。「關於你跟我父親私底下做的勾當。只要消息傳出去，祝你能找到下一份指導禮儀的工作。大家都會知道你是什麼樣的淑女。」

貝克小姐猛然站起，活像是要甩我一巴掌，或是衝出門外，或是兩件事都做。我猜她沒有出手或離開的唯一原因是她知道自己進退維谷。

「我會幫你。」她終於回應。

我們握了手。她承諾明早就出門去幫我買衣服，接著是安排信得過的大夫。我告訴她阿奇已經答應每一餐多幫我準備一盤食物，將會交給她送進我房間。

「還有誰知道這件事？」貝克小姐問。

「只有阿奇。現在多了你。」

貝克小姐沒有提到我妹妹或是我母親。她在荷普莊園待得夠久，已經看出這兩個人絕對幫不上忙。

我們各自離去時，新一波的樂觀油然而生，我的計畫確實奏效了。當然還要格外小心，或許還要一點運氣。但我腦中久違地浮現一條道路，帶著我離開荷普莊園，離開我的家人，跟里奇和我們的孩子共度快樂光明的未來。

唯一沒料到的是無論有多謹慎，我終究是得不到命運的眷顧。

當我跟貝克小姐握手時，與我交易的其實是惡魔。

# 第三十二章

我離開用餐室時，貝克太太又倒了一杯酒。葡萄酒流入杯中的液體聲伴隨著我穿過廚房，接著是響亮低俗的啜飲聲傳到工作樓梯前。上樓途中，我試著拼湊她可能用了什麼方法殺害瑪莉。

首先，貝克太太聽到蕾諾拉告訴瑪莉那些往事的風聲。最大的可能性是她剛好經過，聽見打字聲，察覺發生了什麼事。她甚至可以趁夜溜進去看看蕾諾拉的打字稿。

說不定貝克太太也知道卡特想證明他是蕾諾拉的孫子，顯然她緊緊盯著荷普莊園裡的一切動靜。她花在監視上的時間應該超過其他所有的事務。因此她識破瑪莉跟卡特的計畫的機會很大。

然後，在瑪莉帶著行李箱離開大宅那晚，貝克太太出手了。

一邊走樓梯，我甚至可以想像當時的經過。

瑪莉提著裝了數十張打字稿以及蕾諾拉血液樣本的行李箱在露台上奔跑。

貝克太太從屋子的陰影中竄出。

她動作很快。

抓住行李箱。

破壞把手。

推了瑪莉一把。

或許貝克太太無意殺害她。或許她只是想讓瑪莉稍微失去平衡，好把行李箱搶過來。但終究還是釀成大禍。瑪莉翻過欄杆，活活摔死，曝屍數日。貝克太太別無選擇，只能告訴大家瑪莉在半夜匆忙離開。

我知道這只是猜想。正如我知道真相很可能遠遠偏離我的瘋狂想像。我甚至知道貝克太太有可能跟瑪莉的死毫無關係。

我唯一能確定的只有瑪莉要離開荷普莊園時帶著行李箱。

而現在持有那個行李箱的人八成就是兇手。

貝克太太的嫌疑最大。

來到二樓，我衝動地快步走過我的房間跟蕾諾拉的房間門外，停在貝克太太房門前。我稍微試了下，門把在我手中轉動，一鬆手門就往內盪開。就算知道這是因為整棟房子往海邊傾斜，我忍不住認為這是邀請我進房的意思。

我看看走廊左右，確定四下無人。

深吸一口氣，低聲祈禱後，我溜進房裡。

我反手關上門，停下來環視整個房間。跟蕾諾拉的臥室形狀大小一致，唯一的差異是沒有與別的房間相連，浴室的位置在房間另一側，像是蕾諾拉臥室的鏡射版本。

房裡有兩盞燈亮著。幸好。這樣我就不用花時間開燈，離開前還得記得關燈。一盞是床頭櫃上的檯燈，照亮貝克太太整整齊齊的床鋪。第二盞是角落的立燈，讓我看清房間另一側。我看到一座五斗櫃，一張古董梳妝台，上頭架著橢圓形鏡子，以及跟蕾諾拉房間相似的櫃子。上頭擺的不是隨身聽，而是一台留聲機，連著百合花形的喇叭放大音樂聲。

我迅速又安靜地拉開五斗櫃抽屜，往櫃子裡面看，沒有找到任何特別的東西。空間都太小了，放不下行李箱。就算貝克太太取出箱內的打字稿，我猜它們的命運也跟蕾諾拉和我打的那些紙一樣。至於蕾諾拉的血液樣本呢，可能同樣遭到摧毀。

為求謹慎，我坐在梳妝台前，翻過每一個抽屜，裡頭都是些零散飾品、幾管滾來滾去的口紅。桌面上的相框內是一對年輕夫妻在艾菲爾鐵塔前的合照。雪花落在他們頭上，兩人一同縮在男子的大衣下。我猜照片中的女子就是貝克太太，只是比現在在樓下灌酒的那個人年輕五十歲。她們的眼睛、鼻子、下巴線條都一樣。但除此之外就沒有任何相似之處。照片裡的她頂著用電棒燙出的髮型，掛著誠摯燦爛的笑容，我從沒在貝克太太臉上看過這種表情。

照片裡的男子高大英俊，大約比她年長十歲。我猜他是貝克太太在我抵達那天提到的未婚夫。從兩人相似彼此的神情來看，他們肯定深愛著彼此。

我移到房間另一側，這裡更有可能藏著我要找的東西。床底下。雕花衣櫃裡。我從浴室的洗手台下找起，什麼都沒有。稍稍打開衣櫃的櫃門，同樣徒勞無功。裡面掛著一排黑色連身裙，幾雙實穿的黑色鞋子在下方排得整整齊齊。

最後一站是床舖周圍。床頭櫃上放了另一個相框，照片中的男子跟梳妝台上那張是同一人。這張照片裡只有他，身穿軍裝，英姿煥發。

我四肢著地，跪趴在地上檢查床底。這裡沒有行李箱，只有幾個鞋盒。我抽出其中一個，打開來看，小心地沒在佈滿灰塵的盒蓋上留下明顯痕跡。鞋盒裡裝的是更多照片。我迅速翻閱，看到年輕時的貝克太太身處各種情境。穿著緞面禮服，舉起香檳杯敬酒。與另外兩名女子手挽著手走在街上，三人張嘴歡笑。全裸躺在像是畫室的躺椅上，只用兩把羽毛扇巧妙地遮住重點部位。

這些物品象徵貝克太太曾經在荷普莊園外度過一段人生。看起來是很愉快的人生。真想知道她有多想念那段時光，有多想要再次過上那樣的生活，為了實現願望，她能做到什麼地步。

我把照片收回盒子裡，蓋好蓋子，塞回床底下。第二個鞋盒裝的不是照片，而是滿滿的收據和結清的支票影本。上頭都有蕾諾拉的簽名，但顯然是出自貝克太太之手。

我握起一把，一張張翻看。

電費帳單。按月支付，雖然有幾期遲繳，今年稍早還收到一封斷電警告通知。

採購生活用品的帳單。固定在每星期二支付，物資也都在那天從鎮上送達。

盒底是一疊開給海景護理之家的支票。每個月一千元，至少持續了十二年。

我當然聽過這間機構。它是鎮上唯一的長照護理之家，甚至在葛連先生讓我停職時去那裡應徵看護的工作。他們說我這樣是大材小用，聽起來更像是羞辱，不如直接明說——以我的過往紀錄，他們認為僱用我就像是請狼來看守羊群。既然蕾諾拉住在這裡受我、瑪莉，還有許多位前任護士照顧，我不懂貝克太太為什麼要付錢給護理之家。

還沒看完這些支票，走廊上的動靜吸引了我的注意。

腳步聲。

從樓梯口傳來。

幾乎到了這個房間外。

我甩上盒蓋，將鞋盒塞回床底，然後跳起來，匆忙逃向……我不知道能逃到哪裡。

這個房間沒有其它出口。如果貝克太太要回房，我不能直衝門口，唯一想得到的躲藏處是浴室，但她很可能一進房就往那裡走。我準備束手就擒——這回肯定要被解僱了——準備舉手擺出投降姿勢。

這時我瞄到衣櫃。

我想也沒想，衝過去打開櫃門，倒退著踏進去。我縮在一模一樣的黑色衣物之間，在房門敞開的同時拉上櫃門。

我從櫃門間的隙縫往外看，看到貝克太太進房。看她搖搖晃晃的腳步，我猜她剛才在短時間內灌下整瓶酒。她晃到留聲機前，開啟機器。唱針一放下，音樂聲響徹整個房間。

「讓我們胡作非為。」

貝克太太醉醺醺地高唱，從喉嚨深處擠出每一句歌詞。

「獨自……沒有人陪。」

她的腦袋隨著音樂上下晃盪，雙手在半空中揮舞，歌聲越來越響亮。

「可以……為所欲為。」

她一屁股坐到梳妝台前，拉開我幾分鐘前開過的抽屜，取出一條口紅。

「世界……沉睡……胡作非為！」

看著自己的鏡影，貝克太太往下唇塗口紅，顫抖的手把口紅塗到唇線外，她用大拇指抹去，卻弄得更糟。紅痕沾上她的臉頰。貝克太太自顧自地格格輕笑，靠向前去，凝視自己醉意朦朧的倒影。

她突然注意到鏡子裡的某個東西。從她的視線射向她右肩後方的範圍就知道了。衣櫃。

貝克太太轉過身，面對衣櫃。從我的角度來看，她就像是直直盯著我。我憋住呼吸，除了注視之外什麼都做不到。

看貝克太太把口紅放到梳妝台上。

看她站起來。

看她蹣跚地往衣櫃走了一步。

她的第二步好多了，第三步更加平穩。彷彿她每走一步酒意就消散些許。當她抵達衣櫃前，她看起來清醒極了。朝我伸出手的是平時鐵石心腸的貝克太太。

她的手摸到衣櫃門。

即將一把拉開。

我貼上衣櫃後側，知道下一秒就會被她逮個正著，踢出莊園，被迫回到那間屋子裡，面對認定我弒母的父親。然而就在貝克太太打開櫃門前，唱機突然跳針。音樂換成響亮低沉的隆隆聲。這個聲響傳遍整棟大宅，從一樓開始往上移動，越來越大聲。

我知道那是什麼。

貝克太太也知道，她臉一沉，神情擔憂。

隆隆聲之後是爆裂、碰撞的聲響，以及幾次劇烈震動。聽起來像是有什麼東西砸進屋裡。躲在衣櫃的我猛烈晃動，有如被人丟下的棺材裡的屍體。一扇櫃門彈開，貝克太太的黑色連身長裙在我身上掃來掃去。

但她沒看到我。她已經打開房門，往走廊看去，一隻蒼老的手扶著牆面，整座荷普莊園上下晃動。

這陣騷動來得急，停得也快。

聲響。

晃動。

現在只剩寂靜與停滯。

貝克太太離開房間，前去確認究竟在什麼地方出了什麼事。屋裡其他人的反應也一樣。我聽見樓上的腳步聲，某人慌張地走工作樓梯下樓。

我繼續縮在衣櫃裡，心跳高達一百。貝克太太的連身裙還在我頭頂上擺盪。我等到它們靜止下來才爬出衣櫃，快步來到蕾諾拉的房間。她當然醒著，神情驚慌，能動的手握住緊急按鈕。從相連的門扉彼端傳來警報聲，我房間裡紅光閃爍。

「我在這裡。你沒事吧？」

蕾諾拉丟下按鈕，在被單上敲了兩下。她的視線閃向房間角落，有個人站在那裡，而我到現在才注意到他的存在。

阿奇。

他拉開窗簾，往露台眺望。「看來是下面。」他說。

「什麼在下面？」

阿奇總算轉頭面對我。「損害的區域。我們應該要下去看看。」

我已經知道發生了什麼事。荷普莊園離墜入海中又近了一步。

「你在蕾諾拉房裡做什麼？」我問。

阿奇跟我凝視彼此的眼中都透出警覺與狐疑。想到先前母親生病期間我陪她看的一部電影。兩個小賊想對同一座宅邸下手，不斷扯對方後腿，被迫決定是否要與對方聯手。最後他們決定信任彼此。阿奇做出同樣的決定。

「我來說晚安。」

「這是從什麼時候開始的習慣？」

「從荷普小姐一開始生病的時候開始。」阿奇說：「每天晚上，我都會過來看看她是否安好。」

「我們出去吧。」

我真正的意思是想在蕾諾拉聽不見的地方談話。阿奇點頭，跟我來到走廊，屋子的傾斜程度顯然更嚴重了。明明我才差不多習慣了先前的斜度。

「每天晚上？」我問。「你之前跟我說你跟蕾諾拉已經不親近了。」

「我指的是不像以前那麼親近。」阿奇說。「這是真話。我們的關係隨著時間轉變。我沒有展現出來並不代表我不在乎荷普小姐。琪特，我們站在同樣的陣線上。我們都是來守護她的。只是用了不同的方法。」

「我怎麼都沒看過你來拜訪她？」

「因為這算是我們的小祕密。只有我跟荷普小姐知道。相信你能理解。」

阿奇停頓一下，似乎是在等我分享我的祕密。我拒絕配合。因為那部電影裡的小賊明明決定要信任彼此，最後其中一人卻背叛了另一人。我才不想落得同樣的下場。

「你都在什麼時間過來？」

「通常比荷普小姐就寢後稍晚一點，然後我就去睡覺。」

我們緩緩走下工作樓梯，從牆面脫落的石灰碎片在我們鞋底沙沙作響。

「你曾經在深夜去見她嗎？」

「沒有。」阿奇說。「我習慣早起，沒辦法撐到那麼晚。」

他語氣真誠，我幾乎要相信他了。不過他先前謊稱蕾諾拉沒有懷孕時也是同樣真誠。此時此刻，我認為他說實話的機率有百分之七十五。如此一來，我來這裡的第一晚從外頭見到的灰影應該就是阿奇。

我不太確定深夜弄出雜音的人是不是他。

或是從相連的門下掠過的影子。

或是蕾諾拉推託是維吉妮雅打出來的訊息。

「你知道有沒有其他人會固定在夜裡潛入蕾諾拉的房間？」

「沒有吧。」阿奇含糊的語氣讓真實度降到百分之五十。「我相信沒有這種事。」

「而我相信確有其事。」我停下腳步。「你為什麼不告訴我？那時候我告訴你蕾諾拉說她妹妹——她死掉的妹妹——在她房間裡打字，你看起來一點都不意外。為什麼？」

「因為那太荒謬了。」

「或是因為類似的事情這幾年來反覆發生。」

阿奇想再往下走一階，但我擋在他前面，往左右伸長雙臂，掌心貼住樓梯間裂開的牆壁。

「蕾諾拉說的是真話嗎？」

這件事光想都覺得荒謬，更別提說出口了。但阿奇的反應——輕微的瑟縮，接著刻意收起表情——說明我觸及某個關鍵了。

「你不知道的事情太多了。」他輕輕將我的手從牆面挪開，側身繞過我。「那些事情你最好別知道。」

「所以是真的囉？維吉妮雅的鬼魂真的在荷普莊園徘徊？」

阿奇沒有直視我，繼續往下走。「徘徊不是恰當的字眼，但沒錯，可以在這裡感受到她的存在。在荷普莊園，過去一直都在。」

我跟他進入廚房，看起來大致上沒有受損，只有幾個大小鍋子掉落，一個罐子摔破了。用餐室的壁爐上方出現一道長長的裂縫，往天花板延伸。兩扇落地窗都開著，清爽的晚風和其他在外頭的人刻意壓低的嗓音飄進來。

我們來到露台，貝克太太、卡特、潔西都貼在靠近屋子這一側。起先我不知道他們為什麼要這樣。

然後我看到了。

更多屋瓦散落在露台上，還有一堆磚塊，我猜是煙囪的殘骸。在這團混亂之間，距離屋牆大約五呎處，一道斷層線貫穿整片露台。

要是往那條線外踩一腳，說不定會讓山崖、露台，或許連同整座宅邸一起滾入海中。

# 第三十三章

隔天早上天剛亮，我們聚集在露台上，確認損壞的範圍。就算半夜有人進過蕾諾拉房間，我也什麼都沒聽見。我的注意力全放在拍打山崖基底的海浪聲，聽它一吋一吋吞噬山崖。躺在黑暗中，聽著浪花規律的翻攪，我不斷思考離整棟大宅崩落還剩多少時間。從露台的狀態來看，肯定撐不了多久。

在陽光下，露台的受損程度看起來更加嚴重，初升的太陽照亮橫跨露台的裂痕。大約兩吋寬，深不見底，一路劃過左側台階，切開枯涸的游泳池。一路上都是破裂的大理石地磚，許多翹成參差的角度。

貝克太太戴著眼鏡打量這一切，她的眼神疲乏又悲傷。「我們可以打電話找人來嗎？」她問。

卡特趴在地上研究裂縫，爬起來拍拍牛仔褲。「來做什麼？」

「修理。或是支撐。或是做什麼處理。」

「修不好的。」卡特說：「這座山崖遲早要垮的。到時候荷普莊園也會跟著崩下去。」

「我不會讓這種事發生。」貝克太太說得像是她能扭轉乾坤似的。「我去打幾通電話。」

她快步退回屋裡，我們幾個人焦慮地看著裂開的露台。

「她在逃避現實。」卡特說。

「真的。」潔西答腔。

我轉向阿奇，祈禱我們依舊保有信賴關係。「你認為有辦法說服她捨下這個地方嗎？」

「離開荷普莊園？她絕對不會這麼做。」他說。

「我更擔心蕾諾拉。假如這種事再度發生——」

「一定會再發生的。」潔西說。「少來了，你們都知道現在的狀況。下一次大概會更嚴重。」

我嘆了口氣，因為我跟她有同感。「要是出了事，我們有必要的話都可以逃出去，可是蕾諾拉做不到。」

阿奇答應我會再跟貝克太太討論這件事，接著他回屋裡做早餐。潔西快步跟上，什麼都沒說，只是以無法置信的眼神看了露台好一眼。

卡特跟我留下來，我們背靠大宅，清爽的海風吹拂我們的臉。

「沒想到還能再見到你。」我從沒看過卡特展現出如此羞怯的神態。「很高興你還在。」

風速增強，帶來刺骨寒意，警告人們冬季將至。我把毛線外套拉得更緊一點，心想等到冬天，不知道荷普莊園還在不在。

「我不確定還能待多久。說真的，你認為這裡可以撐到什麼時候？」

「不知道。可能幾年。或是幾個月。」

「或是幾個小時？」我問。

「對，也有可能。」

「真想回到以為此處最可怕的狀況就是曾經發生過三起命案的時刻。」

「四起命案。」卡特說。

「對。」我垂下頭，為自己暫時遺忘瑪莉就在這座露台上出事感到羞愧。

「關於瑪莉的命案有什麼進展嗎？」卡特問。「或者是其他的事情？」

我告訴他昨晚跟貝克太太談過，還偷溜進她房間搜了一圈。「沒有行李箱。不過我找到有意思的東西。你知道有誰可能住在海景嗎？」

「鎮上的護理之家？」

「對。我找到一疊結清的支票，從幾年前開始一直付到現在。貝克太太一個月給他們一千元。」

卡特輕輕吹了聲口哨。「慈善捐款？」

「荷普莊園都成這個樣子了，我不認為貝克太太會每年花一萬多元在這方面。」我望著破損的露台以及遍地的瓦礫。看起來跟戰地沒有兩樣。我全心贊同慈善活動，但是荷普莊園都已經自身難保了。「她不會浪費不必要的錢。她付錢讓某人能住進海景。」

卡特僵住了。他抓住我的手臂。「我想我知道是誰。還記得東尼在酒吧裡跟我提過一兩次，說有兩個以前在這裡工作的人還留在鎮上。其中一個人住在海景。」

「誰？」

「貝妮絲．麥修。」

我們凝視彼此，眼中淨是訝異與困惑。為了某些理由，貝克太太一直在替里卡杜．麥修的妻子付生活費，而且還付了好幾年。

「她為什麼要這麼做？」卡特問。

「不知道。但我感覺蕾諾拉可能知道。」

卡特抓抓後頸，若有所思。「現在沒了打字機，要如何向她問出情報可真棘手。」

今天早上從滑到床架中間的床墊上醒來時，我也想著同一件事。我把床墊拖回原位，在傾斜到讓人不安的浴缸裡沖澡，套上另一件瑪莉的制服，前去確認蕾諾拉的狀況。一進她的房間，我反射性地尋找已經不在的打字機。盯著空蕩蕩的書桌，我意識到我們之間的溝通難度大幅提高。有些問題無法只用是或否來回答。

「或許她可以用左手寫字。」我說出心底的奢望。就算蕾諾拉接連中風前就是左撇子，我不認為她有足夠的力氣持續握筆寫字。我唯一想得到的是寫下字母表，讓她一個一個指出來。

老實說這個主意不差。

甚至還不用大費周章。

已經有人幫我代勞了。

「我剛想到一個辦法。」我走向落地窗。「不是打字，不過是差不多的東西。」

我把卡特留在露台上，從用餐室快步走進廚房，爬上樓梯，跳過二樓，直接走到三樓，感覺就像在哈哈屋裡。我像個醉鬼似地腳步踉蹌，來到潔西房間外。門開著，我往房裡探頭，試著以輕鬆的口吻說：「嗨。不知道可不可以跟你借一下通靈板？」

潔西站在床邊，往她的五斗櫃上比劃，通靈板跟指標就在那裡。「你要就給你。這樣我可以少帶一點行李。」

我發現五斗櫃的每一個抽屜都拉出來了，潔西面前的床上放了個行李箱。

「你要走了？」我問。

「對。」

「你要去哪？」

「不知道，我也不在乎。」潔西把一件毛衣捲起來，塞進行李箱，展現強烈的決心。「只要不在這裡就好。你也聽到卡特是怎麼說的。這個地方即將四分五裂。字面上的四分五裂。我才不要待在這裡親身體驗。你也不該繼續留下來。老實說你發現瑪莉的時候我們兩個就該走了。」

我無話可說。看著潔西把更多衣服丟進行李箱，我忍不住想像要是那天我頭也不回地離開的話，人生會變成什麼樣子。

即使滿腦子想著瑪莉的死亡以及荷普一家的兇案，我還是留下來了。而且要繼續留著，就算效法潔西會是明智的選擇。

「我不能拋下蕾諾拉。」這句話既是事實也是藉口。

我留下來是因為我無法擺脫近在眼前的真相就這樣飛了。這個感覺引導我走向五斗櫃，拎起潔西的通靈板跟指標。

「我只是跟你借用。」我假裝我們還會再見面，即使不再相見的可能性極大。「我會還給你的。」

潔西出其不意地抱了我一把，最後像個小女孩般收緊手臂。「琪特，你好好保重。也要好好照顧蕾諾拉。請答應我你會盡快帶她離開這個地方。」

「我會的。」

「我很認真。」潔西說。「我擔心她，也擔心你。」

「我答應你。」我說。「我發誓。」

就在我要踏出房間時，潔西說：「等等！差點忘記這個！」她快步走到五斗櫃前，拿了一捲錄音帶給我。「我念給蕾諾拉聽的書的最後一部分。希望她喜歡。」

「謝啦。相信她會的。」

我把錄音帶收進口袋，讓潔西繼續打包。其實我也該來收拾了。但我卻抱著通靈板踏上誰都不該走的道路，要讓失去聲音的婦人像死人一般說話。

五分鐘後，活動餐桌固定在蕾諾拉的輪椅上，通靈板擱在上頭，指標放在板子中央，讓蕾諾拉的左手壓著。

「你有沒有用過這種東西？」我問。

蕾諾拉握起指標，在板子上敲了一下。

「很簡單。」我蓋住她的手，在通靈板上滑動。「像這樣滑到你要的字母上面拼出答案。懂嗎？」

蕾諾拉咬著下唇，專心地將指標推到板子左上角的**是**。

「非常好。你準備好回答問題了嗎？」

指標停在原處，我猜是另一個肯定的答案。

「你對貝妮絲．麥修了解多少？」

蕾諾拉把指標滑向板子中央的兩排字母，緩緩挪到L。

接著是I。

接著是T。

接著T重複一次。

接著是L。

然後是E。

「不多？」我確認她的意思。

指標沒有回到**是**上面，而是被蕾諾拉拿起來敲打板子兩下。

「她是什麼樣的人？」

蕾諾拉再次滑動指標，拼出一個不需要確認的詞。

**低劣**

「那貝克太太為什麼每個月要給她錢？」我看著通靈板，指標還在蕾諾拉掌心。「你知道她在做這件事？」

這回蕾諾拉用字母拼出答案。

**知道**

「持續多久了？」

字母下有一排數字，從零到九。蕾諾拉指了四個數字，構成實際的年份。

**一九二九**

我數學不好，花了一分鐘才算出來。數字大到無法想像。從一九二九年開始，貝妮絲・麥修總共收到了六十萬元以上的鉅款。

「為什麼？」我震驚到無法提出更好的問題。

蕾諾拉把指標移向字母，節奏跟她用打字機時一樣。她拼出答案的速度也大致上跟打字一樣。

**因為她知道**

我還是不懂。「知道什麼？」

蕾諾拉繼續滑動指標。

**那晚的事**

我點頭。「那晚」只可能是那天晚上。

「那晚怎麼了？」

蕾諾拉繼續移動指標，滑向一個又一個字母。

**她**

指標沒有停下。從第二排倒數的字母挪到第一排的第一個字母，接著回到第二排。

**在**

我緊盯著通靈板，不敢眨眼，生怕會漏掉哪一個字母。

**這裡**

我的心臟狠狠撞擊肋骨。

那一夜，貝妮絲．麥修人在荷普莊園。

不只是在兇殺案發生前或發生後，還包括案發當時。

到了十月初，就算有阿奇跟貝克小姐幫忙，孕期也已經進展到我再也無法隱藏的地步。我身體的變化太大，不會有人相信這只是單純的發胖。再過不久，只要多看我一眼，誰都會知道我懷孕了。

實在沒有別的辦法繼續保密，貝克小姐建議我學母親臥床不起。雖然百般不願，我只能照做。進我房間的人都會看到我靠在一堆枕頭上，蓋上幾條毯子，完全看不出我的體態。

我臥床修養的藉口——極度的精神緊張導致身心耗弱——同樣也來自母親。大家都深信不疑。有其母必有其女。就連無知的瓦爾登大夫也認定這是實情。他沒有多做檢查，只是開了一瓶鴉片酊給我，叫我定時喝一小口，減緩棘手的身體狀況。等到房裡只剩我一人，我馬上把這個可怕的藥水倒進洗手台。或許我的舉止跟母親類似，但我完全不想成為她。

我明明是個靜不下來的女孩子，每次被父親逼著玩反鎖在房裡的遊戲時都會輸，沒想到我很快就適應了大半時間躺在床上的生活，學會如何躺著不動，有時候能持續好幾個小時，思緒在全世界漫步，任何時刻想去哪裡就去哪裡。

我不時雙手按著肚子，對在我體內成長的孩子輕聲細數我打算跟他一起做的事情、我們未來要去的地方。巴黎當然是其中之一，還有其他更刺激的地方。叢林和山嶺和海水像藍寶石般閃耀的熱帶島嶼。

我認為這不過是白日夢，但阿奇生性好奇，在書上讀到這方面的事情，他說我是在冥想。

「那是什麼？」他現在難得有機會能溜進我房間，某次我如此問道。

「將思緒抽離身體。」他的答案無法解釋我的疑惑。

我依然花了大量時間放任心思漫遊。沒有多少人會來看我。母親無法起身，父親被我所知不多的麻煩公務壓得喘不過氣，待在波士頓的日子更多了。就連阿奇也極少在這幾個禮拜來看我。

我固定能見到的人只有貝克小姐，她送來餐點，盯著我吃光；還有我妹妹，她滿口都是她的社交生活，像是她做了什麼、見了什麼人、去了什麼地方。

「彼德跟我要去野餐。」在改變一切的那天前——儘管當時沒有人知道——她說：「要是你能跟我們一起去就好了。」

她當然不是認真的。她只想確定我知道她過著我奢望的自在生活。但她不知道我完全不在意，有人愛我，他的孩子在我身體裡成長，未來將要組成幸福的家庭。

我是這麼跟自己說的。

然而懷疑已經趁虛而入，無論做多少白日夢——或是冥想——能抵擋它的侵襲。

事實上，在我被迫裝病的三個禮拜間，里奇從沒來探望過我。他知道這是掩飾懷孕的計策，因為我確實有告訴過他。

日子一天天過去，這時貝克小姐已經知道里奇的身份，我向她詢問他有沒有接近大宅，試圖來見我。日復一日，我都得到否定的答案。

「相信他要溜進來很不容易。」貝克小姐每次都如此回答。

這點我毫不懷疑。讓我煩心的是他似乎連來看我的意思都沒有。我的耐性終究消磨殆盡，正如我對里奇真正愛我、跟我一樣想要這個孩子的信心。

部分是受到妹妹賣弄她精彩的社交生活刺激，我挑在那晚溜出去見他。懷疑膨脹得太大，我已經無法忍受了。

那晚，貝克小姐送晚餐過來時，我懇求她去找里奇，跟他說我今天半夜想跟他在露台見面。那是我唯一能避人耳目離開房間的時段。她答應得很勉強。

一過十二點，確信其他人都睡了，我悄悄下樓，來到廚房，往露台走去。走到一半，我才發現廚房裡不只我一個人。

貝妮絲也在。雖然她假裝在忙一些晚間的零散活，顯然她一直在等我。

「我就知道。」看到我渾圓的肚子，她說：「喔，看來你家是一丘之貉。」

「這是什麼意思？」我試著從滿心恐懼中擠出怒氣。

貝妮絲冷笑。「你是婊子。就跟你家其他人一樣。」

我震驚到說不出話。我當然知道僕人暗地裡把我們說成什麼樣子，但我相信他們想保住飯碗，還不至於當著我的面說出來。看來貝妮絲不是這種人。

「你還真以為我不知道出了什麼事嗎？我老公在奇怪的時間溜出門，幾乎不看我一眼，一副寧死也不要碰我的態度。我幾個月前就知道了。這也不是第一次。」

她狠狠瞪著我，彷彿我的一切都令她反感。

「你打算怎麼做？」儘管我沒那個意思，但我知道這句話聽起來像在挑釁。我真的很好奇——還有害怕——她接下來的舉動。

「我打算發財。」她說。「只要你們一家人給得錢夠多，我會保持沉默，裝作不知道。」

我完全愣住了。「你要多少？」

「五萬應該夠吧。」接著補上一句威脅：「目前先這樣。你可以考慮到明天晚上。」

恐慌瞬間襲來。

明天。

時間不多。根本不夠我們計畫逃跑。可是我們只能逃了。這點我毋庸置疑。

我衝出廚房，跑到露台上，里奇已經在陰暗處等待。在他來得及開口前，我要他安靜，生怕貝妮絲跟著我出來。

「不要在這裡說。」我悄聲說著，帶他到車庫一樓，父親那幾輛從沒開過的帕卡德就放在這裡，打理得光鮮亮麗。我們鑽進其中一輛的後座，與世隔絕。

「你要告訴我發生什麼事了嗎？」里奇問。

「她知道。」我一口氣說出來。「貝妮絲知道。她要封口費，不然就要去跟我父親說。可是不找父親的話就拿不到錢。」

「她要多少？」里奇的語氣好奇多於憤怒。

「五萬元。」我好想哭。情勢是如此的嚴苛，我根本不知道該怎麼做。無論我們如何選擇，都將徹底改變我的人生。「我們要怎麼做？」

里奇說出唯一的答案。

「逃走。」他說。「明天晚上就走。」

# 第三十四章

海景護理之家這個名字取得真好。名副其實。遠遠看來是如此，但要是從對街的建築物間看過去，就會知道護理之家其實是背對大海。

寬廣的大廳裝潢頗有品味，比起護理之家，這裡更像飯店。有棕櫚樹盆栽、柔軟的沙發，牆上還畫著色調柔和的貝殼圖案。大廳一端擺著接待桌，坐在桌子後的婦人看起來年紀大到可以當住民了，一頭灰髮，薄荷綠的褲裝，口中叼著點燃的香菸。她隔著煙霧斜眼看我走近。

「歡迎蒞臨海景。請問需要什麼協助嗎？」她說。

我望向接待桌兩側的門。一扇關著，掛上員工專用的牌子。另一扇半開，可以瞥見一名老先生推著助行器走在酒紅色的地毯上。通往海景之路。

「我來找貝妮絲．麥修。」我說。

接待員細細打量我的制服。「你不是我們的護士。」

「沒錯。我是保險公司的人員。」我舉起偽裝用的醫藥袋。「他們要求我來檢查她的生命徵象。」

「為什麼？」

「他們沒說。你也知道保險公司是什麼樣子。」

接待員點頭，以沉默訴說是的，保險公司爛透了，沒錯，我們兩個只是醫療照護產業裡的小螺帽，這個該死的產業每次都把利益看得比人還重。但她還是有些猶豫。「我們有自己的醫療人員會評估患者的健康狀況。」

「我只是奉命行事。」

「我能理解。可是在這個時段派你過來實在不太尋常。」

「我完全同意。有需要的話你可以聯絡公司。不過他們會讓你等上一個小時，而我要做的事只需要五分鐘。檢查血壓、脈搏、體溫。然後我就會離開。」

我吸了口氣，對自己能面不改色地撒謊深感驕傲——同時也暗自心慌。接待員吐出一道煙霧，瞄向手肘旁的電話，心裡肯定正在天人交戰，思考她要在這件事上花多少時間。顯然她不想多耗心力，因為她說：「五分鐘？就這樣？」

我也只能擠出這點時間。我等到阿奇送晚餐到蕾諾拉房間時才走得開。我請他陪她一下，讓我趕到鎮上處理要務。我說我只會離開半小時。開車到這裡花了十五分鐘，回程不會更快，在阿奇起疑心前，我只能跟貝妮絲・麥修周旋五分鐘。

我對接待員笑了笑。「要看麥修女士的狀況，說不定只要四分鐘。」

「她在沙丘樓。」接待員吸了一口菸。「一一三號房。」

我沿著那道酒紅色地毯深入海景。一進門就有指標可以確認該往哪裡走。浪花樓在左邊，沙丘樓在右側，正前方是共用區域。我往右轉，走廊上聞得到漂白水、檸檬空氣芳香劑，以及淡淡的尿味。走到一一一號房門口時，我放慢腳步；在一一二號房門外，我調整護士帽，撫平制服裙子的皺褶。接著掛上笑容，踏進一一三號房。

房間不大，但整理得很好。短時間的拜訪沒問題，可是一般人不會想在這裡待太久。然而貝妮絲・麥修已經住了好幾年。從她的神態完全看得出來。她靠在枕頭山上，身穿毛巾布材質睡袍，看起來很少出門。她的頭髮花白，與遍布老人斑的臉龐形成對比。她的鼻子很扁，臉頰圓潤，已經看不見下巴，只有一團鬆垮垮的皮膚，宛如掛在鉤子上的溼抹布。她轉頭瞪我時，那團皮膚微微抖動。

「你是誰？」

「我叫琪特。」撒謊時間在進房前結束。現在我只能說真話。「我替蕾諾拉．荷普工作。」

「你是她的護士？」

「算是吧，嗯。」

貝妮絲回頭直視床鋪另一側的小電視，正在播放遊戲節目《命運之輪》。我母親生前很愛這個節目。「蕾諾拉過得如何？」

「整體來說還不錯。」

她失望地吁了口氣。「真他媽有夠可惜。」

「要是知道她全身癱瘓，只剩左手能動，你會開心嗎？」

貝妮絲．麥修再次望向我，眼中閃耀著喜悅的光芒。「她很不舒服嗎？」

「應該不會。」

「如果是的話我會更開心。」

門邊擺了張木椅，我一屁股坐下，醫藥袋擱在地上。「對方是慷慨支付你生活費的人，你的想法還真耐人尋味。」

「你是這樣想的？」貝妮絲語帶憤恨。「慷慨？」

「不然要怎麼說？封口費？我猜你是因此沒告訴任何人蕾諾拉．荷普跟你丈夫有一腿。不然就是你在荷普一家幾乎全遭殺害那晚看見了不該看的東西。」

貝妮絲．麥修瞇眼斜視，像是第一次見到我似的。「你腦袋轉得很快嘛。也很大膽。就這樣踏進這裡，說出那種話。」

「我說對了？」

「我沒說你講錯。」貝妮絲狠狠回應。

「你想先告訴我哪件事？」

「我從一九二九年安靜到現在。你怎麼以為我會洩密？」

「因為有人死了。」

貝妮絲雙眼一瞇。「誰？」

「蕾諾拉的前任護士。宅邸裡的工作人員。跟我一樣，跟你一樣。我認為她是被人謀殺。我認為這跟一九二九年那一夜有關。」

我停頓一下，等待她的回應。原本是期望提到瑪莉能激發她的同情心。如果她有這種情感的話。我要見識看看貝妮絲．麥修是否跟蕾諾拉說得一樣低劣。

老婦人回頭看電視，一副毫不在乎的模樣，身穿閃亮連身裙的主持人凡娜．懷特翻動字母板。但貝妮絲似乎完全沒在管節目內容。她的視線焦點落在別處，某個遙遠的地方。只有她看得見的過往瞬間。

「里卡杜不是最完美的男人。」貝妮絲的嘆息中蘊藏了一生份量的失望。「嫁給他的時候就知道了。他眼神不老實。但他人不差，就算喝醉了也還好，比我父親好太多了。所以那個有錢婊子勾搭他的時候我一點都不意外。莊園裡所有的年輕男僕都任她挑選。有的是正職人員，有的住在鎮上，有的也長得不錯。可是沒有人比我的里卡杜好看。我猜這是她看上他的原因。她只要眨眨那雙藍色大眼就把他的魂勾走了。」

「你曾經拿這件事逼問他嗎？」

「當然。你覺得我像是什麼溫順的小花嗎？」

我承認她確實不是。「他怎麼說？」

「他當然是否認了。我的里卡杜很會說話，能為他犯的任何錯開脫。他想說服我他們之間沒什麼，我假裝信了他。可是呢，跟你說，我心裡有別的計畫。」

我上身前傾，手肘擱在膝蓋上，椅子咿呀作響。「那筆封口費。」

「這樣才公平吧。」貝妮絲說。「我丈夫勾搭高高在上的荷普家成員。我的痛苦與折磨總該有點補償吧。所以我跟他們談了條件——付錢，不然我就告訴大家他們的真面目。」

「回覆的期限是——」

「事情炸開那晚。」

貝妮絲告訴我那晚荷普莊園的僕人都是放假狀態，看來是淡季的隔週星期二的慣例。時序進入十月後就沒什麼家事好做了。貝妮絲跟她丈夫說她要到鎮上看電影。

「明明知道他不會答應，我還是問他想不想跟我來。」她說。「所以我拎起大衣、帽子、皮包，離開小屋。」

「但你沒有離開荷普莊園。」

貝妮絲摸摸鼻尖，暗示我說對了。「我埋伏在屋外，希望能看到里卡杜溜出去見她。沒錯，他大概在十五分鐘後離開小屋，悠閒的橫越露台經過游泳池，一路走到車庫。起先我還滿驚訝的。主屋那麼大，房間那麼多，他們竟然還在車庫幹那檔子事。」

我一驚。不，貝妮絲．麥修絕對不是溫順的小花。她勾起嘴角，很開心能激發我的反感。

「接著我發現他的打算。」她繼續說下去：「雖然做過不少蠢事，里卡杜人不笨。他知道我在懷疑他。我發現他知道我沒去看電影。繞去車庫只是想甩掉我。」

我聽懂她的意思。他不是從後門進屋，而是從車庫那邊繞到屋前走正門。

「我直接進屋，準備抓姦在床，然後跟溫斯頓．荷普說她女兒跟我丈夫幹了什麼好事。我相信他會付那筆錢的。然後還會把里卡杜踢出莊園。我大概也留不下去了。所以我更有理由盡全力挖錢。」

「可是發展不如你的預期。」

「對，就是這樣。」貝妮絲低聲說。

我瞄了手錶一眼。我的五分鐘已經用完了，但我不能離開，至少要等她說完。我試著推進話題，開口道：「你進屋的時候發生了什麼事？」

「我才走到廚房，那個婊子就跑進來了。」

我猜她口中的婊子是蕾諾拉。

「她看起來嚇壞了。」貝妮絲說。「起先我以為她是被我嚇到。因為她知道他們的好事被拆穿了。但我接著注意到她的雙手。」

我的椅子開始抖動。我低下頭，發現我的右腳迅速拍打地面，這是不耐與焦急的跡象。「她的手怎麼了？」

「上頭都是血。」

我的腳瞬間停住，全身也繃得死緊，想像年輕的蕾諾拉站在廚房裡，鮮血從她手上滴落。從各種角度來看，這都是極度駭人的情景。

「她有說什麼嗎？」

「一開始什麼都沒說。她只是盯著我看，沒想到我會在這裡。接著我們聽見一聲尖叫。從樓上傳來，在工作樓梯迴盪。」

「你知道是誰嗎？」我問。

「不是荷普太太就是荷普家的小女兒。」貝妮絲說。「那聲音肯定是女的。她不斷尖叫，蕾諾拉從廚房檯面上抓起一把刀，狠狠瞪著我，對我說：『現在就給我出去。』」

「你怎麼回應？」

「我沒回話，點點頭就離開了。我怕到什麼都不敢做。但我知道屋裡發生了可怕的事。一直到警察趕來我才知道究竟有多可怕。」貝妮絲垂眼看著膝頭，神情羞慚。「我常常想起那一刻。要是我沒乖乖聽話，蕾諾拉一定會當場殺了我。或者其他的命案就不會發生。或者其中有些人能撿回一條命。特別是他們家的小女兒。維吉妮雅。可憐的孩子。我很掛記她。」

「你怎麼沒跟警方說這些？」

「因為我想保護里卡杜。」貝妮絲嗓音有點啞。「我知道動手殺人的不只是蕾諾拉。里卡杜也脫不了嫌疑。一定是的。因為他再也沒有回到小屋。那晚沒有。之後也沒有。他消失後，我心底知道發生了什麼。他協助她殺了那家人。」

「他為什麼要做那種事？」我問。「你剛才也說他人不差。」

「可是他很容易動搖。我猜是她騙了他。我見識過她是多厲害的控制狂。」

又是這個詞。貝克太太也是如此形容蕾諾拉。

控制狂。

「我敢說她對他哭訴自己的雙親是多麼的殘酷，她過得多悲慘，像是囚犯一樣困在那棟大宅裡。我敢說里卡杜全都信了。聽了幾個月的屁話，他八成被洗腦到認定除非她家其他人都死光，他們才能在一起。所以他幫她殺了那三個人。」

「然後他逃走了。」我說。

「不，親愛的。」貝妮絲的語氣充滿怨氣，像是動物在咆哮威嚇似的。「蕾諾拉也殺了他。」

我僵在椅子上，完全無法動彈。我試著想像蕾諾拉做出這些事。不只殺了她父親、母親、妹妹，連她的情人也不放過。只有怪物做得出這種事。而我認識的蕾諾拉．荷普絕對不是怪物。

我並不認為她完全無辜。她自己跟我說過了。

**我才不是什麼乖孩子。**

**一點也不。**

**你很快就知道了**

我也知道用來殺害她雙親的刀子被她丟掉了。這件事蕾諾拉沒有瞞我。即便如此，我越來越相信她沒有真正下手。在我心目中，她唯一的罪行是為真正犯案的男子掩飾，出自受到誤導的愛與忠誠。可是貝妮絲的這番話粉碎了我的一切假設。如果她說得沒錯，那蕾諾拉的罪跟里卡杜．麥修一樣重。甚至更重，畢竟她還活著，而他已經……不在了。

除非貝妮絲在撒謊。

這並非不可能，畢竟她才剛承認自己從殺害她丈夫的女人手上收了幾十年的錢。

「既然蕾諾拉殺了里卡杜，為什麼他的屍體沒跟其他人一起尋獲？」我問。

貝妮絲給出很單純的答案。「她從露台上把他推進海裡。你也看到了。從那裡摔下去可不得了。」

這樣還是兜不攏。蕾諾拉為什麼要讓她的共犯消失？明明這樣會讓一切的嫌疑落到她頭上。如果這一切不是貝妮絲憑空揑造，那就是她誤解了自己看到的景象。她沉默了這麼多年，看來她只要有錢拿就不會在乎那麼多。

「我不認為這是為了保護你丈夫。」我說。「在兇案之後，你發現可以從別處收到封口費。」

「幸好我有這麼做。因為我們都在一週內遭到解僱。這裡的我們指的是還敢留下來的人。一半的僕人一得知發生了什麼事就立刻辭職。蕾諾拉忙著接受警方訊問，沒空自己處理這些事。她派廚房裡那個男孩子來通知大家。」

「阿奇？」

「就是這個名字。」貝妮絲點了頭。「我老是記不住。那孩子也真是可憐。才剛滿十八歲就要奉命叫跟他一起工作的每一個人捲舖蓋。他到小屋的時候，幾乎不敢直視我的眼睛。他遞給我一張一千元的支票，是蕾諾拉．荷普親手開的。」

我又看了手錶一眼。五分鐘變成十分鐘。等我回去的男子就是付給貝妮絲第一筆錢的那個人。

「他跟你說是封口費嗎？」

「沒有必要，親愛的。拿錢打發人是荷普家的作風。他們用錢換到想要的一切，無論是荷普太太每天在喝的藥，或是荷普先生到處招惹的漂亮小女僕。他們也是用這招來叫人閉嘴，比如說哪個女僕發現自己有了麻煩的時候。」

「所以你收下支票，離開莊園。」

貝妮絲雙眼閃閃發亮。「不只是如此。我叫他轉告荷普小姐每個月都要有同樣的支票，不然我就跟警方說看到她在她雙親被刀捅死那晚手上拿著刀。果然下個月我收到同樣金額的支票。再下個月也是。在那之後我就有了源源不絕的零用錢。」

我站起來，覺得這個人實在是太骯髒齷齪了。但我並不想就這樣回荷普莊園，因為我知道她這番話中至少有幾分真實。關於荷普太太的藥癮、荷普先生的活躍性生活，以及這家人遇到任何問題就用錢解決。我知道，因為我幫蕾諾拉打出這些內容。

也就是說除了卡特以外，那棟屋子裡沒有人是清白的。

包括蕾諾拉。

「該結束這一切了。」我說：「如果你不跟警方說明，那就由我來說。」

貝妮絲望向我背後的房門，表情一亮。「看來他們已經來了。」

一隻手鉗住我的肩膀，維克警探熟悉的嗓音傳來：「琪特，跟我走。你知道你不該在這裡。」

「我們只是說說話。」我抗議。

「你這是非法入侵。」維克警探抓住我的手臂，用力拉扯。「以欺瞞的手段達成目的。」

我不甘願地轉向門口，警探背後是剛才在接待桌跟我說過話的婦人。她狠狠瞪著我，說：「你不是要我聯絡保險公司嗎？他們根本不知道你這個人。」

「我認識她。」維克警探說。「就交給我吧。除非你想提出告訴。」

婦人想了想，經過讓我無比不安的時間才下定決心。她看著貝妮絲，問道：「麥修太太，她有沒有傷到你？」

「沒事。她只是問了我幾個問題。」

「現在你要跟他們說剛才告訴我的事情。」我說。

維克警探完全不想聽。「琪特，你已經煩她煩得夠久了。走吧。」

他只給我幾秒鐘時間拎起醫藥袋，隨即把我拖出房間。離開時，貝妮絲對我露出缺牙的燦笑。

「幫我向蕾諾拉問好。」她說。「跟她說我們地獄見。」

# 第三十五章

維克警探牢牢握著我的手腕，把我帶向我的車。被他認定是危險人物，我應該要感到驕傲才對。

「你可以放手了。」我扭動手臂。「我不會跑回去繼續騷擾貝妮絲。雖然我強烈建議你幫我代勞。你會想聽她的說詞。」

「警方在五十四年前就跟貝妮絲．麥修談過了。」

「你查了當年的案件資料？」

「對。貝妮絲只說她丈夫再也沒有回家。」

「她在撒謊。」我說。「只要你回她房間，盡你的職責問個清楚就知道了。」

來到我的車子旁，維克警探終於鬆手。從他火冒三丈的表情來看，我猜他要很想給我上銬。但他卻說：「你回去盡你的職責吧。調查案情就交給我。最好還是離開那個地方，回你家去。你爸很想念你。」

我有些訝異。「他那麼說？」

「沒有。」維克警探說：「只是我猜他現在一定很寂寞。」

「相信我，這是不可能的。」

「所以你就跑來騷擾無辜的老太太？」

我忍住尖銳的笑聲。無辜是最不適合那個女人的形容詞，她長時間收取賄賂，對數十年前的四起兇殺案絕口不提。不過這跟貝妮絲宣稱她丈夫和蕾諾拉犯下的罪行相比只是小巫見大巫。

「我是來問里卡杜・麥修的事。」我說。「對了，他太太認為人是他殺的。在蕾諾拉的協助之下。然後她殺了他。」

「你覺得如何？」

我靠著車身，思索這個問題。「我認為除了三人喪命、一人失蹤之外，那晚還發生了其他事，觸發了那些暴行，又或者是暴行的結果。」

蕾諾拉理所當然參與其中。但我糾結的是她到底扮演著什麼角色。如同貝妮絲還有潛入蕾諾拉房間的神秘打字者宣稱的，都是蕾諾拉的錯嗎？還是說她被捲入她無法控制的事件？她丟棄兇器或許是為了減低傷害，只是最後還是背負了一切責難。

希望是後者。就怕是前者。

「警方報告上還寫了什麼？」

「他們在十月二十九日星期二晚間十一點出頭接到報案電話。」維克警探說。「報案者說荷普莊園死了兩個人。」

我疑惑地歪歪腦袋。「兩個人？」

「報告是這樣寫的。」

可是那天夜裡有三人遭到謀殺，唯一的可能性是報案者在發現那兩具屍體後殺了第三個人。

「打電話的人是誰？」

「蕾諾拉・荷普。」

這也很合理。如果蕾諾拉是無辜的——或者試圖讓自己顯得無辜——她當然會立刻報案。但無論如何，她很清楚被害者的人數。如果蕾諾拉沒有對警方撒謊，那就是在她報案時還有一個人活著。

我往記憶中探索，叫出蕾諾拉打的頭幾頁內容。要回想起來並不難，畢竟她強調那是她記得最清楚的時刻。她仍然反覆夢見那些時刻。

她在露台上。

刀上的血被雨水沖掉，然後她把刀子丟進海裡。

她的妹妹在屋裡尖叫。

維吉妮雅。

就是家裡還活著的成員。然後蕾諾拉進車庫拿繩子。

思考這些行為背後的真意讓我頭痛。蕾諾拉的處境不妙。感覺維吉妮雅是連帶受害，她在錯誤的時間闖入錯誤的地方。有人認定她也得死。

那個人最有可能是蕾諾拉，已經丟了殺害她雙親的刀子，得要找別的武器來用。至於是誰把維吉妮雅掛上吊燈，里卡杜的可能性很大，事後他不是逃之夭夭，就是如同貝妮絲所說，被蕾諾拉推下露台。

瑪莉也是被人從同一個露台推落。

「趕往現場的員警發現柵門開著。」維克警探說。「他們進入屋子，看到伊凡潔琳．荷普倒在樓梯平台上。員警分頭搜查屋裡各處，在撞球室找到溫斯頓．荷普，以及掛在舞會廳吊燈上的維吉妮雅．荷普。」

「蕾諾拉人在哪裡？」

「露台上。」

所以她在維吉妮雅遇害後又跑到外頭。我的頭更痛了。因為聽得越多，貝妮絲的說詞可信度就越高。

蕾諾拉絕非無辜。

「荷普夫婦當場確認死亡。維吉妮雅被抬上樓。」

「也死了。」我說。

維克警探搖頭。「她六個月後才過世。」

震撼。

我以為維吉妮雅在那一晚跟她雙親一同過世。沒想到她還撐了六個月。無法判斷哪個比較糟──像父母一樣死得痛快，還是徘徊在鬼門關前許久，直到不得不踏進那扇門。

「為什麼沒有人懷疑里卡杜．麥修？」

「當然有。等到大家發現他不見人影，沒再回來，他就成了頭號嫌疑犯。特別是發現車庫裡溫斯頓．荷普的帕卡德轎車少了一輛後。他有可能殺了他們、偷走車子、遠走高飛。可是無法證明這個推論──連他那晚有沒有進過大宅都無法確定。」

「有人向蕾諾拉問起里卡杜嗎？」

一輛車子開進停車場，車頭燈掃過海景的門面，照亮維克警探飽經風霜的臉龐。平時他看起來冷峻。今晚他只顯得疲憊萬分。

「有的。」他說。「她宣稱不認識這個人。員警還得說明他是荷普莊園的庭院管理員領班。該名員警特別註明她看起來是真的沒聽過這個名字。」

「警方跟她問了幾次話？」

「在幾個禮拜內談了好幾次。」維克警探說。「她的說詞永遠不變。她什麼都沒看到、沒聽到，除了自己的家人之外沒在屋裡看到半個人。」

蕾諾拉又說了一次謊。她在廚房遇到貝妮絲，當時她雙手染血，還握著尖刀。

但這樣根本說不通。假如蕾諾拉確實殺了人，她怎麼可能在拿刀前手上就沾到血呢？

「兇器呢？」我問。「他們一直沒有找到，對吧？」

「沒錯。」

「警方確定兇手只用了一把刀嗎？」

「再確定不過。廚房裡沒有其他的刀子不見，溫斯頓跟伊凡潔琳的刀傷寬度也差不多一致，代表只用了一種兇器。」

「他們有沒有注意到任何不尋常的地方？什麼都好？」

「只有維吉妮雅．荷普的房間近期經過清理。送她上樓時，一名員警聞到地板清潔劑的味道。」

我按住太陽穴，頭痛不斷增強，痛到我懷疑自己的頭骨是否已經裂開，出現跟荷普莊園露台上一樣大的裂痕。「既然他們無法證明——或是反駁——里卡杜跟蕾諾拉涉案，案子就這樣中止調查了？」

「沒錯。」維克警探說。「聽起來很熟悉吧？」

怒氣像閃電般竄過我全身。刺痛。灼熱。

「去你的。」我說這句話或許犯了法。我不清楚現行的侮辱警察法規罪責。就算真有這項罪名，維克警探似乎也沒打算做什麼？我打開福特Escort車門，坐進駕駛座。

「跟你說，我不怪你。」在我甩上門前，他說：「你母親當時很痛苦。我能理解。我自己的雙親在過世前也不好受。但我沒有違法替他們中止折磨。」

「我也沒有。」

我快哭了，不知道是因為憤怒還是悲傷還是過去六個月的一切都太過難耐。來到荷普莊園後，我忙著挖掘蕾諾拉的故事，因為我一心只想藉由專注於其他人的可悲過往來讓自己沒那麼可悲。接著我找到瑪莉的屍體，一切就失控了。

「我沒有逼我母親吃那些藥丸。」我抹去差點流下來的淚水，要是在維克警探面前哭出來的話，我就完蛋了。「她是自殺的。瑪莉不是。要是你更靈光的話就能想通。」

警探鼻翼膨脹。這是他唯一顯露出的憤怒跡象。他跟我不同，很清楚要如何控制情緒。

「琪特，我說最後一次。瑪莉．米爾頓不是被殺害的。」

「你怎麼能如此確定？」

維克警探從外套內側抽出一張紙。是某張被水泡得破爛模糊的紙張影本。他把紙湊到我面前，說：「因為這個。」

讀著紙上唯一一句打出來的文字，我雙手喪失知覺。「這是什麼？」

「瑪莉．米爾頓遺書的影本。之前說過我們在她身上找到的。」

我看了那張紙第二、第三、第四次，希望多看幾次能看出不同意涵。但怎麼看都是一樣的內容。

**很抱歉我不是你以為的那個人**

「瑪莉——」我停頓一下，自己的聲音聽起來好怪，彷彿身處水底似的。彷彿我人在千萬哩外。

「這不是瑪莉寫的。」

「當然是她。不然是誰寫的？」

我沒有回答，努力插入車鑰匙發動引擎，費了更大的工夫開出停車場，離開海景，把廢氣留給維克警探，他愣愣站著，完全不懂他在瑪莉身上找到的紙條不是遺書。

那是別的東西。

別人打出來的文字。

我想我知道那句話是什麼意思了。

# 第三十六章

我不想按對講機，請人放我進來，所以在離開時沒有關上柵門。謝天謝地，門還開著，讓我能直接開進莊園。我停了好一會，用力按下門柱上的按鈕，才把柵門關緊。然後回到車上，加速開向前門，熄火，匆匆進屋。屋裡安靜得讓人神經緊繃，我左轉直走，停在那四幅家庭肖像畫前。

我看了蕾諾拉的畫像一眼，小巧的鼻子、飽滿的嘴唇、綠色眼眸。儘管過了那麼多年，畫中的女孩絕對就是我這陣子負責照顧的老婦人。

我來到第一幅畫前，用車鑰匙戳破覆蓋畫像的縐紗。戳出夠我的手指通過的洞口後，我開始撕扯布料，縐紗發出滑順的破裂聲。我想像刀鋒劃破溫斯頓．荷普的喉嚨時是否也有過類似的聲響。

薄布下的人，溫斯頓．荷普看起來跟那個時期的產業大佬類似。過多的食物、過多的美酒、過多的一切讓他顯得容光煥發、沾沾自喜、腦滿腸肥。像他這樣的男人只會囫圇吞下一切，不留半點給其他人。

盯著溫斯頓．荷普貪婪的面容，看得出他完全不知道自己將面臨什麼樣的命運。或許他以為自己能活到天荒地老。然而他卻橫死在走廊對面的房間裡，趴在撞球桌上，鮮血浸透桌面的綠色毛氈。

換到下一幅肖像畫，我重複剛才的動作。戳破、撕開、扯落。黑色布料下的伊凡潔琳．荷普重見光明。她確實長得很美，蕾諾拉在這件事上頭沒有撒謊。雪肌金髮，纖細優雅的身形上披著同樣纖細優雅的禮服。然而在這副空靈美貌之下，荷普太太看起來不太對勁。她蒼白到讓人不安的程度，使得她格外孱弱。我看著她，聯想到即將枯萎的萱草。

與她的丈夫不同，伊凡潔琳・荷普的神情彷彿知道大難即將降臨。

只剩最後一幅畫。

維吉妮雅。

我又戳又刺，又抓又扯。不斷的撕開，直到看見薄布下少女的容貌。看起來與她母親有幾分相似，完全沒有半點她父親的特徵。她也是個美人，神態有些高傲。畫中她的笑容像是硬擠出來的，與兇殘只有一線之隔。然後還有她那雙冰藍色的眼珠子。凝視她的雙眼讓我想到貝妮絲・麥修說里卡杜馬上就被蕾諾拉的大眼睛勾去。

她那雙**藍色**大眼。

心臟和思緒高速運轉，我衝進書齋，直奔壁爐前，爐架上放著三個讓人不安的骨灰罈。

父親、母親、女兒。

我抖著手打開左邊骨灰罈的蓋子。

裡頭是一堆深灰色粉末，我想起牧師在我母親葬禮上說過的話。

**塵歸塵，土歸土**。

罈裡的東西看起來像塵又像土，宛如細沙般滑動。我把骨灰罈放回爐架上，蓋好蓋子。

我抱起第二個骨灰罈，掀開蓋子，看見另一堆骨灰。

輪到第三個罈子，我的動作像是回想起壞事一般放慢下來。花了幾分鐘才摸到蓋子，掀開來，擱到一旁。當我抱起骨灰罈時，所有的感官都過度運轉。

我感受到冰冷的陶瓷貼著我的掌心。

我看到灰塵飄在凝滯的空氣中。

我聞到數十年沒翻開的舊書氣味。

我的舌尖嚐到金屬味。是恐懼，我害怕自己將在骨灰罈裡看到的事物。

然後我低頭一看，驚呼聲大到在書架間響起回音。

因為我……什麼都沒看到。

沒有灰。沒有塵。

罈裡空無一物。

早該知道那一夜會以悲劇收場。早該在風雨欲來的天候中察覺到氣氛不對。我整天假裝臥床，聽見海面上雷聲隆隆，宛如艦隊開砲，步步進逼。

大戰即將開打。

不可能無人傷亡。

但我無視這一切跡象，滿腦子想著我要遠走高飛，沒有注意到那些徵兆。根據計畫，我得在大家都就寢後盡量打包自己的東西。與此同時，里奇要溜進車庫，偷走父親其中一輛帕卡德的鑰匙。到了晚上十點，只要沒出意外，他會把車開到前門，我拎著行李箱跟他會合，然後我們駕車離去，永不回頭。

當時，我以為肯定沒問題。

所有的僕人當晚都放假出門，所以里奇認定這個計畫可行。母親時時刻刻陷入鴉片酊帶來的昏睡，可能的威脅只有姊姊跟父親。

我完全沒料到他們會在家。

到了八點四十五分，我跳下床，迅速換了衣服。我不知道今晚將會如何發展，但我悄悄期望這會是前去找法官證婚的旅程。我好想在孩子出生前跟里奇成婚。我一點都不希望我們的孩子會被人當成雜種。既然迎接我的將是婚禮，我得要穿上手邊最漂亮的衣服——那套為了生日肖像畫而穿的粉紅色緞面連身裙。儘管在那之後改了幾次尺寸，要穿進去還是有些勉強，而且也完全藏不住我的肚子。

我好不容易擠進連身裙，把行李箱丟到床上，打開來，然後來到衣櫃前，盡可能抱起夠多的連身裙。等我回到床邊時，我發現姊姊人在門口。她雙手背在背後，拿著什麼不想讓我看到的東西。

「你要幹嘛？」逮到我圖謀不軌，她一副喜孜孜的模樣。

「離開。」

「去哪？」

「不知道。不要是這裡就好。」

姊姊雙眼瑩亮。「你要跟他跑掉，對吧？」

「對。」我把滿懷的連身裙丟進行李箱。少了它們遮掩，姊姊總算看清我藏了好幾個月的祕密。她眼中的光彩立刻被震驚取代。

「老天。」她訝異得合不攏嘴。「你做了什麼好事？」

我回到衣櫃前，又把幾件衣服掛在手上。「現在你能理解我為什麼要離開了嗎？」

此時此刻，我需要姊姊幫我、安慰我、支持我。這是一般姊妹該做的事。但我姊姊只說：「父親絕對不會允許的。」

聽她提到父親，我突然無法動彈。

「拜託別告訴他。拜託讓我離開就好。反正你這麼討厭我。變成家裡唯一的孩子你不是更自在嗎？」

「要是家族的名聲毀了，那可就不一樣了。」姊姊站得直挺挺的，揚起下巴，展現十足的優越感。她認為自己每個方面都比我強，也無意隱藏。「受到影響的不是只有你。我們都要付出代價。想想你的名聲。想想我的！」

「你要我留下來，一輩子過著孤單悲慘的生活，就為了維持你寶貴的名聲？」

「不只是這樣。」她說。「你也要為自己著想。假如你離開了，那就等於是拋棄自己的人生。」

「或是得到新的人生。」我馬上頂了回去。

「無論如何，我都不能讓你如願。」

「那就去啊。去跟他說。就算是這樣也擋不住我。」

「那我想現在該來玩玩以前的小遊戲。」姊姊說。「你還記得規則吧？」

姊姊從背後抽出她的手，亮出她一直握在手上的東西。

鑰匙。

我房門的鑰匙。

只能從外頭上鎖的門。

「不！求求你！」我還來不及說完，姊姊已經踏出門外。我衝上去，但她反手甩上門的強大震波掃過我的臉。當我握住門把時已經太遲了。鑰匙早我一步喀嚓轉動，落鎖。但我還是不斷轉動門把。它紋風不動。

門已經牢牢鎖上了。

我瞥見房間側邊的門，與貝克小姐的房間相連。可惜姊姊也想到這一點。在我衝進隔壁房間時，她已經把門鎖好了。

我完全被困住了。

但我依然衝撞房門，握拳猛搥。門的另一側，姊姊邪惡的笑聲在走廊迴盪，她跑下樓去跟我父親告狀，說我有什麼打算。

「放我出去！」我對著門板尖叫。「拜託放我出去。」

我再次撞向門板，同時感覺到體內有什麼東西湧出。液體。

從我腿間流淌到地板上。

恐慌將我淹沒，我知道這代表孩子要出來了。來得太早。

太快。

我驚慌失措，不斷搥門，呼喚姊姊。

「拜託！」我扯著嗓子尖叫。「拜託，蕾諾拉！」

# 第三十七章

我在廚房找到貝克太太，她一手拿著對付軟木塞的螺旋開瓶鑽，準備打開工作檯上的卡本內紅酒。她抬起頭，沒想到我會從走廊進來，而不是走工作樓梯。

「荷普小姐還好嗎？」

「是的，蕾諾拉。」我說。「維吉妮雅好得很。」

開瓶鑽稍停了一瞬。然後她用力抽起軟木瓶塞，啵的一聲猶如低語。

「我不知道你在說什麼。」

說來也真是諷刺，她的否認證實了我的懷疑。僵硬的站姿，硬逼出來的笑容，以及冷硬的藍眼完全重現了剛才被我掀開的肖像畫。

「或許這能幫你想起來。」我從口袋抽出被警方列為瑪莉遺書的紙張，一掌拍在桌上。

假裝是貝克太太的婦人掃了那張紙一眼，神情無比冷淡，接著倒了一杯酒。我一把撈起工作檯上的開瓶鑽。想到接下來的對話內容，我不希望她手邊擺著尖銳物品。

但我希望自己能有個防身武器。

開瓶鑽落入我的口袋，而蕾諾拉・荷普——真正的蕾諾拉・荷普——喝了一小口酒，說：「我該知道這是什麼嗎？」

「瑪莉・米爾頓死掉那晚口袋裡放的東西。維克警探以為是遺書，但不會有人這樣打字。除了你妹妹。她向瑪莉揭露自己的真實身份後，打出這行字，為她長久以來假冒別人身份道歉。」

我不確定維吉妮雅——真正的那個，還活著的那個——是否打算公開此事。瑪莉遇害之後，我猜她嚇到不敢這麼做。但她從來沒有騙過我。她打出來的內容都是真的。當我問起半夜誰在她房裡，她給出誠實的答案。

維吉妮雅。

她的本名。

我問夜裡誰用了打字機，她也給了同樣真實的回應，正如我詢問瑪莉怕的人是誰。

她的姊姊。

隔著工作檯站在我面前的婦人。

「你早就知道了。」我說。「你把瑪莉推下露台時就知道了。」

蕾諾拉緊握酒杯，我好擔心杯子會碎掉。「我沒做那種事！她是自殺的。」

我拍拍口袋，感受開瓶鑽的螺旋設計以及鋒銳的尖端。「我們都知道這不是真的。」

「那個可憐女孩碰上的事跟我無關。」

「當然有關。因為她知道你一直隱藏你妹妹還活著的事實，還有你才是真正的蕾諾拉。從什麼時候開始的？」

「很久了。」她總算承認了一件事——全名不詳的貝克太太，其實就是惡名昭彰的蕾諾拉・荷普。「幾乎在兇案之後就這樣安排了。」

五十四年。如此驚人的時光。

「為什麼要這麼做？」我問。「你是怎麼做到的？」

「哪個部分？」蕾諾拉大口灌了兩口酒。酒力已經發作，她現在口風鬆了，也更加坦率。「偽造我妹妹的死訊，還是逼她頂替我的身份？」

「全部。」這一切令我天旋地轉。「那天晚上到底發生了什麼？」

「我只能告訴你我經歷的部分。」蕾諾拉坐上我對面的高腳椅，手肘擱在檯面上。彷彿我們是出門喝一杯的要好朋友。彷彿這是再普通不過的事。「我在樓上房間裡，坐在我的梳妝台前聽唱片，假裝自己沒在躲避這棟屋子裡的一片混亂。」

可以輕易想像當時的情景，因為昨天晚上我也偷看到她做同樣的事。

「那天晚上已經夠漫長、夠煩人了。」她說。「發生了很多事。可怕的事。然後越演越烈。然後一切安靜下來。最後我決定下樓看看狀況。」

「狀況很不妙。」我說。

蕾諾拉點頭，我瞥見她那雙訴說一切的藍眼中閃著水光。那是她拒絕落下的淚水。

「我在主樓梯上找到我母親。她當然已經死了。我一眼就看得出來。血……到處都是。」蕾諾拉停頓一下，對記憶中的景象打了個寒顫。「我開始尖叫，像是腦袋被砍掉的雞一般在屋裡亂跑。老天，這個比喻真是可怕，但很符合我那一夜的反應。亂跑又尖叫。尖叫又亂跑。直接撞進撞球室，看到我父親。」

她又啜飲了一口酒穩住情緒，我想像當時她的感受，看到自己的父親趴倒在撞球桌上，鮮血流入袋口。

「我衝進廚房，打電話報警，跟他們說我雙親被人殺害。」

我點頭，這符合維克警探轉述的報告內容：警方在十一點出頭接獲報案。

「接著我跑去找維吉妮雅。發現她吊在那裡。」蕾諾拉朝廚房門外點點頭，外頭的走廊轉角處就是舞會廳。「她掛在其中一座吊燈上。我應該要試著放她下來。現在才想到。可是當時我以為她死了，跟我雙親一樣。面對如此不合邏輯的景況，我只能做出不合邏輯的反應——到露台上尖叫。叫出我的恐懼跟悲傷跟困惑。直到喉嚨沙啞，再也叫不出來為止。這時警察來了。」

蕾諾拉的食指在杯緣打轉，跟我說警方發現她家人已死，屋裡除了她沒有別人。

「他們看著我的眼神好像把我當成瘋子。」她說。「即使我沒有做錯任何事。我對他們說的第一句話是『不是我。』只讓他們更懷疑我。跟我的意圖完全相反。他們要我在用餐室坐下，問了一堆可怕的問題。屋裡還有誰？我有希望家人死亡的理由嗎？我不斷給出同樣的答案：『不是我。不是我。』」

聽她說話，我有種似曾相識的感覺。想到我坐在乏味的偵訊室裡，維克警探控訴似的眼神，不斷旋轉的錄音帶轉軸。

「這時奇蹟發生了。」蕾諾拉說。「一名警察在舞會廳大喊維吉妮雅還活著。原來她打的繩結不牢，亂繞的繩子救了她一命，沒有完全勒住她的氣管，但她幾乎只剩一口氣了。沒有人預期她能活過那一晚，因此他們把她抬回樓上的房間，而不是送去醫院。」

她端起酒杯，一口喝乾，又倒了一杯酒，再喝一口。帶給她說完這段經歷的勇氣。儘管現在聽到的已經夠駭人了，我知道更糟的還在後頭。

「我找來家庭醫生瓦爾登大夫，他說維吉妮雅已經腦死，身體很快就會跟著死亡。可是他沒料到她撐了幾天、幾個禮拜、幾個月。事後發現瓦爾登大夫沒有一件事說對。維吉妮雅的心智還活得好好的。她似乎能理解旁人對她說的話。死去的是她的身體。她全身癱瘓，無法動彈，無法說話，什麼都做不了。」

「那你說的中風跟小兒麻痺——」

「都是假的。」蕾諾拉說。「只是為了掩飾她的喉嚨被繩子傷到，導致她說不出話，還折斷了她的脊椎，使得她接近癱瘓。」

「為什麼要撒這種謊？」我問。「為什麼要大費周章掩飾一切。」

「你不懂我那時候的感受。我才十七歲，又怕又孤單。我沒有家人了，也沒有人能指導我該怎麼做。雙親死了。妹妹昏迷不醒。突然間我要掌管荷普莊園、我父親的事業，所有的東西。父親的律師前來跟我說股市崩盤，家族企業化為烏有。接著母親的律師找上我，說等到我滿十八歲就能繼承外祖父母的百萬財產，要是維吉妮雅能活到這個年紀，她也有繼承權。」

蕾諾拉凝視酒杯，彷彿把它當成水晶球，然而她看不到未來，眼中只有過去。

「與此同時，警方不斷上門調查，他們提出一個又一個疑點和暗示。僕人大批離職。我解僱了其他人，生怕他們跟警方一樣懷疑我，反過來對我不利。我的朋友一夕之間做鳥獸散。彼德也是。」

「彼德．瓦德？」我想起走廊上的肖像畫，黑色縐紗碎片披掛在三幅畫上，像是佈置派對的彩帶。「那個畫家？」

「當時我們陷入熱戀。」蕾諾拉說。「至少我是。兇殺案之後，他不想跟我有任何瓜葛，我再也沒見過他。我還要照顧妹妹，打理莊園，除了阿奇之外沒人幫我，他這麼做全是出於對維吉妮雅的情誼。我知道他完全沒把我放在眼裡。我只希望身處別處——成為別人。」

蕾諾拉抬起頭，尋求我的同情。

「你一定能理解吧。你知道背負自己根本沒有犯過的罪嫌是什麼感覺。眾叛親離，只有恐懼與悲傷留在身邊。在過去的六個月，你從來沒有想過徹底改變自己的處境嗎？」

我想過。也付諸實行了。因此我來到荷普莊園。

「有。可是我的選擇有限。」

蕾諾拉微微瑟縮，彷彿此生第一次被人當面指出她這種人擁有我這種人夢寐以求的優勢。

「我確實有其他路可以走。」她說。「過了六個月，顯然警方沒有任何證據能指控我犯下任何罪行，我發現逃跑的時機來了。」

「你找人宣告維吉妮雅死亡。」

「很簡單。」蕾諾拉點頭。「特別是有瓦爾登大夫如此容易賄賂的幫手在。我帶他到車庫，讓他看看父親遺留下的帕卡德轎車，說只要他開立維吉妮雅的死亡證明，就隨便他挑一輛喜歡的開走。我說他還可以為他太太選一輛，條件是宣佈我的健康狀況不佳，需要暫時離開荷普莊園，休息放鬆一陣子。事情就這麼說定了。維吉妮雅死了，我的十八歲生日過了，總算能繼承外祖父母的遺產，連同維吉妮雅那一份。然後我憑借醫囑遠走歐洲。不過在我離開前，我讓自己成為貝克太太。而維吉妮雅——」

我大口吐氣，震驚不已。這個計畫不僅狡詐，更是殘酷無比。

「成為蕾諾拉．荷普。」我說。

瑪莉，我看到你點頭了。

你知道吧？

好孩子。

我就感覺你至少會起一點疑心。

是的，我真正的名字是維吉妮雅．荷普，雖然這個人在法律上已經死了幾十年。當時，出於我姊姊的主意，我成為了蕾諾拉。

我得先往後跳到這段故事。別擔心。你很快就能得知謀殺案的全貌。現在我要從那一晚跳到六個月後。

我被困在床上，無法說話，除了左手之外無法活動任何部位。無能的瓦爾登大夫宣告我腦死，但其實我的大腦是我身上少數還能運作的部位。阿奇常常陪在我身邊，我從他口中得知雙親已死，一到法律允許的日期，姊姊便將他們火化。我也知道大家把他們的死歸咎於她，儘管沒有實際證據。

我知道我的名字變了。

當然不是透過法律途徑。這樣會留下各種文件線索，是我姊姊最不樂見的狀況。更像是檯面下的改變，如同捅入肋間的尖刀般迅速地進入我的人生。

某天，她毫無預警地走進我房間，說：「你是蕾諾拉．荷普。我是貝克太太。千萬別忘了。」起先我的腦袋亂成一團。就算在我最虛弱、最糊塗的狀態下，我也知道自己是維吉妮雅。然而姊姊不斷稱呼我蕾諾拉，像是我長久以來都搞錯了似的。像是在名字如此絕對的事情上，我錯了一輩子似的。

「蕾諾拉，你感覺如何？」每次進房確認我狀況時，她都會這麼說。

到了晚間，她對我說：「蕾諾拉，該睡了。」

到了用餐時刻，她宣佈道：「蕾諾拉，該吃東西了。」

某天早上醒來時，她坐在床緣，握著我的手。她輕輕撫摸我的手背，我們的母親以前也是如此撫摸我們。她沒有看我，說：「我要離開一陣子。不知道會是多久。阿奇會照顧你到我回來為止。再見了，蕾諾拉。」

然後她就走了。

一走就是好幾年。

我已經無法確定究竟是多少年。過著說不出話、幾乎難以動彈、成天看著窗外季節更替的生活，時間流逝的速度很不一樣。

她走得突然，歸來時也是一樣突然。某天她大步踏進我房裡，說：「我回來了，蕾諾拉。想念你親愛的貝克太太嗎？」

我又糊塗了。她不在的期間，阿奇總是叫我維吉妮雅。但我的姊姊回來後持續稱呼我為蕾諾拉。就這樣過了好幾個月。

「蕾諾拉，你感覺如何？」

「蕾諾拉，該睡了。」

「蕾諾拉，該吃東西了。」

我總算投降。我別無選擇。

我是蕾諾拉。

接任瓦爾登大夫的醫師叫我蕾諾拉，每一名照顧我的護士都叫我蕾諾拉。我越來越習慣，有時候甚至會忘記自己真正的身份。

那真正的蕾諾拉呢？

理所當然的，她把自己完全當成了貝克太太，取代真正的貝克小姐。而真正的貝克小姐早在兇案發生前逃離了荷普莊園。她唯一承認她所作所為的一次，是在回來的兩三個月後，某天晚上她悄悄進入我房間，把我抱進懷裡。顯然她喝醉了。我姊姊清醒時絕對不會碰我。

「我很抱歉。」她悄聲說。「我得要這麼做。我得要擁有自己的人生。只要一下下就好。」

在那之後，我們玩起了假裝遊戲。我是蕾諾拉。她是貝克太太。我們不是姊妹，而是失能的主人跟忠實的僕人。這將持續到我們其中一人死去。

我知道她認為先死的人會是我。

現在我放下那些夢想與欲望，人生唯一的目標就是確保不會讓她稱心如意。

# 第三十八章

「你一定覺得我這個人爛透了。」蕾諾拉細細描述離開荷普莊園後的生活。她在法國住了兩年，在音樂廳裡喝酒，跟藝術家廝混，在巴黎大街上親吻陌生人。她認識了一名美國軍人，愛上他，訂婚，在他過世時崩潰。我在她臥室裡找到的照片都是那段人生的光景。

維吉妮雅夢寐以求的人生。

蕾諾拉從她手中偷走的人生。

「是的。」就算我說謊，她也能從我作嘔的表情看出我的真心話。「爛透了。」又爛。又自私。又無情。

蕾諾拉不只奪走她妹妹期盼的人生。她也奪走了維吉妮雅度過任何一種人生的機會。

「你怎麼狠得下心？」我問。「她是你妹妹。我知道你們不喜歡彼此。但她是你僅存的親人。」

「不然我還能怎麼做？」

「說出真相。」

蕾諾拉重重放下酒杯，酒液像鮮血般濺在工作檯上。「我試過了！沒有人相信我！在大家心目中，蕾諾拉．荷普冷血殘殺了她的家人。我不能繼續當她了。否則我就會跟我妹妹一樣被囚禁在這棟屋子裡。這樣有什麼好處？維吉妮雅不能說話、不能走路，什麼都做不到。把我的身份交給她——」

「違背了她的意志。」我忍不住打岔。

「對，違背了她的意志。如此一來，至少我們之中有一個人可以享受些許自由。至少有一個人可以在荷普莊園外度過人生。」

「那你為什麼要回來？」

「歐洲情勢變動。」蕾諾拉用袖口擦拭灑出的酒，黑色布料吸滿紅色液體。「風雨欲來，大家都知道整片大陸陷入戰火只是遲早的問題。我離開歐洲，回到這裡，假裝自己是貝克小姐，浪蕩不羈的家庭教師回到亟需她協助的莊園。我妹妹是蕾諾拉．荷普，不幸罹患小兒麻痺以及多次中風。我們一向低調，沒有人知道這全是謊言。除了阿奇，他懂得保持沉默的好處。」

「戰爭結束後你為什麼不走？」

「我失去了那份欲望。」蕾諾拉聳聳肩。「或者說白了，是失去了那些錢。我繼承的遺產並非永不枯竭。維持莊園的營運可是很花錢的。保住我們的祕密又是一筆必要的額外支出。」

「比如說付錢要貝妮絲．麥修閉嘴。」我說。

蕾諾拉點頭，似乎是對於我知道這件事略感佩服。「兇案當晚，她看到我進廚房拿刀。不，我不是用那把刀殺害我雙親。」

「那為什麼要花那麼多錢堵住貝妮絲的嘴？」

「因為就算我是無辜的，她的證詞還是會成為警方起訴我犯下多起命案的證據。我很清楚，貝妮絲也是，所以我給了錢。但現在錢快沒了，我要沒戲唱了。逃得了一時，逃不了一世。但也足夠了。」

「或許你是這麼覺得。」我語帶諷刺。「但維吉妮雅連逃走的機會都沒有。」

蕾諾拉雙手環胸，以冰冷的眼神直視我。「要是我妹妹想要──真正想要──過跟我一樣的生活，那她就不會試圖終止自己的人生。」

「什麼意思？」

「親愛的，不然維吉妮雅為什麼會掛在吊燈上？」

我彷彿被雷劈到似的。「她上吊自殺？你怎麼知道？」

「吊燈下放了張椅子。」蕾諾拉說。「我猜她是踩著椅子，把繩子拋上吊燈的其中一端。接著把繩子在自己的脖子上打結，踏出椅面外。吊燈差點撐不住她的重量。」

我回想潔西的凶宅導覽，當時我注意到那座吊燈有些歪斜，像是曾經受到強大的力道拉扯。

「她沒有懷孕嗎？」

「沒有。」蕾諾拉答得乾脆。「那時沒有。」

我等她進一步說明，但她沒有。

「既然有那張椅子，警方為什麼沒有懷疑維吉妮雅意圖自殺？」

蕾諾拉直盯著我，雙眼一眨也不眨。

「他們抵達時，舞會廳裡沒有椅子。」

這回我不需要說明。我完全理解她的意思——蕾諾拉沒有救助她的妹妹，而是選擇移走椅子，不讓警察知道維吉妮雅是自殺。

這個想法讓我畏縮。我後退幾步，想盡量跟她拉開距離。到剛剛為止，我幾乎能對蕾諾拉擠出一絲同情心。可是這件事呢？簡直是禽獸不如。

「這是為了保護她。」她看透我的想法，因為我完全無意隱藏。

「這是哪門子的保護？她試圖自殺，你只忙著掩飾。」

「如果不這樣做，警方就會知道真相。」蕾諾拉嗓音冷得像冰。「他們會跟我一樣，猜到維吉妮雅自殺的原因。」

我又後退一步，這一步純粹是出自震驚。「你認為維吉妮雅殺了你的雙親。」

「我知道她殺了他們。」蕾諾拉的語氣從堅定變得顫抖，像是遭到冰椎一點一點敲開。「老實說我一點都不意外，畢竟我們對她做了那種事。」

「『我們』是誰？」

「我。」說完，蕾諾拉喝了一口酒，用力吞下。「我父親。真正的貝克小姐。我們做了那種事，我只意外她沒把我們全部除掉。」

我在自己的臥室地板上生產。

這是我記得的少數幾件事之一。

孩子來得太快，我來不及爬上床舖，只能躺在我剛才排出的液體上，痛苦掙扎，腦袋撞上牆面。另一件我永遠忘不了的事——那股逼出我一身汗的劇痛。像是身體從中間裂開，皮膚一吋吋撕碎，在烈焰般的純粹痛楚中重生。

只有姊姊跟貝克小姐聽到我的慘叫，衝進來幫忙。她們手足無措。我只能用力擠。尖叫。疼痛。在某個時間點，疼痛耗盡我的體力和精神力，我昏了過去。身體繼續推擠、哭泣、叫嚷、疼痛，但我的心思飛到別處。我想像自己跟里奇身處開滿野花的山坡上，遠處矗立頂著白雪的群山。我們站在陽光下，我抱著我們的孩子，鳥兒在周圍的松林裡為我們高唱。

就在此時，鳥叫聲變成哭聲，我瞬間回到現實。母親的直覺。我知道我的孩子誕生了。也知道孩子需要我。

他需要我。

我的孩子是男生。我姊姊從廚房拿了把切肉刀來割斷臍帶。他是這麼的小。這麼的脆弱。但是當我看著他，湧現的愛意是如此澎湃，把我嚇了一跳。世界上除了他，什麼都不重要了。我是他母親，我知道我會盡一切努力保護他。

我的人生總算有了意義，那就是愛我的孩子勝過一切。這份認知是我這輩子最幸福的瞬間。

看到我父親也在房裡，幸福感隨即離我而去。在我生產期間，他在隔壁貝克小姐的房裡踱步，直到聽見嬰兒的哭聲才進來。就在姊姊要把我的兒子放進我懷裡時，他說：「蕾諾拉，把孩子帶去隔壁房間。」

姊姊僵住了。但在她懷裡的孩子沒有。他扭動踢腿，嚶嚶哭泣。他的一隻小手伸向我，似乎已經知道我是他母親，他該躺在我空虛的懷抱裡。我也伸出手，用力伸長手臂，直到我們的手指相觸。

一秒鐘的接觸。

我只求得到這麼一點。

「蕾諾拉。」父親的語氣更加嚴苛。「把孩子帶出去。」

「不能至少讓她抱一下嗎？」

父親搖頭。「這只會讓狀況更糟。」

「可是她是他母親啊。」我姊姊說。

「她不是。」父親應道。「她沒有生過小孩。這孩子不是荷普家的人。這些事都沒有發生過。現在你不把這個雜種帶去隔壁，我就直接把它丟到露台上。然後把你跟你妹妹一起趕出家門。」

蕾諾拉無法多看我一眼，她起身，將我的兒子抱離房間，不顧我苦苦哀求。

「不，蕾諾拉！拜託，拜託別走！拜託把他給我！」

我想追上去，但我做不到。身體太虛弱了。把一條新生命帶到世界上的任務榨乾了我的生命力。但我還是努力嘗試，繼續尖喊。

「拜託，蕾諾拉！讓我抱孩子！」

可是她已經離開了，關上房間之間的門，擋住我孩子的哭聲。貝克小姐抓住父親的肩膀，用力搖晃。

「溫斯頓，你不能這樣做。」她嘶聲責難。「太野蠻了。」

「這是為了大家好。」父親說。「這個家容不下更多醜聞。」

「可是維吉妮雅是你的女兒。唯一跟你有血緣關係的女兒。如果你從她手中奪走這個孩子，你將永遠失去她。」

「我拒絕讓這個家裡再多一個雜種。」父親說。

「差點就搞出更多雜種的男人還有臉說這種話。」貝克小姐反擊。

父親無視她的攻擊，跪在我身旁，對我的絕望無動於衷。即使我哭得這麼慘。他還是說：「抱歉，我的達令。這是你自找的。」

「拜託。」我的嗓音跟身體一樣迅速衰弱。「求你把他留給我。我會乖乖的。永遠不會犯任何錯。」

父親摸摸我的下巴。「我的達令，你已經犯下這輩子無法容納的錯了。」

疲憊一波波襲來，如此強烈，我以為自己將死於心碎。希望能如此。比起如此深刻難解的悲痛，死亡似乎輕鬆多了。然而我活了下來，貝克小姐幫我換上乾淨的睡衣，讓我躺上床。就在她清理滿地狼藉時，我豎起耳朵捕捉隔壁房裡兒子的聲音。

安靜極了。

還在哭的只有我。

貝克小姐清完地板，握住我的手。「別擔心，維吉妮雅。我想辦法讓他回心轉意。」

我太累了——也太消沉——無法回答。悲傷與疲憊糾纏著我，感覺我要被拖進黑暗坑洞裡，再也爬不起來。在喪失意識前，我聽到貝克小姐說：「我發誓，他不會永遠讓孩子跟你分離。」

她說謊。

我再也沒有見到她，也再也沒有見到我的孩子。

# 第三十九章

我沒想到事情還能更糟。維吉妮雅明明已經承受夠多了。

我錯了。

蕾諾拉繼續說下去，揭露她妹妹遭遇的各種苦難。被迫躺在地板上生產。還來不及抱孩子就失去了他。她父親罔顧她的心碎，將輕蔑隨口說出。全都太過悲慘，我難過到無法呼吸。

「你應該要阻止他。」我忍著胸口突如其來的揪痛。「你應該反抗他的命令。」

「我也想啊。」蕾諾拉嗓音破碎。「我真的想。但你不了解我父親。他可以使出兇殘的手段。我擔心他一有機會就動手除掉那個孩子。而且我確定他威脅要把我趕出家門不是說說而已。我不是他女兒。不是他的親生女兒。」

「可是她是你妹妹啊！」

「那只是個虛名。我們一直都不親近。維吉妮雅跟我的差異就像夏天跟冬天一樣。」

這個比喻真是貼切。眼前的蕾諾拉．荷普冷若冰霜。躺在樓上的維吉妮雅如同七月午後般溫暖而躁動。這對姊妹正如象徵她們的季節，從未有過交集。兩人之間總是隔著什麼。

蕾諾拉把孩子抱到貝克小姐的房間，也就是我現在的房間。她抱著他，讓他吸自己的小指頭，平息他的哭聲。她等待他父親回來，告訴她接下來要怎麼做。

但蕾諾拉一直沒有等到他。

「貝克小姐終於回房，開始打包行李。」她說。「我問她要做什麼，她說：『當然是離開。帶著這個孩子。』」

蕾諾拉看到我訝異的神情，搖搖頭。

「不是你想的那樣。貝克小姐雖然犯過那些錯，其實她是個好人。她說服我父親用他一貫的招數——拿錢解決問題。她收了一點錢還有一輛他的帕卡德轎車，接下孩子的監護權。她的計畫是暫時撫養孩子，直到他跟維吉妮雅能團聚為止。我答應幫忙，只要別讓父親知道我有參與就好。然後她當晚就帶著孩子開車離開。」

「你知道她去了哪裡嗎？」

蕾諾拉點頭。「加拿大。」

我瞬間想到卡特，看來他終究不是荷普家的後代。維吉妮雅的孩子不可能在聖誕節清早被人放在教堂門口。他跟荷普一家的關係不比我深。

與此同時，蕾諾拉的嫌疑也降低了，我以為她是罪魁禍首。然而既然卡特不是維吉妮雅的孫子，他什麼都繼承不到。蕾諾拉沒有理由阻止他跟瑪莉挖掘這層血緣關係。

「兇案發生後，過了兩三個禮拜，貝克小姐寫信給我。」蕾諾拉說：「她聽說了這件事，表示在這樣的情況下，最好繼續由她假冒親生母親養大這個孩子。我沒有反對。」

我凝視她，震驚萬分。「他可是你的外甥啊。」

「你認為我該怎麼做？」

「留下他！」我大叫。「扶養他。愛他。你明明就該讓維吉妮雅有機會愛他。」

「那會是什麼樣的人生？維吉妮雅跟孩子要如何度日？她沒辦法抱他，更別說是餵養他了。她沒辦法跟他說話、或是陪他玩耍、或是為他做任何事。」

「你總能想到辦法的吧？」

「有什麼辦法？我才十七歲。我根本不知道要怎麼照顧小嬰兒。」

「這不是讓你妹妹跟她的孩子永不相見的原因！」我胸中又是一陣翻攪，如同拍打我們腳下山崖的浪花一般在我體內搗亂。「你怎麼能如此殘酷？」

「殘酷？」蕾諾拉說。「完全相反。讓那個孩子遠離這個家庭純粹是一片善心。因為我跟貝克小姐的努力，那個孩子永遠不會知道他的生母其實是殺人兇手。」

「你拿這件事來懲罰維吉妮雅。」

「她活該受罰！她做出那種事，就該付出代價。但我也是為了保護她。我一直護著她。你想想她身體都變成那樣了，要是警方得知她做了什麼好事，她會有什麼下場。」

我不斷搖頭。這個理由不夠好。畢竟維吉妮雅除了試圖上吊自殺之外，沒有任何殺害她雙親的跡象。

「你為何如此篤定是她做的？里卡杜．麥修呢？」

「他怎麼了？」

「他跟維吉妮雅私通。」我說。「他是孩子的父親。貝妮絲．麥修那晚跟蹤他來到大宅裡。」

蕾諾拉笑了。我完全沒料到她會有這種反應。把可能是莫須有的罪名推到妹妹頭上一點都不好笑。但蕾諾拉笑個不停，低沉的咯咯笑聲中難以置信多於愉悅。

「那是不可能的。」她說。

「為什麼？」

工作樓梯傳來腳步聲，下一秒，阿奇踏入廚房。我不知道他在那裡待了多久、聽到多少。我只知道他聽到的內容夠他回答我的問題。

「因為里卡杜那晚跟我在一起。」

我花了一秒才聽懂他的意思。我只能擠出：「喔。你們兩個是——」

「情人。」阿奇幫我說完。

在短短的幾秒間，數十個疑問從我腦中冒出。阿奇沒給我時間提問。

「我跟現在的你一樣驚訝。」他說。「首先，他結婚了，雖然以我有限的經驗，在那個時代通常是如此，不像現在能有一點自由空間，當年得要完全保密。特別是我這種人。我才剛滿十八歲，只要走錯一步路，一生可能就毀了。」

阿奇說他跟里卡杜是如何偷偷見面，一逮到機會就溜出去。里卡杜跟他太太住在小屋裡。阿奇的宿舍在車庫樓上，所以他們通常約在那裡。

「我們把那裡稱為愛巢。」阿奇露出飽含愛意的微笑，沒一會又皺起眉頭。「兇殺案當晚，我們就在那裡。」

看來貝妮絲誤會她丈夫是想甩開她，先去車庫然後再從前門進大宅。貝妮絲誤會的事情可多了，包括她丈夫的外遇對象。

「那晚大家都休假去了，貝妮絲跑去看電影，我們有幾個小時的獨處時光。」阿奇說：「可是里卡杜心情不好。他說貝妮絲質問他怎麼跟蕾諾拉稿外遇。」

蕾諾拉答腔道：「太荒謬了。我連他是誰都不知道。」

「她叫他跟蕾諾拉斷了關係，不過在那之前他們要先敲詐溫斯頓・荷普一番。」阿奇說。「里卡杜對這個計畫沒興趣。無論從道德還是實際層面來看，絕對不該這麼做，而且他怕如此一來反而會抖出我們的事情。對我們兩人來說都是災難。但他有自己的計畫。他邀我跟他遠走高飛。」

「那一晚？」

「馬上離開。他想往西走。可能去加州。他聽說那裡的人更寬容。他說我們有機會在那裡過得快樂。但我早就認清事實了。」阿奇拖著腳步來到一張高腳椅旁，坐下，垂肩低頭，彷彿被喚醒的悲傷記憶壓得無法動彈。「遠走高飛絕對沒有想像的那麼簡單。因為我曾經做過，逃離痛恨我的家人，因為我不一樣，因為我跟大部分的男生不一樣。可是我在這裡找到生存之道——找到了維吉妮雅。」

「她知道嗎？」我問

阿奇點頭。「這是我如此愛她的原因之一。她從不評斷我，或是羞辱我。謝天謝地，她也沒想過要改變我。她很單純地接受了我。我無法離開她。她懷孕了。她需要我。那是里卡杜告訴我的另一件事——貝妮絲昨天晚上看到她，知道她的狀況。也就是說其他人很快就會知道。到時候，維吉妮雅將會更需要我。」

「所以你留下來。」我指的不只是那一夜，還有接下來的每一夜。數十年來，他每晚溜進維吉妮雅的房間，看看她是否安好，祝她有個好夢。

「我留下來。」阿奇說。「里卡杜離開了。我再也沒有聽說他的消息。」

他悲傷的故事讓我深信荷普莊園受到了某種詛咒。或許只是單純的厄運。或者是源自溫斯頓・荷普的狂妄，明知總有一天會墜入海中，卻依然執意在山崖邊緣蓋起豪宅。無論原因為何，這裡沒有人能稱心如意。沒有人得到幸福快樂的結局。

阿奇沒有。蕾諾拉沒有。維吉妮雅當然也沒有。雖然聽過每一個人的悲慘過往，某個問題依然存在。

「那里奇到底是誰？」

「某個在旺季時請來幫忙的本地男孩。」阿奇說。「這批小伙子來來去去。維吉妮雅沒有跟我說過他的姓氏。或是他的本名。她一直叫他的暱稱，因此無法在兇案後查到他的下落。我懷疑他從一開始就不想被人找到。」

奇特的情緒在我心中迴旋。失望。因為里奇不是我以為的那個人。事實上他根本不是什麼重要人物。只是個巧佔寂寞女孩便宜的男孩子，讓她付出自己的貞節，最後連她的自由都賠上了。

可是維吉妮雅也不是毫無過失。我很氣她。不是因為她太過天真。跟里奇相遇時，她只是個孩子，不懂任何人情世故。但她對雙親做的事殘酷到超乎我的想像，在恨她的同時我也為她遺憾，儘管今晚得知了一切，我依然抱持著一絲希望，或許阿奇跟蕾諾拉錯了。

或許太過天真的是我。

「兇手可能是維吉妮雅以外的人，對吧？」

「琪特，不可能是別人了。」阿奇嘆息。「我知道這會改變你對她的認知。我花了很多時間思考她為什麼要下手，而最後接受了我永遠不會知道真相的事實。或許我不贊同維吉妮雅的作為，但我也不會因此恨她。我們可以愛著一個人，同時痛恨他做過的事情。」

「我還在適應這個觀念。」蕾諾拉的視線從我們兩人之間穿過。我想這代表她知道我知道半夜使用打字機的人是她，在紙頁上打滿同一句控訴。

**都是你的錯**

我進退維谷，接受維吉妮雅殺害雙親的事實，卻又攀附著最後一絲希望。

「你們為什麼確定真的是她？」我問。

「因為我看到她了。」蕾諾拉說。「稍晚，貝克小姐帶著孩子離開後，我聽到維吉妮雅離開她的房間，跑去看她想去哪，發現她走下主樓梯。」

「這並不代表她有罪。」

蕾諾拉端起酒杯，在一飲而盡前，她說：「維吉妮雅手上拿著刀，這應該足以證明吧。」

直到今天，我還是想不透自己是哪來的力氣能爬下床，離開房間。我猜只是憑著意志力硬撐，源自堅決強烈母性的意志力。當我下床時，痛楚仍舊撕扯我的身體，有好一會兒，我以為自己要摔倒了。但我穩住腳步，壓抑劇痛，我要找到我的孩子。

離開房間前，我看到床頭櫃上有個東西。

一把刀。

那把用來切斷孩子與我之間聯繫的刀，在生產後的混亂中遭到遺忘。我握起刀，告訴自己需要一些自保的工具。要抵禦什麼我不知道。或許是我父親。或是我姊姊跟貝克小姐。然而內心深處我知道實情完全相反。

我在找武器。

需要保護的人是我父親。

我握著刀，離開房間，忍著痛楚在走廊上移動，蹣跚走下主樓梯。來到中間的平台，我停下腳步細聽屋內動靜。撞球室裡傳來交談聲。其中一人是我父親，另一道嗓音是里奇。儘管我聽不出他們在說什麼，雙方聽起來都很生氣。

我緩緩走完剩餘的樓梯，小心不發出任何聲響。我要知道他們的談話內容才能決定要不要現身。如果他們冷靜下來，或許代表里奇成功說服父親讓我們結婚，讓我們保住孩子，讓我們過著幸福快樂的日子。

我早該知道那些結局只存在於童話故事裡。沒有什麼幸福快樂的日子。輪不到我。

抵達一樓，我瞥見蕾諾拉來到二樓樓梯口。「維吉妮雅。」她悄聲呼喚，緊張地抓著扶手。「你在做什麼？」

我拒絕回答。

她很快就會知道了。

我繼續往撞球室走，聽見她的腳步聲從二樓傳來。果然她還是溜了。她膽小到不敢面對自己協助造成的傷害。只要她放我逃走，這一切就不會發生了。

前方房裡也有些許雜音，顯然情勢絲毫沒有冷卻。父親拉高嗓門，聲音從撞球室湧出，在走廊上迴盪。

還沒抵達目的地，我先在四幅肖像畫前駐足片刻。父親意圖藉由畫像讓我們看起來像是快樂的大家庭，地位穩固，對生活心滿意足。

要達到這個效果，他應該要請彼德．瓦德把我們畫進同一幅畫才對。以巨大的畫布捕捉我們一家四口最體面的模樣，在荷普莊園某個刻意裝飾的房間裡小心翼翼地擺姿勢。

然而彼德各自為我們繪製肖像畫。在過程中，他碰巧描繪出這個家庭真正的本質——四個陌生人，各自獨處，框在鍍金畫框裡，無法或是不願逃離。

我才不要這樣。

我執意要永遠離開這個地方。

還要帶著我的孩子。

不顧任何代價。

我握緊刀柄，轉身踏進撞球室。

# 第四十章

到了二樓，我以為是蕾諾拉．荷普的女人躺在床上，清醒無比，似乎是知道我一定會來。我毫不意外。

我總覺得她比顯現出的模樣還要敏銳。在我抵達此處的第一晚，維吉妮雅打出如此誘人的句子時，她可能已經料到這一刻的到來。

**我想要對你坦承一切**

即便她終究沒有全盤托出，我還是得知了一切。到她握著刀子尋找父親的那一刻為止。

「我跑去向母親示警，她跟平時一樣昏昏沉沉。」蕾諾拉這麼說。「還沒有人告訴她維吉妮雅的事情，緊急生產、父親下令帶走孩子等等。她什麼都不知道。但是聽著我的報告，她的思緒似乎越來越清晰——我擔心的事情即將發生。她拍拍我的臉頰，說：『別擔心，親愛的。我會處理這件事。』這是她對我說的最後一句話。」

廚房裡陷入沉默。即使沒有說出口，我知道蕾諾拉跟我都想起我母親最後的話語。

**拜託，**小琪。**拜託。我只會吃一顆。我答應你。**

「我不認為維吉妮雅有意殺她。」蕾諾拉最後開口道。「我想我父親是唯一的目標，而我母親只是莫名被捲入。附帶傷害。我猜我妹妹對此深感內疚，所以才想上吊自殺。」

「因此我才會看顧一切這麼多年。」阿奇說。「維吉妮雅在這裡很安全，沒有人知道她做過什麼。這是為了她好。我深深相信這點。」

「因此我才不讓她出去。」蕾諾拉補充道。「因此我們總是叫她荷普小姐。要是讓其他人發現她真正的身份、她做了什麼——還有我們持續在做的事情——可能會毀了維吉妮雅。想像她可能要住進某個公立照護機構，漸漸衰亡。至少這裡是她家。」

但荷普莊園不是家。這是個用祕密蓋成的牢籠。困在裡面的人不只維吉妮雅一個。蕾諾拉跟阿奇也是。

我拒絕與他們為伍。因此我現在來到維吉妮雅的床邊。道別的時間到了。

「我知道你是誰。」我對她說。

她看著我，沒有流露出絲毫訝異。我在她眼中看見一絲滿意，彷彿是在讚美我總算想通一切。

「我也知道你殺了你的雙親。」

維吉妮雅舉起左手，準備敲出回應。

「別動。」我不想承受她的否定。但我也不想得到肯定。從某個角度來看，一切都跟我抵達此處的第一晚相同。內心預設她有罪，同時又不確定該不該挖掘出真相。開始打字後，情勢瞬間逆轉。我認為她是無辜的，執意要證明自己沒有錯。沒想到我只是在騙自己相信心目中的真相，即便內心深處知道那不是真的。

父親停止跟我說話前大概就是這麼想的吧。他手中的報紙，他眼中的不信，他想說服自己推翻心底認定的事實。

**他們說的都不是真的，小琪。**

「我懂你為什麼覺得有必要這麼做。」我對維吉妮雅說。「你有你的理由。我希望你現在後悔了。你有足夠的時間思考自己的行為。我只希望——」

我停了下來，無法明確傳達自己的感受。或許真有個字眼能涵蓋遭到背叛、愚弄、失望的感覺，但我從沒學過。事實上，我喜歡維吉妮雅。至今依然喜歡她，雖然過去與現在發生了這些事。因此才會如此艱難。

瑪莉發現真相時的反應或許也是如此，因此維吉妮雅打出那句歉意。

**很抱歉我不是你以為的那個人**

「真希望你有辦法親自告訴我一切。」

我得到的只是暗示和片段的真相。即便她沒有直接對我撒謊，她也從未說過完整的故事。明明那麼容易。只要用左手打出短短一句話，告訴我她是維吉妮雅．荷普，我自以為知道的一切都是謊言，其實她有罪。

假如她這麼做了，或許我還能留下。繼續照顧殺人兇手。我從一開始就知道了。我想我可以待到她不需要我為止。但現在呢？現在我不認為我還能信任或是相信維吉妮雅了。

也就是說我唯一的選擇是離開。

「再見了，維吉妮雅。」我說。「希望接下來照顧你的人永遠不會試圖探索真相。」

我難過地揮揮手，退回我的房間，忍住多看維吉妮雅一眼的衝動。但我仍舊感受到她的目光，那雙灼灼綠眼追著我離開。然後，我遵守諾言，沒有打包就離開此地。

沒有帶上裝衣服的行李箱。

沒有帶上那箱書。

沒有帶上我的醫藥包。

我決定之後再請卡特來幫我收拾。又或者就把這些東西留在這裡，跟瑪莉的個人物品作伴。越來越多前任照服員遺留下的東西，留待不幸的繼任者來探索。

我只帶走車鑰匙，握在手中快步走下工作樓梯。幸好廚房裡沒人。我不知道蕾諾拉或是阿奇去哪了，也不在乎。我不想再與他們見面。離開前，我來到掛在牆上的電話機前，迅速撥號，知道他們隨時可能進來。

答鈴響了一遍又一遍，當我父親終於接起電話時，嗓音聽起來昏沉又困惑。我看看廚房的鐘。快要十二點。我把他吵醒了。

「爸爸。」我說。

「小琪？」

噗通噗通地重重跳著的心臟喜悅地漏了一拍。我完全不知道自己有多需要聽見這聲呼喚。

「我可以回家嗎？現在就回去？」

「當然可以。怎麼了？你聽起來很害怕。」

「我沒辦法繼續待在這裡了。」我說：「我得要遠離這個地方。還有她們。」

「她們？」

「蕾諾拉跟維吉妮雅。她們一直在撒謊。我不能成為其中的一部分。」

不只是如此。還有別的。

我需要告解。

「等我回到家，有事情要告訴你。媽媽的事情。」

我掛斷電話，忍住說出剩餘內容的衝動。這種事不能用電話說。必須要當面講。早在六個月前就該這麼做了。

**他們說的都不是真的，小琪。**

但其實是真的。

全部都是。

那晚的記憶湧上心頭，我離開廚房，沿著走廊往前門快步走去。

我母親，承受著幾乎無法用文字描述的劇痛。她沒有因為痛楚而崩潰。她被痛楚焚身。她遭到痛楚**附身**。

至於我呢，疲憊與憂慮與強烈的共感讓我崩潰，只能等待止痛藥生效，一心只想給予她些許解脫。我撫摸她的頭髮。在她耳邊輕聲安撫。我對著不確定自己是否相信的神明祈禱，要祂做點什麼，幫助她脫離苦難。

疼痛最終屈服在藥效之下。它依然存在，只是從大火燒灼減輕為小火燜燒。吩坦尼的威力將它逼退，讓母親能暫時安歇，那時我只能奢望這麼多。

等她睡著，我朝吩坦尼藥瓶伸手，準備將它鎖進床下的藥箱。還沒握住藥瓶，母親的手搭了上來，阻止我。

「別拿走。」她小聲說。

「你知道我不能這麼做。」

「今晚就好。」她的嗓音沙啞疲憊，緩慢而確實地被捲土重來的疼痛填滿。「或許我會需要。」

「媽，我不能。」

她握緊我的手，儘管已經燈枯油盡，她的手勁意外強大。現在想來，做出這種事的人不可能是她。

是痛楚，控制住她，把她當傀儡般操弄。

「拜託，小琪。」母親聲聲哀求。「拜託。」

接下來的天人交戰感覺持續了好幾個小時，但在現實中只有幾秒鐘。一半的我堅定地遵守規定，做正確的決定，照著過去的訓練以負責任的方式照顧她。另一半的我知道母親正在受苦——而我有辦法為她紓解。

「我只會吃一顆。」她說。「我答應你。」

再多一顆藥。

這樣還好。

超出建議用量，但有時候就是要打破規定。

我想現下就是這樣的時刻。

「一顆就好。」我說。

然後我把藥瓶放回床頭櫃上。雖說我確定沒發出太大聲響，但在我記憶中，那跟荷普莊園的大門在我背後關上的巨響一樣震耳欲聾。

那天晚上我躺上床舖時，隱約感到作嘔，覺得母親打算吞下瓶裡的每一顆藥。或許是第六感。或許是預知能力。可是我說服自己她很理智，無視極端的折磨會蒙蔽人的判斷力。我想相信她不會故意服藥過量，相信這個自我催眠。

於是，母親死了。

都是因為我的行為。

我跳上車，開出車庫，顫抖的手差點握不緊方向盤。我拒絕以蕾諾拉對待我的方式來對待我父親。假裝無辜。逼他終其一生受到疑慮糾纏。在我們之間插入隔閡，直到我們變得跟荷普姊妹一樣——困在懷疑與愧疚的循環之中。

真相能讓我自由——即便它也可能把我送進監獄。

我在柵門前停車，一根根鐵柵把車道擋得像是牢房。我下車按了嵌在牆上的鈕，回頭準備上車。柵門搖搖晃晃地開啟。

然後它發出怪聲。

然後停下。

我挫折地搥了Escort車頂一拳。別來鬧我。現在別鬧我。

我大步回到柵門前，決定親自把它推開，這時我聽見迅速沉重的腳步聲踩過草坪，接著是卡特氣喘吁吁的嗓音。

「琪特？你要去哪？」我猛然轉身，被自己的車頭燈照得瞇起眼。卡特從黑暗中冒出來。「我聽見你開車的聲音，追了過來。你要離開嗎？」

「對。」

「為什麼？」

「因為我錯了。」我說。「我們都錯了。」

我拉了柵門一把，忘記在我初到此處時卡特的警告。

這個地方會咬人。

至少他說對了一件事。因為當我再次使勁猛拉時，我在錯誤的時機碰到錯誤的位置。簡直是我人生的寫照。已經握上其中一根鐵柵了，我才感覺到——生鏽的鑄鐵，被海風裡的鹽分侵蝕出銳利的尖刺。

那根鐵刺戳破我的左手。我連聲咒罵，迅速抽手，檢查傷勢。傷口不大，但已經在淌血了。至少我沒有平白受傷。柵門的縫隙已經夠我的車鑽過。

「哪裡錯了？」卡特問。

「蕾諾拉不是你的祖母。她甚至不是蕾諾拉。她是維吉妮雅，蕾諾拉的妹妹。」

卡特臉色刷白，踽跚後退，像是被人開了一槍似的。

「我——我不懂。」

我走向Escort。「上車，我慢慢跟你說。」

我鑽進駕駛座，發動引擎。卡特沒有動彈，我能理解他的震驚，正如我知道必須在這個地方造成更大的傷害前離開。

不只是我，對卡特也是如此。

「跟我來。」我說。「今晚就好。我們可以——」

我不知道我們可以幹嘛。釐清事實。我想像里卡杜．麥修在五十四年前也對阿奇說了同樣的話，催促他深愛的男人逃離荷普莊園。

阿奇留下來了。

卡特沒有。

他默默打開副駕駛座的車門，跳上車。我踩下油門，兩人一起通過柵門，拋下荷普莊園。

# 第四十一章

「我整理一下。」卡特說。「貝克太太其實是蕾諾拉·荷普。然後蕾諾拉其實是維吉妮雅·荷普。殺害她雙親的就是她？」

「沒錯。」

我們已經上路十分鐘，這段時間內，我告訴他在這個漫長虛幻的夜晚得知的一切。我知道他為什麼困惑。資訊量太大，而且也證實了他來到荷普莊園可說是徒勞無功。

「我跟她們沒有任何關係。」卡特嘆息，接受了他父親的出身依舊成謎的事實。

「很抱歉。我知道你有多想知道真相。」

「我想我早就知道了。」卡特凝視窗外，看著山崖的低矮松樹往後飛掠。我們正在下山進鎮。「時間點太巧了。」

我們都沒把早產的可能性算進去，在照服員訓練期間，我曾學到過十幾歲的年輕母親很容易早產。因此維吉妮雅可能有個孩子住在加拿大的某個地方，渾然不知他的母親是誰，也不知道她做過什麼。而卡特呢，他知道這些真相，卻還是不知道親祖母的身份。

瑪莉也是因此而死——在這個充滿駭人真相的夜晚，我差點忘記這件事。

「我一直想著瑪莉。」我說。「她可以說是無故遇害。」

卡特的視線離開窗戶，過了好一會才說：「你還是覺得她是被人推下去的？」

「你不這麼想嗎？」

「現在我什麼都不知道了。」他再次嘆息。「我不是蕾諾拉——抱歉，維吉妮雅——的孫子。所以任何人都沒有理由為此殺害她。」

「但她知道這個地方所有的祕密。」我說。「蕾諾拉的真實身份。維吉妮雅的過錯。她們兩個瞞天過海數十年。有人需要在她能抖出一切前阻止她。」

「那就只剩阿奇或是蕾諾拉了。」

「也許。但我不這麼想。」

蕾諾拉跟阿奇都在今晚說出所有的祕密。是的，對蕾諾拉說我知道她不是真正的貝克太太，這其實是一步險棋。不過之後他們對我坦白了。他們做了在我抵達荷普莊園的第一晚，維吉妮雅承諾我的事——告訴我一切。

他們沒有要我發誓守密，或是提出任何威脅。如果其中一方如此在意瑪莉掌握真相，覺得有必要殺了她，那我為什麼還活著？

因為我對他們不構成威脅。

我猜瑪莉的立場跟我一樣。

但她威脅到了某個人。

我的左手從方向盤上滑落，留下一抹黏膩火熱的血跡。我用右手操縱車子，看了傷口一眼。還在流血，大概已經感染了，但是死不了。

那扇柵門應該要熔成廢鐵才對。

我在制服裙子上抹抹掌心，不在乎會留下痕跡。反正我也不用再穿這套制服了。反正等葛連先生發現我擅自離職，逃出荷普莊園，連柵門都沒關好，我連照服員都不用當了。

另一個想法浮上心頭，我想到另一個柵門沒關上的時刻。

「嘿，卡特。你說你哪天發現柵門開著？」

「瑪莉死掉那天。」

「我要問的是星期幾？」

「星期一。」

「什麼時段。」

「上午十點左右。怎麼了？」

卡特先前說他以為是日用品送貨員離開時沒關好門。但阿奇曾說貨車固定在星期二上門，從蕾諾拉床底下找到的收據也證實了這一點。

也就是說柵門開著另有原因。

不是讓人進入莊園又離開，而是離開後又悄悄回來。我自己今晚也做過同樣的事。出發前往海景時沒把柵門關上，這樣就不用通知主屋幫我開門了。

如果說星期一上午柵門開著，有可能它前一晚就是如此。

「實驗室那邊已經有你的血液樣本了，對吧？」我問。

「對。我在前一個禮拜去抽過血。只要把維吉妮雅的血液樣本送去就好。」

「所以瑪莉應該要在星期一晚上抽好血，這樣你隔天就能送去實驗室。」

「可惜計畫並非如此。」

我們進入鎮上，從小看到大的街道被黯淡的街燈照亮。我們經過海景，貝妮絲·麥修可能正在看電視。接著葛連居家照服派遣公司。我往右轉，開向兩條街外的父親家。即使我應該要好好思考待會打算告訴他的事情，但腦海被其他的思緒佔滿。

「分析血液樣本要多久？」

「大概一天吧。」

「也就是說如果你在星期日晚上把樣本送去實驗室，他們可以在星期一晚上得到結果？」

「應該是吧。」卡特轉頭看我。「你幹嘛這麼在意這件事？」

因為事情看起來就是如此。某人在星期日晚上離開荷普莊園，沒有關柵門，這樣就不會有人知道他出過門。卡特在星期一早上發覺柵門開著，但他一直沒關門，因為他打算在星期二清早前往實驗室。在這段時間內，誰都可以再次往返莊園。

比如說瑪莉。

在星期一晚上從實驗室回來。

帶回她前一晚送去分析的血液樣本的結果。

我狠狠踩下煞車，車子猛然停在路中間，發出刺耳的摩擦聲。卡特看著我，一手撐著儀表板，身體往前傾。「你在幹嘛？」

「是你。」我說。

瑪莉被推下露台時，她並不是帶著裝滿打字稿和血液樣本的行李箱要離開。

而是帶著分析結果回來。

「你早就知道維吉妮雅不是你的祖母。」我說。「瑪莉提早一天幫他抽血，送去實驗室。因為已經有了你的樣本，他們可以迅速比對是否相符。結果沒有。等瑪莉通知你結果時，你——」

「殺了她？」卡特問。「我為什麼要做這種事？」

因為他想要荷普莊園。他換了工作、搬家，改變人生軌道，都是為了他可能與惡名昭彰的蕾諾拉．荷普有血緣關係，未來有機會繼承她所有的一切。當瑪莉告訴他並非如此，他盡一切努力隱藏事實。

「是你做的。你殺了瑪莉。」

「你覺得我像殺人兇手嗎？」

不像。但維吉妮雅也不像。但他就跟她一樣背負罪責。他們唯一的差異是她現在已經無法傷人。但卡特不是。

我瞄了街道一眼，衡量我的選擇。父親的房子就在下一條街，我可以看到門廊上溫暖的燈光，呼喚我回家。我可以衝過去，祈禱卡特追不上。或者我能逼他下車，加速開回家。我選擇了B計畫。待在車上感覺最安全。

我把右手插進口袋，摸到那個開瓶鑽，抽出來緊緊握住，尖端指著卡特的側腹。他看到我的武器，舉起雙手。

「老天，琪特。沒有必要這麼做。」

「下車。」我說。

卡特把雙手放在我看得到的地方，解開安全帶，拉動副駕駛座的車門。門喀嚓打開，警示音大作，因為車子還處於行駛狀態。

「你搞錯了。」他說。「我發誓我真的沒有殺她。」

「我不相信你！」

怒氣在我全身上下竄流，心臟用力送出血液，掌心的傷口傳來脈動。他騙了我。就跟維吉妮雅一樣。雙重背叛像是三級燙傷般灼痛。我拿開瓶鑽刺向空氣，逼卡特退出車外。

「琪特，拜託！」

開瓶鑽再次往前戳，尖端停在卡特脖子前。他慌忙下車，站在街上對著揚長而去的我大喊，副駕駛座的門像毀壞的翅膀般拍動。

我知道卡特有辦法輕鬆追上，因此我沒有開進屋子的車道，而是直接開上前院，輾過人行道，在前門一碼外煞住。我衝下車，卡特響亮迅速的腳步聲在我背後的街道上迴盪。

「琪特，等等！」他大叫。

我沒有如他的願，跑向前門，用力打開，反手甩上。卡特在我鎖好門的同時趕到。他用力搥門，向我懇求。

「琪特，拜託！你全都搞錯了。」

我從門邊退開，不確定接下來該怎麼做。我要找到電話聯絡維克警探，為我的手找雙氧水跟OK繃，還有找到我父親，才能向他傾訴母親死亡的真相。

我走向起居室，以為會在沙發上找到父親，像是我十多歲那時熬夜等我回來。但他的位置空無一人。起居室裡也毫無人氣。感覺整棟屋子空蕩蕩的。

「爸？」

我沿著走廊深入屋裡，來到他曾經跟母親共享但現在獨自使用的臥室。從門邊往內看，我看到床上有個行李箱。

不是他的行李箱。

他的行李箱破破爛爛，陪我們度過許多次的家庭出遊。這個行李箱小了點，也高級一點。很有質感的深褐色皮料，唯一的缺陷是把手壞了，從箱蓋上垂下來，只有一側相連。

我的視野變得狹窄，黑暗從四周湧上，感覺就像凝視火車隧道似的。只是這條隧道盡頭沒有光。只有困惑。我走上前，手抖到幾乎打不開箱子。

等到我總算翻開箱蓋，發現裡面有一根裝著血液的試管，以及一疊打字稿。我掃過最上面那張的第一行。

**我記得最清楚的那件事——至今依然為此做惡夢——是當一切差不多結束那時。**

我從喉嚨裡擠出沙啞的啜泣聲。但我聽不到，因為心臟跳得太大聲了。震驚。我的心都碎了，沒想到它竟然還有辦法跳動。

因為我知道父親為了取得這個行李箱做出什麼事。

我也知道他為什麼要這麼做。

這輩子我只聽過大家叫他派特。

但他的全名是派特里克（Patrick）。

派特里克．麥迪爾。

我一直沒想過他名字的後半截也可以變成一個完全不同的暱稱。

里奇（Ricky）。

里奇坐在壁爐旁的皮椅上。我父親站在另一張椅子旁，背對著門。他們都沒注意到我悄悄溜進房間，手中的尖刀為我領路。直到我開口問：「我的孩子在哪裡？」他們才意識到我也在場。

「沒了，維吉妮雅。」父親依然背對著我，彷彿是沒有必要花力氣轉身看我。

「把他帶回來。」

「我的達令，已經太遲了。」

「不要那樣叫我！」我厲聲喝斥，把刀子握得更緊。「不准你再那樣叫我！跟我說我的兒子怎麼了。」

「貝克小姐帶走他了。她不會回來了。」

「什麼意思？」

「她再也不會回來。」父親的口吻似乎把這當成最天經地義的事。「她答應帶著孩子離開荷普莊園，幫他找個好人家，永遠不再提起這件事。」

灼熱的痛楚竄過我全身。我意識到那是遭到背叛的痛苦。我覺得自己好蠢。蠢到以為貝克小姐值得信任，結果她在乎的只有她自己。

「你付她多少？」我知道一定有個價碼。

「沒有這位派特里克拿到的多。」父親看著里奇。「我沒有說錯你的名字吧？派特里克．麥迪爾？」

里奇用力吞口水，點點頭。

「我付五萬元，麥迪爾先生將會永遠離開此地，永不提起那個雜種。孩子，我說得沒錯吧？」

「是的，先生。」里奇喃喃回應，拒絕對上我的眼。

「你逼他同意的。」我對父親說。接著我對里奇說：「快拒絕他啊。」

父親總算轉過身，視線掃過我身上各處。首先是我沮喪的臉龐，接著是我的手，以及手中的刀。

「聽好了，維吉妮雅。」父親直盯著那把刀。「沒必要這麼做。」

我一直看著里奇。「快說啊！說你愛我，我們要一起逃走，找到我們的孩子，成為幸福的一家人。」

「但他這不是他想要的。」父親說。「孩子，你說對不對？」

「騙人。」我面對里奇。「跟我說他在騙我！」

里奇的眼神四處游移。從沒有點火的壁爐到他的雙手、他腳下的斑馬皮地毯。什麼地方都看了，就是不看我。

「是真的，吉妮。」他含糊地承認。「對不起。」

「看吧？」父親的語氣得意到了極點。我意識到他正在拿我人生中最不堪的時刻取樂。「我知道你現在不好過，但這是最好的安排。你不會想讓他這樣的垃圾一輩子拖垮你。」

「可是——」

我說不出更多。震驚與心碎令我語塞。但我知道我手中這把刀能為我發聲。

我要衝向這兩個人，無論傷到誰都好，只要能讓某個人痛苦就好。然而還沒踏出一步，某人溫柔地握住我持刀的手，讓我停了下來。

我母親。

一定是姊姊叫她來的。

儘管我很訝異她竟然能下床，自行走動，母親似乎對於我拿刀的模樣毫不困惑。幾個禮拜來，她第一次如此清醒，一眼就看透撞球室裡的祕密。

「別動手，我的達令。」她的雙手異常強壯，跟我搶奪我手中的刀。「他們不值得你賠上你的青春年華。」

我讓她從我手中接過刀，癱倒在她身上，哭個不停。她一手持刀，另一手撫摸我的頭髮，對我父親開口。

「溫斯頓，五萬元嗎？你的價碼提高了。如果我記得沒錯，你只付了兩萬五千元打發我愛的那個人。」

「但他還是收了。」父親的嗓音裡沒有絲毫柔情。「你想瞧不起我都隨便你——你一定把我看得一文不值——但那是你這輩子遇過最好的事。讓你有機會結婚，假裝蕾諾拉是我的孩子，保住你寶貴的名聲。」

他的字句讓母親心中的某個部分崩毀了。我眼睜睜的看著她眼神黯淡，身體僵硬，一動也不動地靜靜站著。她讓我聯想到在半夜停擺的座鐘，令人不安。

不過她身上還是有一小部分繼續運作。我也看到了。有什麼東西上緊了她心中的發條，準備彈起。

她整個人飛射向前。

朝著我父親。

緊緊握著刀。

直到刀刃深深插入他身側。

承受這一刀時，父親沒有慘叫。我代替他尖聲叫嚷，在房裡彈出地獄般的回音。當母親從父親的肚子抽出那把刀時，我依然聽得見我的尖叫聲。

他按著傷口，踉蹌退到撞球桌旁，血液從他的指間溢出。

「請帶我女兒離開這個房間。」母親以平靜如春日清晨的語氣對里奇說。「現在。」

里奇從椅子上跳起來，握住我的手。儘管一點都不想被他碰到，我太過震驚害怕，只能任由他把我拉出房外，來到走廊，往前廳走去。

「這都是夢吧？」我幾乎是在自言自語。「只是一場惡夢。」

可是這場清醒的夢魘沒有停止，撞球室裡傳來呻吟與汩汩水聲。過了一會，母親走了出來，手中還握著那把已經被染紅的刀。鮮血染上她的睡衣，從她的雙手滴落，在前廳地板上滴成一灘灘血漬。

我從里奇手中抽出我的手，跑上主樓梯，一心只想回到床上，沉沉睡去，迎接平凡安穩的早晨。

母親來到里奇所處的樓梯平台時，我才發現這一切都太過真實——她身上的血不只是父親的。母親拖著腳步踏了幾格梯階，彷彿陷入恍惚。或許她也覺得這是一場夢。駭人、可怖、鮮血淋漓的夢。還有她自己的。

她的睡衣上有一道裂痕，顯露出她腹部的猙獰傷口。我一看就知道母親也對自己用了那把刀。

「母親！」我回頭跑下樓。

里奇還在平台上，他板著臉喝止我：「吉妮，不要過來！」

我停在樓梯上，疑惑與恐懼奪去我的行動能力。我看著里奇走上前，從她手中接過沾滿鮮血的刀。

「拜託。」母親對他低語：「拜託結束我悲慘的人生。」

里奇搖頭。「你不是認真的。」

「輪不到你來指手畫腳。」母親厲聲回應。「你不了解我。你不知道我吃了多少苦。當然你永遠不會知道。你只是個沒志氣、沒價值的惡棍，註定終身庸庸碌碌。」

母親眼中的光芒讓我擔憂。我知道她的意圖——里奇上鉤了。

「別用這種口氣跟我說話。」他說。

「為什麼？」母親說。「我說錯了嗎？你的出身一文不值，你這輩子一無所有，死的時候肯定也是一窮二白。你有什麼價值？」

里奇渾身緊繃。「我不是這種人。」

「那就證明給我看。」母親說。「證明你是男子漢，不是什麼——」

我從上方看到里奇手中寒光一閃，忍不住尖叫。

那把刀。

接下來一切發生得太快，我幾乎想不起來。算是上天垂憐吧。我只記得刀子插進她身軀，以及她倒在平台上的聲響，光是這樣就夠可怕了。

當一切結束，我衝下樓，來到母親身旁。顯然她的傷勢已經回天乏術。她的臉色慘白，到處都是血。滲入我的睡衣，我對里奇尖叫，要他幫忙。

「幫幫我們！拜託！」

刀子還在里奇手中。他難以置信地看著它好一會，然後才直視著我和我瀕死的母親。

「我、我很抱歉。」他低喃。「我不是有意——」

「出去。」我擠出沙啞的低語。

「是真的，吉妮。你要相信我。」

「出去！」我又說了一次，這回我吼出了我的痛苦、憤怒、恐懼。

里奇丟下刀，從前門逃向漆黑夜色。

他離開後大概過了一分鐘，我母親也走了。我握著她的手，感受到最後一次微弱的脈搏。我一直握著，即使她的身體開始變冷。我不知道還能怎麼辦。我的雙親死了。我的孩子離開了。我曾經愛過的男人逃了。已經一無所有的人要如何撐下去？

讓我離開母親遺體的是那把殺了她的刀。還落在前廳地板上，閃著舞台道具似的反光。

「用我。」我彷彿聽到它說：「這是你現在該做的事。這是你的解脫之道。」

我走上前，撿起刀，想著要把它插入自己的心臟。我在付諸實行前阻止了自己，生怕當刀刃刺入我胸口時，裡頭已經沒有心能讓它刺穿。

於是我來到露台，頂著狂風暴雨，把刀子丟進海裡。乘載了那麼多暴行的兇器就該丟在沒有人找得到的地方。

但我還是想要結束自己的生命。不，這麼說不太貼切。感覺更像是我需要結束自己的生命。對我來說，人生已經結束了。那些懷抱在心口的希望與夢想全都隨著其他的人事物消失。取而代之的是漆黑的窟窿，我永遠無法逃離。或許我的身體還活著，可是我的靈魂已經死去。

最快、最輕鬆的方法是跳下露台。然而這樣一來我就會跟剛才丟出的刀子一樣消失在浪花間。我想被人找到，這樣他們就能了解我的絕望有多深刻。

我決定去車庫，繩子放在那裡。我拿了一段長長的繩索，帶回屋內，拿到舞會廳。我選擇舞會廳是因為這裡感覺最像我。很討喜沒錯，但也空虛又不受人重視。

我聽見蕾諾拉在廚房裡講電話，激動地向警方報案。我應該要顧慮今晚的種種對她造成多大的影響。他們也是她的雙親。至少我母親是。而我是她妹妹。但我依然故我，沒去思考她會為他們或我哀悼。還有阿奇，我知道他會非常想念我。

站在椅子上，把繩子往上拋了幾次，直到它纏繞吊燈一角好幾圈，一切的思緒全都消失了。我盡全力將剩餘的繩子在我的脖子上打結。

我扯扯繩索，確定它不會鬆開，接著閉上雙眼，吸入我認為是我的最後一口氣，踏出椅面。

這就是完整的故事，瑪莉。

跟你預期的不一樣，對吧？也跟我預期的不一樣。現在故事在你手中，你想怎麼做都行。告訴全世界。或是誰都不說。

就交給你了。

不過我希望你能跟別人分享，讓這個故事傳開，或許風聲會傳入我兒子耳中，無論他在哪裡，然後或許我們母子可以短暫地重逢。

# 第四十二章

開車回荷普莊園路上，淚水湧入眼眶，害我難以看清。我緊緊握住方向盤，彷彿這樣就能彌補模糊的視野。在某個瞬間，我曾想過乾脆閉上眼睛什麼都不看。或許我會衝出道路，從山崖側邊飛入海中，這樣就不用與父親對峙了。在知道了一切之後，這個願景非常誘人。

但這樣我就變得跟維吉妮雅一樣了。

為了我父親的所作所為試圖自盡。

她活了下來。

我也要活下去。

我不知道抵達荷普莊園後要怎麼做，甚至不確定我父親會去那裡，雖然可能性很高。我在電話裡洩漏維吉妮雅尚在人世的消息，無意間把他引到她身邊。

我抹抹眼睛，把方向盤握得更緊，油門踩得更深，催促搖搖晃晃的Escort不斷往上爬。我一路上分神尋找卡特的蹤跡，說不定他打算千里迢迢徒步走回荷普莊園。意識到我父親殺害瑪莉的震驚退散之後，我跑到前門，希望他還在。可是卡特已經離開了。我完全誤會了他，還把他逼下車，使得我今晚的後悔又增添一筆。

另一件讓我後悔的事是迅速看完瑪莉行李箱裡的打字稿。有那麼多維吉妮雅跟我還沒打出來的內容。這才是完整的故事。即使悲傷令我頭暈目眩，我還是無法停下來。

我總算理解維吉妮雅不願透露一切的理由。她不想親自告知我父親的真面目。

還有他做過的事。

搞大維吉妮雅的肚子。接受溫斯頓・荷普的封口費，答應他永遠不會回來。出自氣憤與憐憫殺死伊凡潔琳・荷普。殺害瑪莉，因為她知道這一切。

這是我最難以接受的部分——他還有辦法殺人。我無法停止想像他在宅邸的陰影中埋伏，一看到瑪莉悄悄走到露台上就全力出擊。我知道當時她打算去見卡特，因為那管維吉妮雅的血液樣本還在行李箱裡。

父親搶過行李箱，推了瑪莉一把，看她跌到欄杆另一側，落入萬丈深淵。

我怕維吉妮雅會是他的下一個被害者。

特別是在荷普莊園敞開的柵門外看到我父親的小貨車時。

我懂他選擇走進莊園的理由。他不想讓任何人察覺他要溜進屋裡，殺害瑪莉那一晚他很可能也是這麼做。

我不需要低調，繼續往前開。

開過柵門。

開過車道。

來到荷普莊園的宅邸門口，阿奇站在門邊，被車頭燈照亮，宛如舞台上的演員。看到我下車，他鬆了一口氣。

「屋裡有人。」他急促地悄聲說：「我看到他順著車道走過來。」

「你知道他現在的位置嗎？」

阿奇搖頭。

「沒關係，我知道他要去哪裡。」我說。

「他是誰？」

「里奇。」我停頓一下，擔心他會被這個訊息壓得無法思考，今晚我已經體驗過好幾次了。「同時也是我父親。」

在阿奇來得及反應前，我把車鑰匙塞進他手中。

「開進鎮上。去警局找維克警探。他知道該怎麼做。」

「那你呢？」

我走上通往前門的台階。「我不會有事的。」

我不怕父親會傷害我。我不認為他有這麼極端。更何況除了殺死我，他對我已經造成足夠的傷害。我擔心的是維吉妮雅。她毫無招架之力——而且也是他唯一需要解決的把柄。

我的計畫瞬間成形，首先要確保維吉妮雅平安無事，接著盡量引開父親的注意，撐到維克警探抵達。阿奇開走我的車，我走進荷普莊園，維吉妮雅的過去與我的現在即將在此交錯。

站在前廳，我尋找父親的蹤跡。他可能在任何地方，包括屋外。然而我可以感應到他的存在。他的影子重複他五十四年前的行動。

站在我現在所站的位置。

恥辱與羞愧與憤怒在他心中醞釀。

將刀子捅入伊凡潔琳．荷普體內。

景象是如此的鮮明，我幾乎聽見了一切，彷彿那些駭人的聲響從一九二九年開始不斷在此處迴盪。

我沒聽到現實世界的聲音。沒有腳步聲，沒有被踩得咿呀作響的地板。或許是好事。也可能是我來得太遲。

這個想法推著我走進廚房，爬上工作樓梯。我不敢走主樓梯，上頭還留著我父親當年造成的斑斑血跡。工作樓梯沒有比較好，梯階在我腳下呻吟，感覺隨時都會崩塌。確實有可能。來到二樓，我馬上感受到這棟屋子極度傾斜。我不過離開一會，狀況又惡化了。

我躡手躡腳地前進，歪著身體配合地板斜度。途中我從口袋裡掏出開瓶鑽。這個舉動把我嚇了一跳。他是我父親。撫養我長大的人。我無法想像自己竟然要抵擋他的敵意。不過在這個情況下，此舉有其必要。

我沒有直接進入維吉妮雅的臥室，而是鑽進我的房間，被短時間內的變化嚇了一跳。地板斜得更嚴重，我每踏出一步都要加倍小心。來到連接兩個房間的門前，我發現半截床墊滑到床腳。兩本書從書櫃裡摔出，掛在牆上的鏡子看起來歪歪的，但其實歪的是整個房間。

通往維吉妮雅房間的門關著。不知道是父親關上的，還是屋子架構的變動所致。我緊緊握住開瓶鑽，稍稍推開房門，往裡頭一看。

房裡頗為昏暗，只有月光從更加傾向海面的窗戶照進來。在淡淡的光芒下，我看到維吉妮雅躺在床上，清醒無比。

我衝到床邊小聲說：「我父親要來了。」

她知道我指的是里奇。

在我們第一次見面時她就知道了，當時她幾乎沒把我看在眼裡，直到我說出我的全名，她才對我投注全副注意。

「我要帶你離開這裡。」

我把開瓶鑽放在床頭櫃上，從角落推來輪椅。儘管知道直接把她抱起來扛下樓梯會比較快，但我也知道自己的極限。只能照著那次以失敗收場的外出的方式沿著主樓梯推她下去。

我支著她的腋下，好不容易快要把她挪到輪椅上時，走廊傳來動靜。維吉妮雅也聽到了，臉上浮現驚駭的表情。我們都聽出那是什麼聲音。

腳步聲。

沿著工作樓梯往上。

緩緩的。

不太篤定的。

一聽就知道是我父親的腳步聲。

我僵了一秒，不知所措。就算在父親進房前成功讓維吉妮雅坐上輪椅，他也一定會看到我試圖把她推出去。但是待在原處也不是上策。我扶著維吉妮雅，完全無法保護她或是自己。她的性命全都交在我手中了。

維吉妮雅朝著房間遠端的角落點點頭，那是在牆面與臥榻間的漆黑區塊。雖然只能勉強容納維吉妮雅，如果父親只是往房裡隨便看一眼就離開，或許可以瞞過去。他的腳步聲越來越響亮，這是我們唯一的選擇。

我把維吉妮雅拖到牆邊，讓她癱在地上。然後我衝向自己的躲藏處——我的臥室。我縮在陰暗的角落，祈禱這裡夠我躲藏。透過打開的房門，我看到維吉妮雅倒在臥榻旁的地板上。那裡也有陰影，只是不太隱密。完全藏不住。

我聽見走廊上傳來聲響，跳過我的房間。

父親直接找上維吉妮雅的房間。

他當然知道位置。

他以前曾經來過。

他總算踏進她的房間，我得要一手按住嘴巴，不然我會叫出聲。我一直悄悄期盼自己搞錯了，不是他，雖然有瑪莉的行李箱跟那些打字稿，這不可能是真的。

然而他的到來抹去一切的疑慮。

父親馬上就找到維吉妮雅。並不困難。她的雙腿無法動彈，從那個漆黑的角落伸了出來。

「嗨，吉妮。好久不見。」他說。

他的嗓音平靜溫暖，透出輕佻的愉悅。那是屬於與往日舊愛重逢的男人的語氣。換在別的情境，幾乎稱得上是浪漫的表現。然而此時此刻，我只覺得毛骨悚然。

「我抱你起來。」他說。

父親彎下腰，把維吉妮雅擁入懷中，抱她上床。在母親病重時，他也曾經如此對待她，溫柔地將她從起居室沙發上抱進臥室。看他用同樣的方式抱起維吉妮雅，我的心彷彿被敲出窟窿。更糟的是展現如此柔情的男人，竟也做得出兇殘的暴行。

「吉妮，你還是很懂要如何給人驚喜。」他讓她在床上躺好，說道：「真是服了你。」

父親坐上床緣，出乎我意料地握起維吉妮雅的手。

她的右手。

我憋住呼吸，等他拆穿我的蹤跡，要我趕快現身。但他只對著維吉妮雅說話。

「這些年來我一直以為你早就死了。被繩子吊死。大家不是這麼說嗎？不過我跟大家不一樣，我知道不是蕾諾拉做的。所以我從來沒有離開這座鎮。我沒有躲藏的必要。我當然不認為有必要擔心你告訴別人真正的事發經過。所以我留著。開啟自己的事業。認識一名優秀的女性。擁有一個女兒。」

聽到最後這句話，我渾身的血液彷彿結凍了。

他知道我在這裡。

他在提醒我該站在哪一邊。

「當年的事情我深感遺憾。」他對維吉妮雅說。「現在說這個已經沒用了，但我確實愛過你。至少我是這麼想的。我真的想好好對待你。可是我們還那麼年輕，我是那麼的害怕。當你父親說孩子離開了，還開出價碼，我只覺得鬆了一口氣。終於有辦法解套了，即使我知道這會傷到你。我有時候會想起他。我們的兒子。我惦念著他，希望他過得好。要是我們繼續在一起，我不認為他會有多好的下場。那樣的感情無法持久的，吉妮。我們差太多了。」

父親輕輕握了維吉妮雅的手一下，像是在強調他的論調似的。

「至於你的母親，吉妮，我不是有意要傷害她的。我發誓。但那時候我腦中有什麼東西斷了，我沒辦法控制。我常常想起那一夜。沒有一天不後悔自己的所作所為。可是我學會與過去妥協。我知道儘管自己犯了大錯也不會受到懲罰。然後你那個護士來到我家，問我是否同意做抽血檢驗。」

我好不容易忍住驚呼。它像泡泡一樣堵在我的喉頭，被我用力吞下，同時想通了一切。

瑪莉曾經去過我們家。

那是她星期日晚上的目的地。她沒去實驗室，而是跑去見我父親。

當時我也在。

我聽到她跟我父親談話。她不是父親不願對我提起的女朋友。她是瑪莉，帶著更大的祕密。隔天晚上我聽見他偷偷溜出門，其實他是來到荷普莊園。

「她跟我說她知道我十六歲那年曾在荷普莊園工作過。」父親繼續道。「她知道我跟維吉妮雅・荷普發生過關係，我是她孩子的父親，那個孩子被人抱走了，但或許他也有自己的小孩，對方想知道自己真正的祖父母是誰。那時我意識到你還活著。她一定是從你口中得知這些事。天啊，你該看看她的樣子。那麼得意，自以為有多聰明。但她只知道一半。」

「可是我知道全部。」

不像剛才的驚呼，我沒有忍住這句話。我知道得太多，無法繼續躲藏，也聽到得太多，不能繼續沉默。我走進維吉妮雅的房間，看到父親的雙手移到她的頸子，稍稍收緊。

「小琪，停下來。」他說。「我不打算傷害你。你也很清楚。但如果你再靠近的話我就要對她動手了。」

看到他的雙手──如此碩大，如此強壯──環繞維吉妮雅的喉嚨，我停下腳步。不過我沒有展現恐懼。恐懼是感應得到的。他曾經教過我這件事。

「爸，沒有人有必要受傷。你可以結束這一切。」

父親轉向我，露出我登上報紙版面那天早上的表情。受到傷害與背叛與恥辱。「小琪，我不確定我做得到。我已經陷得太深了。」

「你為什麼要殺瑪莉？既然她只知道部分真相，為什麼要殺她？」

「因為她知道得夠多了。不是跟謀殺案有關的部分。或許她知道，但她完全沒有提起。」父親回頭面對維吉妮雅。「她請我提供血液樣本後，回到這裡，看你完成了剩餘的故事。我知道，因為後來我看到了。你打的那些紙？我都看過了。吉妮，你真會寫。有當作家的潛力。可是你不該告訴她一切。你真不該透露我的名字。但是在那之前，我已經知道她是個大麻煩。所以我答應讓她做那個白痴的檢驗。但不能在家裡抽血。我女兒在家。我跟她說我隔天夜裡會來這裡，來荷普莊園，要她開著柵門。然後我就在我第一次見到你的地方等待，吉妮。看到瑪莉提著行李箱急急走到露台上，我做了我該做的事。」

「那現在呢？」我問。「你現在打算怎麼做？」

「不知道。」父親口中說著，雙手卻把維吉妮雅脖子掐得更緊。「我真的不知道。」

「那就住手啊，爸爸。拜託。」

「沒辦法。」父親開始擠壓她的喉嚨。「我不能留機會讓她告訴別人。」

「她不會的。」我說。「她做不到。」

父親無視我的懇求。

「我很抱歉，吉妮。」他小聲說道。維吉妮雅雙眼鼓脹溼潤，咯咯聲從喉中擠出。「我真的很抱歉。」

「爸，住手！」

我撲上去，試圖阻止他。就算年滿七十，他依然能用單手將我推開。我踉蹌撞上維吉妮雅的輪椅，摔成一團。我趴在地上，看著父親的雙手回到維吉妮雅的頸子。

收緊。

擠壓。

這時我注意到維吉妮雅的手。

右手落在床上，毫無動靜。

左手握住從床頭櫃上抓來的開瓶鑽。

維吉妮雅擠出所有的力氣，將開瓶鑽揮向我父親，劃破空氣，直接刺中他的側腹。

父親高聲痛呼，鬆開雙手。他低頭看著自己的側腰，開瓶鑽就插在上頭。血液滲透他的上衣，一圈深色區塊往外擴張。

在他來得及抓住開瓶鑽前，我跳起來伸出手，握住把柄用力一抽，開瓶鑽從他身側滑出，金屬與血肉摩擦出黏膩的聲響。我把開瓶鑽當折疊刀揮舞，說道：「別再碰她。」

父親一手按住傷口。他受傷了，但傷勢不重。他甚至還能悔恨地輕笑。「看來是我活該。」

「對。」我嚇了一跳，沒想到短短一個字竟能乘載六個月份量的苦澀與失望。

「如果我能當個更好的父親，你就不會來到這裡。不會遇到吉妮。不會知道這一切。」

「你把我推開。」我試著藏起傷感，但還是展露出來了，讓我的嗓音沙啞。「我需要你，爸。媽過世的時候，我是那麼的需要你！媽的事情太可怕了。但是——」

我阻止自己，不確定自己說得出該說的話。

即使是現在。

即使在這裡。

「但是你有權力質疑我。我沒有收好藥瓶。就算媽發誓她只會吃一顆，我知道她有可能全部吞下去。」

「別說了。小琪，別說那種話。」

「可是這是真的。」

「不。你不該責怪自己。都是我的錯。我不該讓你背負這一切。我不該讓事情失控至此。那篇指責你的報導刊出來的時候，我應該要站出來阻止一切。」

突然之間，我從荷普莊園抽離。這個受詛咒的地方從我眼前消失，我回到自己家裡，父親坐在餐桌旁，手裡拿著報紙。他抬頭看我，眼中泛淚，對我說：「他們說的都不是真的，小琪。」

他說這句話並不是因為他希望這是真相。

我父親會這麼說是因為**確實**是如此。

他知道我沒有給母親服下那些藥丸。

因為這麼做的人是他。

# 第四十三章

震驚與絕望。

我只感覺得到這些。

不是憤怒。不是難過。只有極端的震驚與絕望，互相餵養增長，化為我無法形容的情緒，因為我從未有過這種感受，也祈禱其他人不會被迫體驗到它。感覺像是我的每一個部位——大腦、心臟、肺——都被人從體內扯出，只留下空殼。

我還能站著實在是奇蹟。

我無法思考。

我無法說話。

我無法動彈。

我的父親依然做得到這些，他走向我，展開雙臂，似乎是想擁抱我，卻又知道我會在他的懷抱裡粉碎。

「我很抱歉，小琪。」他說。「我知道你想多跟她度過一些時間。我真的知道。可是她受了太多苦了。那麼的痛苦。我能理解你為什麼把藥瓶留給她。因為你沒辦法繼續眼睜睜看著她遭到折磨。我們都做不到。所以我決定將它結束。」

我不想聽，然而我失去了所有的身體機能，只剩下聽力還在。我只能聽進他的每一句話。

「我沒有逼你母親吞藥。她是自願吃下去的。我們都知道這樣比較好。我無意——我們都沒這個意圖——讓你背負責任。事情爆發後我不知道該怎麼做。可是我說我不會讓理查・維克逮捕你的時候，我是認真的，小琪。如果真的走到那一步，我發誓我會去自首。但你沒被逮捕。所以我保持沉默，因為我知道要是你發現真相，一定會恨我。」

我確實恨他。

終於出現第三種情緒，吞噬我的震驚與絕望。它們淡化成背景雜音，憎恨佔據所有的空間。但這是受傷引發的恨意。疼痛又灼熱。彷彿被捅了一記的人是我。

我不知道哪件事實讓我更難受——他跟我母親決定結束她的生命，沒有告訴我，不讓我有機會道別；或是他在警方找上我時、在政府調查我時、在我接受停職處分時默不作聲。

「因此事後我沒辦法跟你說話。」父親說。「明明知道自己做了什麼，想到我害你這麼痛苦，我就難以直視你的眼睛。」

我莫名找回聲音。「但你沒有阻止大家。你任由其他人認為我殺了我母親。更糟的是你讓我也這麼想。」

「我不該這麼做的。」父親說。「我錯了。」

他又朝我跨出一步，按著身側皺起臉。換在其他狀況下，我一定會發揮照服員本性，檢查傷口，試著清潔，找東西來止血。但我仍舊一動也不動。他的傷沒有我的傷重。

要不是走廊上傳來聲響，或許我會永遠維持這樣的狀態。

尖銳的金屬摩擦聲，蕾諾拉・荷普給霰彈槍上膛，踏進臥室。聽到這聲威脅，父親舉起雙手，轉向她。

「哈囉，蕾諾拉。」他說。

蕾諾拉將槍口指著他的胸膛。「你是誰？為什麼會在這裡？」

「我是派特里克。」

跟我不同，蕾諾拉瞬間將我父親的名字對上她妹妹數十年前愛過的男孩。她甚至想通該為數十年前奪去她雙親性命的暴力戲碼負責的人不是維吉妮雅，而是他，至少他在其中佔了一席之地，可惜已經太遲了。

「是你。」她說。

父親點頭。「大部分是。」

「給我一個不現在開槍射死你的理由。」

「因為不該讓我女兒目睹這個景象。」父親往我這裡歪歪腦袋。

蕾諾拉看著我，一臉震驚。「你原本就知道嗎？」

我搖頭。蕾諾拉看著我，槍管慢慢垂向地面。我父親趁隙撲向蕾諾拉，把她推往走廊。

「不！」我放聲尖叫，不知道我想阻止的究竟是誰。我又叫了一聲，他們依舊無視我，一心一意只想摧毀對方。我只能衝到走廊上，口中繼續叫嚷，眼前景象宛如以慢動作播放的車禍影片。

我父親撲向蕾諾拉。

狠狠撞上她

霰彈槍的槍管挪動、傾斜、開火。

槍口炸出一團熱氣與巨響。父親背後的牆板碎了一塊，石灰、木材、壁紙灑了一地。他跟蕾諾拉繼續扭打，一點一點接近樓梯口。

父親停住了。

蕾諾拉沒有。

她往後翻下樓梯，霰彈槍從她手中飛出。她在樓梯平台滾了一圈。我推開父親，衝下樓梯，但才跨出兩三步就察覺狀況不對勁。

整座樓梯在震動。

整棟房子也是。

我看看四周，恐懼油然而生。前廳天花板的燈左右搖晃，頭頂上傳來三樓家具傾倒的碰碰聲。下方的地面發出低吼，有如即將醒來的野獸。聽到這些聲響，本能告訴我時間不多了，只剩下幾分鐘，甚至只有幾秒鐘。

然後整個荷普莊園就要崩塌。

「離開屋子！」我對蕾諾拉大喊。「我去救維吉妮雅。」

我回頭往上跑，樓梯震動得太嚴重，我實在站不住，只能手腳並用地爬行。到了樓梯口，我爬過父親身旁。

「你在做什麼？」他的吼叫壓過越來越響亮的地鳴以及隨之而來的碰撞破碎聲。

「救維吉妮雅！」

「時間不夠！」

父親抓住我的肩膀，我在他手中掙扎。「你幫我的話就可以！」

我們四目相接，一生份量的愧疚與後悔在眼神中流轉，沒有說出口卻能清楚察知。

「拜託。」我說。「你欠我。你欠**她**。」

父親眨眨眼，似乎是從恍惚中猛然驚醒。

然後他放開我，沒有多說一句話，衝進維吉妮雅的房間。

我跟著他進房，整個房間像是故障的嘉年華會花車般發出各種雜音。原本微妙的斜度已經不復存在，現在地板成了斜坡，房間有如障礙賽道。四周的家具滑向窗戶，包括維吉妮雅躺著的那張床。父親抓著她的肩膀，我抱著她的腿。我們兩人扛著她離開房間，整棟屋子往後傾斜。在我背後，空蕩蕩的大床滑過地板，狠狠撞上牆壁。

來到走廊，臺座上的花瓶紛紛落地粉碎，牆上的掛畫搖搖晃晃。

磚塊如雨般砸在屋頂和露台上，荷普莊園的煙囪一根根倒塌。

父親跟我快步走下主樓梯，努力不在起伏震盪的梯階上把維吉妮雅摔落。在樓梯平台，父親將維吉妮雅扛上肩頭，讓我空出手扶蕾諾拉。

她拒絕移動。

「一起逃出去！」我大叫。「快！」

蕾諾拉搖頭。「我不走。」

她的回應是如此的不切實際，起先我還以為她在開玩笑，雖然我們頭上腳下的荷普莊園正在崩塌一點都不好笑。然而來到大門前，發現蕾諾拉無意跟上，我才意識到她的意志是這麼的堅決。

「我不能離開這個地方。」她說。「我不會走的。」

「蕾諾拉，聽我說。」我抓住她的肩膀搖晃，想讓她恢復理智。「你留下來的話就死定了。」

根本是在白費時間、唇舌、心力。這點她心知肚明。

「我曾經離開過這裡。現在輪到維吉妮雅了。」蕾諾拉摸摸我的手，露出悲傷的微笑。「她已經等夠久了。琪特，好好照顧她。」

蕾諾拉．荷普輕輕一推，在我來得及回應前把我推開。沒時間了。我只能奔下主樓梯，跳過前廳地板上交錯的裂縫，到屋外跟父親和維吉妮雅會合。

他一路扛著她，直到抵達地面不會震動的地方。父親將維吉妮雅放到草地上，我跟著蹲下來檢查她有沒有受傷。沒想到除了父親側腹的傷口之外，我們三個可說是毫髮無傷。

我朝他的上衣伸手，問：「你傷得多重？」

父親推開我的手，輕柔地，緩慢地，彷彿是在品味這份觸感。

「小琪，你是好孩子。」說完，他親親我的臉頰。「一直都是。我應該要更常對你這麼說才對。現在我好後悔。我對很多事情後悔莫及。可是你呢？你一直都是我的驕傲和喜悅。」

接著，父親回頭走向大宅，毫不猶豫地走進去。

我撲上前，想要追過去，但維吉妮雅抓住我的手腕，緊緊攀著，提醒我還要顧好她。我只能扯著嗓子要父親回來。前門沒關，我看著他來到主樓梯上，蕾諾拉身旁。兩人沒有多看對方一眼，也沒有伸手尋求慰藉。

他們只是坐著。

當天花板大塊大塊落在他們身旁。

當平台後方的彩繪玻璃碎裂。

當整棟屋子在最後一陣瀕死掙扎中顫動。

最後，在前門狠狠甩上之前，我看到父親與蕾諾拉總算握住對方的手。

在地鳴、摩擦聲、刺耳的破裂聲中，荷普莊園跟著崩塌的山崖一起滑入海中。

# 第四十四章

音樂聲從維吉妮雅的房間飄出。

是加油合唱團，她比我想像的還要喜歡。或許她享受的是創新的風格。被迫與現代科技脫節數十年後，她對於我使用多年、早就習慣的一切事物都充滿興趣。我的手提音響是她的主要目標。在大部分的日子裡，音樂都播個不停。電視也是，我第一次開電視時，維吉妮雅露出敬畏的表情。那天她看了一整夜，無論是什麼節目都看得興高采烈。我帶她去看《絕地大反攻》的時候她的反應也是一樣熱烈，儘管我們根本看不懂在演什麼，單純欣賞大螢幕上的奇觀特效。

我站在維吉妮雅的新房間門口。這裡以前是我的房間，但已經佈置得跟原本的樣貌完全不同。阿奇跟肯尼幫我撕掉難看的碎花壁紙，把牆壁漆成柔和的薰衣草紫。我從小用到大的家具都丟了，換成更適合維吉妮雅使用的東西。新的吊索升降機、新型輪椅、本地醫院捐贈的電動床，維吉妮雅只要按下左手邊的按鈕就能調整高度，撐起她的上身。

我換到雙親以前的臥室。從沒想過會有這麼一天。睡在走廊的另一側，躺在比我熟悉的床鋪和房間還要大的空間裡，頭幾晚感覺很怪。但我漸漸習慣了。到目前為止，我只做了兩次跟我母親有關的惡夢。

從沒夢見過我父親。

希望能維持下去。

荷普莊園出了那種事，沒有人對維吉妮雅來我家住這件事有任何意見。我畢竟還是照服員，而她也沒別的地方能去。不是這裡就是類似海景護理之家的地方。

最初的幾天很不好過。我們兩個忙著哀悼。維吉妮雅失去她的姊姊以及她數十年來唯一的家。我失去我父親，那是我僅存的家人，也失去了我心目中的他。現在過了兩個月，一切事物都越來越容易承受了。

幸好阿奇沒有遠離，依舊是那麼的可靠。他在隔壁鎮上的高級飯店找到廚師的職缺，每隔一天會在下班後來看看我們。以曾經住在荷普莊園的人來說，他可以算是仁至義盡了。潔西依然行蹤不明，就算荷普莊園的消息登上全世界的頭版，她也沒想過要聯繫我們。

至於卡特呢，他還難以應付寬恕與遺忘的課題。我不怪他，真的。畢竟我曾指控他是殺人兇手，把他丟在路旁無法回去。那天當他終於回到荷普莊園，整個地方已經崩塌好幾個小時了。曾經屬於他的小屋成了散在大西洋岸邊浪花上的龐大瓦礫的一部分。

我努力為那一晚的作為道歉，過了兩三個禮拜，我踏進他打工的酒吧，他說他懂我為什麼會懷疑他。他甚至說他原諒我了。但我看得出他不是真心的。他這麼說只是希望我別再找上門。所以我順了他的意。他也在不久後離開小鎮，前去尋找他的真正出身。祝他好運。希望他能獲得讓他滿意的結果。

我也對自己抱持同樣的希望。

跟卡特一樣，我還沒辦法走上寬恕之路。雖然父親幫我拯救維吉妮雅，我還是恨他做了那些事，正如我恨自己依然愛他。現在我知道阿奇說得對，這兩種感情可以並存。應該要趁某天晚上他來看我們的時候問問他是如何做到的。

不過目前我要專心陪伴維吉妮雅。在她新買的個人物品中有一台電動打字機，但她很少使用，多半只是跟我溝通一些小事。她還沒展現出繼續寫她的故事的跡象。既然大家都知道了，我想她認為已經沒有必要了吧。

荷普莊園最早的兇案被史無前例的股市崩盤以及大蕭條蓋過，如今的新聞媒體沒有重蹈覆轍。各家新聞報社都在提大宅崩塌、我父親的罪行，以及倖存的維吉妮雅・荷普以姊姊的名字度過幾十年歲月。我偶爾還會接到記者來電，要求與維吉妮雅談話。

我的標準回覆是：「抱歉，她現在不方便說話。」

然而我有時會希望她能談談那些事。我想這樣一定能幫維吉妮雅整理對自身遭遇的感受。我無法想像承受了那些苦難，親生兒子被人奪走、目睹母親被自己的情人殺害、被自己的親姊姊藏匿避世數十年。相較之下，我自己的創傷感覺跟兒戲沒有兩樣。

不過現在維吉妮雅渾身散發幸福的光彩，坐在她的輪椅上，聽著歌曲穩定的節拍。

〈絕口不提〉（*Our Lips Are Sealed*）。

她的愛歌之一。

「我去沖個澡。」被她注意到我的目光，我問：「你需要什麼嗎？」

維吉妮雅以一記敲打作為回應，繼續聽音樂。我進浴室沖澡，打開蓮蓬頭，等水變熱。在這個獨自一人，沒別的事好做的時刻，一個念頭突然襲來。

在這世界的某個地方，我有個同父異母的哥哥。

或許。

無法得知他是否還活著。就算是，也不知道他人在哪裡。或者他是否有自己的家庭。阿奇跟我往四處伸出觸角，調查真正的貝克小姐後來怎麼了，希望這個情報能幫助我們找到維吉妮雅的兒子，我同父異母的哥哥。這些事都是私下進行，我們不想向維吉妮雅透露，生怕會太讓她抱持希望。以目前的成果來看，保密是必要措施。我們只查到貝克小姐在一九三零年的某個時期結婚，搬到別處去了。還不知道是哪裡。她丈夫的名字同樣未知。現在我們只能等待，期盼能獲得更多情報。

我想維吉妮雅會喜歡這樣。

我也是。

雖然我們沒有血緣關係，但她是我所知僅存的親人。

離開浴室時，加油合唱團還在高歌，音樂迴盪在走廊上。我擦乾身體，換上今天的制服：牛仔褲、舒適的襯衫、開襟針織外套。現在不用再穿白色護士服了。

我橫越走廊，用手耙梳溼溼的頭髮。「嘿，維吉妮雅，你想吃什麼口味的燕麥粥——」

我僵在門口。雖然音樂還沒停，輪椅還在原處，維吉妮雅本人卻不見了。我看看房間各處，太蠢了，好像我以為她只是被放置到別處，而不是完全消失無蹤。

前門玄關有一張小桌子，通常用來放信件跟車鑰匙。桌上有一張紙，印著六行打出來的字。

我憋住呼吸，拎起那張紙，看清上頭寫了什麼。

維吉妮雅．荷普六十九歲

寫給她的護士這張小紙片

謝謝你救我一命

現在該留你清靜

我抬頭挺胸走出門
知道我騙了所有人

我最親愛的琪特，

希望你收到這封信的時候一點都不意外。希望你內心深處知道我一定會再聯絡你。跟你說，以那種方式離開是最好的安排，雖然我很不想那麼做。但我很擔心你知道真相後會有什麼反應。

可是呢，你老是懷疑我做得到比表面上還多的事情。在一般人眼中，我的沉默與靜止使得我接近隱形。

但是琪特，你看見了我。

現在你知道真相了。我能夠走路、說話，全身都動得了。現在你一定在納悶我為什麼要花那麼長的時間假裝我做不到。原因很多，首先就是我一開始一點都不想動。

發現我沒死成，我跟其他人一樣訝異，同時也很失望。雖然這是奇蹟，我依然希望自己已經死了。我渴望死亡。死亡的解脫是如此的甜美，我假裝自己真的死了。我躺在床上不動，也試著不要呼吸。

瓦爾登大夫儘管愚蠢，但或許他的診斷並沒有太過離譜。我確實有什麼地方不對勁，只是我至今依然無法確定究竟是身體、精神，還是情緒上的問題。或許三者兼具，導致我雖然沒有癱瘓，卻無法動彈。我只知道自己感覺毫無生機、沉默、靜止。於是我繼續維持這個狀態。

若不是阿奇一直不棄不離，或許我會永遠這樣下去。「吉妮，你總有一天會好起來的。」他常對我低語。「一定會的。等你好起來，我們就去找你的兒子。」

我開始想說不定他說得對，某天真的能找到我的寶寶。越是思考這件事，我就越感受得到過往自我的火花，那個我還在我的深處燃燒。

我沒讓阿奇知道，開始給自己一些功課，逼迫身體開始運轉。先從動動左手手指開始，過了很多、很多年，我總算能偷偷在房裡走動。

我想你的第一個問題會是：為什麼我那時不離開荷普莊園？

我想離開。我想做的事情可多了。旅行。奔跑跳舞唱歌。養育那個被殘酷地偷走的孩子。

但我害怕荷普莊園以外的一切。我知道這個世界跟我年輕時已經大不相同。我怕就算走出去，我也什麼都認不得。荷普莊園很熟悉，我安於這份熟悉。如果你只認識這裡，那麼就算是監獄也可以住得舒服。

我猜現在你的第二個問題是：為什麼不至少跟阿奇說我能動、能走、能說話？答案有點自私。我不告訴他是因為我怕只要洩漏給任何人，我姊姊就有機會知道。她到歐洲度過我夢寐以求的生活，在她回來之後，我想要懲罰她。這就是血淋淋的真相。

起先我只想著要殺她。我很樂意扛下這一條罪名。

但死亡太迅速。

我要她的懲罰持續非常、非常久。

於是我把自己變成她認定的負荷。她以為她把我們兩個困在這裡是為了懲罰我。但事實上她懲罰到的只有她自己，我只是在旁邊看熱鬧罷了。就想成我父親逼我們玩的遊戲的變化版。我終於贏了。我選擇把蕾諾拉關在她房裡的時間超過五十年。

不只是針對我姊姊的敵意。我留下來的主因是我怕我兒子哪天決定回來找我。我怕要是離開了，他就永遠不會知道我去了哪裡，永遠找不到我。

想到或許我們有一天能夠團聚，對我來說這就值得等下去了。

所以我選擇繼續裝出這副沒用的模樣，即便我做得到那麼多事。沒想到誰都沒發現，包括在你之前的好幾位護士。太多了，我已經忘記大部分人的名字跟長相。我想她們也是輕輕鬆鬆就把我忘記了吧，沒幾個人認真對待過我。沒錯，她們達成讓我活下去的基本任務。但只有幾個人把我當人類看待。當我有自己的想法、感受、好奇心。我猜這要歸功於我的沉默。只要不說話，就很容易遭到忽視。就像我。

當然了，幾乎每一位護士都怕我怕得要命。其實也不能怪她們。聽過圍繞著我的諸多謠言，我自己都要怕了。先前的護士都對真相毫於興趣。就連對我施捨一點善意或是陪我說話的護士也一樣。瑪莉改變了一切。可憐的、可愛的瑪莉。她是另一個看到我的人。她跟你一樣很好奇。好奇到買了那台打字機，希望我能學會使用，最後打出我的故事。

我做了，這部分你很清楚。

我只希望也能為你做同樣的事，琪特。你有權知道真相。但我就是無法讓你對你父親失望。因此我停滯不前、迴避話題、百般誤導，即使深知你總有一天會查出來。

我真心後悔讓你用那種方式得知真相——以及在那之後的一連串事件。那不是你應得的。你處理得很好，證明你擁有高尚的人格。

大約在瑪莉教我打字那陣子，還發生了一件不得了的事。

我得到了名叫隨身聽的神奇機器。透過裡頭的錄音帶可以聽到潔西朗讀書本內容。她是荷普莊園新來的女僕。雖然我夜裡會偷偷看書，但能夠公然享受書本真的很棒，真的。我不在乎故事內容。單純喜歡有人好好說給我聽。

第一捲錄音帶聽到一半，書本的內容突然停了，你可以想像我有多驚訝。前一刻我還在聽約翰·傑克斯[6]的《北與南》，下一刻潔西的朗讀停止，換成普通的說話語氣。

6 John Jakes（1932-2023），美國歷史小說家。《北與南》（*South and North*）是他以南北戰爭為背景的三部曲小說系列。

「聽著，我知道你不是蕾諾拉．荷普，而是她的妹妹維吉妮雅。我知道很多你的事。可能比任何人都還多。」

透過她安插在章節間的訊息，我與潔西的單向對話就這樣持續下去。

「我不認為你殺了你的雙親。就算是你動的手，根據我所知的資訊，那也是他們活該。最起碼你父親是。」

「我還沒跟瑪莉說，可是我很確定你能動，或許還能說話。我很好奇你的嗓音聽起來如何。」

最後，最重要的訊息來了。

「對了，我是你的孫女。」

潔西對我說了她父親的一切。他名叫馬瑟，在貝克小姐和她丈夫共組的溫馨家庭裡成長。他打過曲棍球，熱愛閱讀，擅長繪圖。大學畢業後，他在多倫多找到廣告設計的工作。他直到三十幾歲才認識一名藝術家同行，愛上對方，步入禮堂。他們有一個小孩潔西，一起度過每好的時光，享受每一個瞬間，直到馬瑟在一九八二年因病去世。

馬瑟死後，潔西從她一直稱為祖母的貝克小姐口中得知他真正的出身。經過一番調查，潔西發現荷普莊園徵求女僕，前去應徵。她原本只是打算挖掘跟我相關的情報，還有我是否如大家所說殺了我的雙親。

而她找到了我。

儘管為了從未有機會與兒子見面感到難過，我也知道不是許了願就一定能實現。幸福仍舊悄悄來臨，能認識我的孫女，我開心極了。想必你聽到夜裡那些聲響了吧，是潔西在凌晨跑來我房間，跟我小聲擬定逃跑計畫。那些計畫不斷順延，因為瑪莉遇害、你來到此處，最後還有荷普莊園崩塌（對了，能擺脫那個地方真是太好了！）

潔西也得趕回加拿大，因為貝克小姐過世了。又是一次遺憾。真希望能有機會好好感謝貝克小姐照顧我兒子，即使他當她孩子的時間長過當我孩子的時間。

從你家消失的那天，潔西來到我房間窗外。我讓她進屋，她迅速說出最新計畫——馬上離開。於是我們匆忙搭上潔西停在路旁的車。一上車，她遞給我印著我真實姓名的偽造護照。

「奶奶，你想去哪？」她問。

「哪裡都想去。」我說。

我隔著擋風玻璃眺望這個廣大的世界，直到現在我才有機會好好體驗。

當我們抵達機場時，我已經把選項縮減到巴黎。也是我目前的所在地。我在面對艾菲爾鐵塔的公寓頂樓打出這封信。

請別氣我以那種方式離開。拜託。你跟我的人生中已經有夠多人事物要氣了。請不要浪費時間生彼此的氣。

親愛的，我一直想告訴你。只是我怕你不會讓我離開，或是氣我明明接受你的照顧，卻瞞著你那麼多。還有啊，我很自私地想與我的孫女好好獨處一番。

別忘了，她也是你的姪女。

也該留時間讓你與她相處。

正如你有權過上只屬於你、與旁人無關的生活。

最後，我附上兩張到巴黎的單程機票。一張給你，一張給阿奇，相信你會跟他分享這封信。你們的航班是二月一日。誠心希望你們兩人都能搭上那班飛機。

期待與你再會！

維吉妮雅

**維吉妮雅・荷普過世，享嵩壽一百零一歲**

羅馬（美聯社）——維吉妮雅・荷普，身為二十世紀數一數二的驚悚犯罪案件的關鍵人物，她在本週一於義大利阿瑪爾菲海岸的波多維戈納的私人別墅過世，享嵩壽一百零一歲。

荷普曾經被控殺害她富裕的雙親，溫斯頓・荷普和伊凡潔琳・荷普。此事在一九二九年引起騷動，又在案發五十四年後登上頭條，揭露她依然活著，被迫頂替她姊姊蕾諾拉的身份。旁人以為她又啞又癱，直到幾十年後她才承認她長期偽裝病況，使得眾人嘩然。

「這是不是本世紀最厲害的騙局？」她在暢銷全球的回憶錄《靜物》中如此寫道。「我不這麼認為。不過我想我至少進得了前十名吧。」

融合機智與自負的風格讓她成為巡迴脫口秀的熱門來賓，觀眾鍾愛她媲美八卦小報的故事細節。當大衛・雷特曼問起她裝了數十年的啞巴，現在為何又如此急於發言時，荷普回應道：「只是想彌補失去的時間，親愛的。」

在享受遲來的名氣之餘，荷普常到全球各地旅遊，造訪包括南極洲在內的七座大陸，打破了女性極圈探險的高齡紀錄。

陪伴著荷普的是她的孫女潔西卡・牛津，以及她的丈夫羅伯特；她的曾外孫女瑪莉・荷普・牛津；還有她忠實的朋友、照服員兼旅伴，琪特瑞吉・麥迪爾。

# 致謝

雖然封面印著我的筆名，但若是沒有許多幕後功臣的辛勞奉獻，這本書絕對無法問世。感謝我優秀的編輯Maya Ziv，以及都頓與企鵝藍燈書屋的卓越團隊，包含但不限於Emily Canders、Stephanie Cooper、Caroline Payne、Lexy Cassola、Amanda Walker、Ben Lee、John Parsley、Christine Ball、Ivan Held。成為都頓大家庭的一分子實現了我的出版夢。

我的經紀人Michelle Brower，以及Trellis文學經紀公司、Aevitas創意經紀公司的每一位同仁也同樣功勞彪炳。

感謝我的家人、朋友，還有其他作家的協助與支持，每天帶給我豐富的啟發。寫書是漫長又孤單的過程，你們在我的寫作巢穴外的努力給予我超乎各位想像的幫助。特別感謝Michael Livio，再次帶我走過創作另一本書的壓力和喜悅。如果沒有你，我真的做不到。

我也要向每一位在醫院、護理之家、病患家中善盡職責的照服員。這些經常受到忽視的英雄每天為我們撫慰傷病，減輕折磨，以他們的工作為榮，勤奮且充滿尊嚴。你們照顧一切。謝謝你們。

臉譜小說選

# 我不是你以為的那個人

## The Only One Left


| | |
|---|---|
| 原著作者 | 萊利・塞傑 Riley Sager |
| 譯　　者 | 楊佳蓉 |
| 書封設計 | 蕭旭芳 |
| 責任編輯 | 廖培穎 |
| 行銷企畫 | 陳彩玉、林詩玟 |
| 業　　務 | 李再星、李振東、林佩瑜 |
| 副總編輯 | 陳雨柔 |
| 編輯總監 | 劉麗真 |
| 事業群總經理 | 謝至平 |
| 發行人 | 何飛鵬 |
| 出　　版 | 臉譜出版<br>台北市南港區昆陽街16號4樓<br>電話：886-2-25007696　傳真：886-2-25001952 |
| 發　　行 | 英屬蓋曼群島商家庭傳媒股份有限公司城邦分公司<br>台北市南港區昆陽街16號8樓<br>客服專線：02-25007718；25007719<br>24小時傳真專線：02-25001990；25001991<br>服務時間：週一至週五上午09:30-12:00；下午13:30-17:00<br>劃撥帳號：19863813　戶名：書虫股份有限公司<br>讀者服務信箱：service@readingclub.com.tw<br>城邦網址：http://www.cite.com.tw |
| 香港發行所 | 城邦（香港）出版集團有限公司<br>香港九龍土瓜灣土瓜灣道86號順聯工業大廈6樓A室<br>電話：852-25086231　傳真：852-25789337 |
| 馬新發行所 | 城邦（馬新）出版集團<br>Cite（M）Sdn. Bhd.（458372U）<br>41, Jalan Radin Anum, Bandar Baru Sri Petaling,<br>57000 Kuala Lumpur, Malaysia.<br>電話：603-90563833　傳真：603-90576622<br>電子信箱：services@cite.my |
| 初版一刷 | 2025年2月 |
| I S B N | 978-626-315-520-6 |
| | 版權所有・翻印必究（Printed in Taiwan） |
| | 定價：480元（本書如有缺頁、破損、倒裝，請寄回更換） |


城邦讀書花園
www.cite.com.tw


國家圖書館出版品預行編目（CIP）資料

我不是你以為的那個人／萊利・塞傑（Riley Sager）著；楊佳蓉譯. -- 初版. -- 臺北市：臉譜出版：英屬蓋曼群島商家庭傳媒股份有限公司城邦分公司發行, 2025.02

面；　公分. --（臉譜小說選）

譯自：The Only One Left

ISBN 978-626-315-520-6（平裝）

874.57　　113008332